U0165843

多媒體互動新聞寫作
理論與實務

李明哲　著

五南圖書出版公司 印行

一、緣起

這是在教學領域中，面對著學生們的懷疑眼睛，一步一步所思索出來的作品。這一教學領域，亦即是「實務教學領域」中的「網路新聞寫作」課程。本書的內容，是五、六年來從事數位新聞技能實務教學過程，一路被逼迫著要去回答的問題思考，不管這問題是來自同學、同事或是自己的提問。但要解答的問題其實是再簡單不過、再基本不過的問題：到底要教給同學什麼樣的數位技能？數位技能要說多，可謂多如牛毛；因之總要回答：為什麼是選這個而不是選那個？而選上了這個有什麼可被解釋的理由嗎？這理由與「新聞敘事」有什麼關係？畢竟這是教數位新聞而不是數位文學啊！

在進入教職之前，筆者曾在專業新聞網站、內容網站擔任過數年的高階主管職位。容或許筆者已有數年數位文本業界產製經驗，容或許筆者自身亦有堪用的數位文本寫作技能；從職場到課堂，所面臨的卻是與想像中完全不同的課題。

一般而言，在想像中，我們會認為職場所重者乃是「技能能力」，而「理論」則是在課堂中的強項。但對筆者而言，工作角色轉換所面臨的實際情況卻有點不同。網路、資訊科技、數位傳播等等的發展，事實上都是「現在正在進行式」；沒人知道幾年後會有什麼新的變化。因之，在職場上，對數位傳播未來發展的相關理論，反倒是重點的研究理解項目，這畢竟關乎所在工作位置未來可能的生死存亡，例如《明日報》起落即是以前切身經驗之一。進入教室後，原本以為業界的經驗再加上博士班學習過程對數位科技「理論」上的深化，應可以讓我勝任網路新聞這樣的課程。但，我錯了。

進入教室這個試煉場，很快的就發現學生對於我所講的「網路新聞」大半不相應。第一反應與調整是：我不會教，所以再調整授課內容深淺度及教法。但經過一陣子的觀察、反應與調整，筆者發現，除了自己的教學方法要改進外，另一個重大的「基本性」問題是：學生們幾乎沒有數位技能的「使用能力」。舉例來說，筆者覺得數位文本寫作最基本的「圖片大小調整」技能，大多數學生都不會。這是一場震驚！震驚！如果對於基本的數位寫作技能沒有掌握能力，那所謂的數位文本、數位新聞，對學生而言只是一種要被生吞活剝用來應付考試的「教材」而已。正如同假如學生對中文這種方塊字沒有基本的使用能力，對之談古詩、唐詩、宋詞等等文學上的演進和理論，學生大概不會有太大的相應。同樣的，學生如果沒有基本數位寫作技能把一般文字變成「超連結文字」，在課堂中談超連結的作用、使用時機以及超連結呈現形式的演進變化等等，大概很難期待學生的眼睛會閃出火光。

實話實說，在大學教書，談理論是一種理所當然的工作態度，而「很會教技能」並不是件什麼太光彩的事。一開始進入教職的筆者，也是如此的認為：理論優先。但，如果學生對數位寫作技能是如此的缺乏，那麼大談網路新聞的種種理論，其實是有如對正在學寫中文方塊字的學生大談中文「文學理論」一般。至此，筆者對於「新聞系與網路新聞」這一課題的思考，開始有了全然不同的想法：技能優先。在胡光夏主任的大力支持之下，筆者得以開出數門與數位寫作技能相關的課程，從大一的數位基礎編輯技能、大二的多媒體新聞與實作、大三網路多媒體新聞實習，以及諸如新聞互動文本寫作等選修課程，希望能從這些連貫課程中，探索出網路新聞寫作技能的授課內容安排。將傳統的「網路新聞」改名為「多媒體新聞」，就意味著課程設計的思維上是以學會技能為安排重心。

二、從教「技能」而來的理論追問

教技能，並不是件會讓筆者害怕的事，感覺上應該是件較為容易的事；但筆者在教技能的過程中卻面臨到更為巨大與史無前例的挑戰。正是要在課堂中「認真」教數位技能，筆者開始面臨一連串來自學生、同事和自我的追問：要教什麼數位技能？為什麼要教這些？這些數位技能與「新聞敘事」有

什麼關係？最後，從數位技能實作的角度，這些提問必然會指向一個很根本的問題：用這些數位技能要寫出「什麼樣的新聞」？換言之，是要寫出一種「看起來」很不同於傳統新聞的數位新聞呢？還是說要寫出傳統新聞樣貌的作品，但要加上更多多媒體素材？如果是要寫出不同於傳統新聞的數位新聞，那麼這種新聞應該要「長成什麼樣子」？因為，多媒體新聞要長成什麼樣子，會決定了課堂中要教什麼數位技能，要教多少才夠？這些技能要如何來組構「新聞敘事」？

　　一旦從技能面而來的追問，追問至：「多媒體新聞要長成什麼樣子？」那麼對「網路新聞」的思索，基本上即是從傳統對「內容」探討轉而至對「形式」的追問。新聞「形式」的問題對傳統新聞教學而言，向來是「存而不論的」。一般而言，新聞文本的呈現形式都是所謂的「倒三角型」結構。翻開任何一本與新聞寫作有關的教科書，一定強調新聞是「倒三角型結構」的寫作格式，然後往下談及導言等等寫作技巧。但為什麼一定要用倒三角型格式？幾乎都是語焉不詳。既然在傳統新聞教育中，「形式」的問題不容被置喙，那麼傳統新聞領域中涉及到的新聞「文本」問題，事實上都只是新聞的「內容」問題，新聞的形式問題幾乎是被蒸發了。但從數位技能教學中所一路追問而來的問題，首先要面對的卻是「形式」的問題，即「數位多媒體互動新聞應該要長成什麼樣子？」。

　　這一問題如果沒有明確的答案，從一般「網路新聞理論」的教學而言，並沒有太大的殺傷力，因為用一句：這可能是二十一世紀新聞界必須回答的最大問題（Stovall, 2004: 2），就可以帶過去；或著是說「則待確立」（彭芸，2008：172），或是強調：不要將舊的形式放入新世界中（Jones, 2010）。但對從事數位新聞寫作技能教學的工作者而言，數位新聞文本的「形式」問題，卻是無法「存而不論」的打太極。一位數位新聞技能的授課老師如果對「數位新聞應長成什麼樣子」這一問題，在其心中沒有明確的答案，那麼是無法回答「要教什麼數位新聞技能？」這一基本授課上的問題。

　　在這種困擾之下，網路新聞習作類的課程，往往呈現出兩種授課樣貌：（一）教的是傳統新聞寫作，只是最後要求把作品上傳到網路媒介。把作品上傳到網路，也是重要的數位新聞技能，這沒錯，但這只要二小時就可以教

完了。從這點而言，網路新聞在教學設計上是不應被獨立出來的，而應只是在傳統的新聞寫作課程再多上二個小時，教如何把作品上傳到網路即可。（二）雖說是要教網路新聞實作，但課程的內容是教「某一網頁設計相關軟體」，即使考試也是測驗學生對軟體的熟悉度。軟體的功能有很多；要教哪些功能才能更有益於數位「新聞敘事」？這些提問基本上在這種課程是被迴避的；這有如要教「文學寫作」，但授課內容卻是在教如何使用「Word」軟體一樣。這樣授課內容的課程，應開在「資訊技能」或「資訊概論及實作」之類的課程才對；因為軟體所可以成就的文本作品和新聞沒有任何理論上的關係。

因之，在新聞領域教授網路新聞，一旦從數位技能面為重心切入教學內容，倒意外碰上了一個「理論」上的難題，即數位新聞文本形式的問題。這一理論上的難題，在新聞領域內的難度是「巨大的」，原因在於新聞的倒三角型寫作格式（形式）幾乎是新聞領域內的「公設」，一個幾乎有著「形而上地位」的「普遍原理」。即便如van Dijk將新聞文本視之為傅科（Foucaut）概念下「話語」，重視新聞文本結構，強調研究「新聞圖式範疇」，但其研究仍是從倒三角型結構的新聞出發（van Dijk／曾慶香譯，2003: 54）。那麼，網路新聞在新聞形式的理論難題中所面臨的第一個實際問題是：網路新聞還要使用倒三角型格式嗎？要回答這一問題，倒頭回去看看新聞寫作史的發展即可明白：倒三角型寫作格式是近一百多年來商業新聞發展史下所形成的新聞文本格式（Conboy, 2004; Barnhurst & Nerone, 2001），倒三角型寫作格式之於新聞寫作所享有的「形而上價值地位」，根本就是一種意識型態。倒三角型文本結構與新聞敘事所再三強調「公正、客觀」的新聞價值之間，完全沒有任何文本理論上的證成與保障。那麼網路新聞在其呈現的形式上還要毫無懷疑的以「形而上的盲目」來追隨倒三角型格式嗎？

的確，從「理論」上而言，倒三角型寫作格式與新聞寫作之間的結合其實是一種歷史的建構；換言之，既是建構的，就可以解構。從理論教學而言，大可漫無邊際高談新聞解構，侃侃而論要追求屬於網路媒介的新聞形式（Bull, 2010: 306），要追求更好內容品質的新聞呈現（Pavlik, 2008）。但，同樣的，對開設數位新聞寫作實務課程的教學工作者而言，上述所引激

動人心的句子，毋寧都是「畫餅充飢」的精神戰勝法。開設數位技能的教學工作者，如果在其內心中對數位新聞的呈現形式沒有一個設定的輪廓（同時在無前例可循之下，這一輪廓是要能經得起理論證成考驗的），那麼其教學課程內容的選擇，從理論視角而言，都無法跳脫「任意性」的批評。因之，從廣義的形式問題追問到「倒三角型」形式的問題，不管我們要不要接納倒三角型格式，或是所謂的創造性轉化倒三角型格式（Bruns, 2005），在理論上我們被逼到了一個更深刻的發問點：數位資訊科技發展下的媒材特質──多媒體性與互動性──或廣義的稱之為數位文本特色，與可能的新數位新聞文本形式之間的關係為何？換言之，由數位媒材所形構的數位文本其文本特質為何？這種文本特質與可能發展的數位新聞敘事形式之間，有何理論上的論證？而更重要的問題是：數位文本特色下的數位新聞敘事，與新聞的文本價值──即一般而言的公正、客觀性──之間的關係，是否經得起理論上的解釋；一旦我們必須面臨從文學理論而來的對數位文本特質的解釋：數位文本是後現代文本。

如果說「數位媒體即是後現代互文性」文本（Orr, 2003: 49），「是具體化了互文性」（Allen, 2000: 202），是「互文性文本最高典範形態」（董希文，2006：3），而後現代互文性文本所設定的文本意義理論原則是：「語言本來就是不穩定的，不存在固定文本意義的超驗錨地，文本意義完全可能是相互矛盾的」（Phelan／陳永國譯，2002: 14），那麼以數位文本來寫作新聞，就文本理論而言，其作品本質上即是背反於新聞之所以是新聞的文本價值──要求公正、客觀的「保真度」。換言之，從文本理論的高度而言，以數位媒材的多媒體性及互動性來寫作新聞敘事，其本身可能就是一種新聞寫作的自殺。一旦面臨這兩難困局，往往會逃入以下的兩種「自我滿足」：（一）放棄數位資訊科技所帶來的多媒體性與互動性這些數位媒材特質，把數位新聞做得跟傳統新聞一樣，最後再傳上網路即可。反正上網了就是網路新聞。（二）充分發揮數位媒材特質，但對於數位文本可能的意義不確定性，再以後現代、解構新聞來當做理論上的防衛點。然而一旦如此，數位新聞和數位文學即無從區別。

從「課堂中要教什麼數位技能？」這一最基本的問題追問起，至意識到數位文本特質中顯然的後現代意義解構性，這一理論上的摸索路程，最後

是走入了一條死胡同。「數位文本性」與「新聞性」在理論上的自我矛盾，是網路新聞教學路上的「最大石頭」。筆者相信，在網路新聞領域上的教學工作者，不管是否投入大量時間在技能上，不管是否在理論上可以同筆者般的推演，事實上都可以在實際的教學工作中感受到這種矛盾。從某個角度而言，這個矛盾事實上也可以說明為何網路新聞在新聞教學實務領域被喊得震天嘎響，人人搶喊「創意」與「創新」，但一般而言在數位新聞寫作教學內容上都不脫把傳統新聞寫作作品放到網路上這一模式，雖然在新聞內容的選題上可能更為寬廣。畢竟數位新聞若要在「傳統新聞」與「數位文學」之間做一選擇，傳統新聞是一種較為穩當的選擇，因為從歷史而言，任何新形式的發動者都會是當時社會的箭靶。

三、本書的結構

那麼，「數位文本性」與「新聞性」在理論上的自我矛盾；換言之，數位新聞在文本理論上的死胡同，有化解的可能嗎？這是本書寫作的起點。如果說實務教學的過程，推動著筆者從「教什麼」一路思索到「理論上的自我矛盾」，那麼這本書就是從化解數位新聞文本理論上的自我矛盾為開始思考的起點。這正是上篇所集中討論的問題。上篇，本書提出可以化解數位新聞文本理論矛盾的文本理論取徑，即巴赫金（M. M. Bakhtin）的對話理論。巴赫金是後現代互文性理論的重要思想源頭之一，但巴赫金的對話理論卻又不同於後結構／解構主義概念下的互文性。巴赫金對話理論中的「對話」當然是一種互文關係的文本。然而，巴赫金對話理論中的互文性與克莉斯蒂娃（Julia Kristeva）提出「互文性」之後的後結構／解構概念下的互文性，對於「意義解讀」之可能性卻有不同觀點。如果說解構主義下的互文性是指文本意義確定性的不可能，那麼巴赫金對話理論所關注的是：在對話互文中意義共識取得的可能性和方法（Allen, 2000）。換言之，巴赫金的對話理論取徑恰恰可以化解數位新聞文本理論上的自我矛盾，此亦即對話理論下的數位新聞文本，既可以充分發揮多媒體性與互動性，但同時又能保有文本意義的某種確定性，即對話理論下的意義確定性。

以巴赫金對話理論主要為理論參照對象的另一原因在於，巴赫金的對

話理論對於如何在對話中形成對話者彼此間的意義共識，是有明確的「方法論」提出，諸如對話者彼此間的「平等性」與對話主題的「針對性」；換言之，真正對話的形成是有「方法論上」的條件。方法論上的條件不但確保了對話互文過程中意義的確定性，對數位文本而言，亦提供了數位新聞在克服文本理論自我矛盾上，寫作過程的方法論依據。這一對話理論方法論上的依據，使得巴赫金的對話理論可以接軌到現代數位文本特色下的數位新聞寫作理論。

巴赫金的對話理論，運用到媒介文本上的研究成果，即是他研究陀思妥耶夫斯基小說形式而著名的「複調理論」。可以說，複調理論是巴赫金以文字為單一媒介下的文本──即小說──運用對話理論所開演出來的文本理論。然而，數位文本的媒材特質──多媒體性及互動性──和小說的單一媒材性不同，第二篇即是將對話理論及複調理論的原則，再推演至數位文本應用下的探討，亦即對話／複調理論下的數位新聞文本結構與形式的探討。在對話／複調的理論原則之下，數位文本的媒材特色──多媒體性及互動性──能為數位新聞開展出何種不同的敘事表現形式？這其中的討論包含了多重形構、分層文本、文本互動概念以及數位新聞與倒三角型寫作格式之間的專論。除了專注於數位新聞可能的文本形式之討論外，第二篇同時也論及了在可能的新文本形式下所呈現的數位新聞，相較於傳統新聞而言，可以為社會大眾提供了何種不同的「新聞經驗」，而這種新聞經驗有著何種新的社會意義？

數位新聞呈現形式的問題，一旦在第二篇獲致初步的輪廓，那麼第三篇即能專心回應激發本書寫作的最原初問題：要教什麼數位技能？因之，第三篇的寫作風格及內容迥異於前二篇。第三篇除了首章較為理論的論述要選教何種數位技能外，其餘篇章從HTML、影像、影音、互動程式套件等幾個面向，專注於技能教學。當然，為什麼如此教，以及如此教與數位文本特質之間有著何種關係，在各章之首亦有理論上的討論。為節約書本厚度，本篇在實際操作演練部分，以影音檔來呈現，收錄於本書所附的光碟之中；影音教學中有特別要強調之處，再於書中以文字強調說明。收錄於影音檔的數位新聞寫作技能，是本書所認為基礎必要者，更多的進階、應用練習，讀者可進一步參閱筆者的「多媒體寫作教學網站」（http://lmcmultimedia.blogspot.

tw/）。一旦讀者從本書中對數位新聞文本理論、文本形式、數位素材特質有一初步的理解與認識，並對基礎數位技能有一定的掌握，相信這一教學網站對讀者而言會有更多的助益。事實上，此一教學網站隨著筆者教學經驗的累積，在內容上總是不斷的擴充與增新。

書中的教學影音，基本上是處理有關數位文本寫作過程中的「技巧」問題。一般人對文本，或是媒材，通常都重視內容，對技巧都不甚措意。筆者一直對這種「習慣觀點」無法直接認同。在阿多諾（Theodory W. Adorno）《美學理論》中有這麼一句話：

> 技巧不是信手可得的各種手段的過剩現象。技巧是一種積累起來的適應審美對象之要求的能力。……
> 無論怎樣，技巧作為藝術的凝結定形的中介，如此一來便超過平凡事物的水平。技巧確保藝術作品比事實性內容的堆砌意味著更多的東西。這一「更多的東西」便是藝術的主旨。（Adorno／王柯平譯，1998：370-371）

換言之，技巧的積累是創作者對某一種文本（新聞亦然）表達其概念的必要中介手段。如果任何媒介在表達想法上都有其限制，那麼透過「技巧」就有可能超越這種媒介上的限制，從而傳達出媒介凝結定形後的「更多的東西」。讓數位文本透過多重形構呈現技巧，在讀者互文、綜合解理後，可以得出文本呈現現象之外的「更多的東西」，這對於數位文本而言，是其「自我定位」上非常重要的文本理論；因之，技巧對數位文本寫作而言，基本上是被提升到與內容同等重要的地位。

阿多諾對技巧的看法，很具有啟發性。他說道：「技巧是理性的，但卻是非概念性的，因而允許在非判斷事物的領域中，有判斷存在」（阿多諾／王柯平譯，1998：366）。這是很典型的阿多諾辯證式的語言。技巧是「理性的」但又是「非概念性的」。之所以是「理性的」，那是因為技巧是可用理性來論述的；之所以是「非概念性的」，那是因為技巧的使用往往「存乎一心」，透過理性的技巧來表現啟蒙理性視角之外的「真理性內容」（孫利

軍，2005）。因之，他才會説道技巧是「允許在非判斷事物的領域中，有判斷存在」。

「非判斷事物的領域」即是所謂啟蒙理性所無法統制的領域，Adorno所指的是藝術領域。但阿多諾非常強調我們又不能因此便説藝術是沒有判斷標準的，只是個人直覺的反應；因之在非判斷事物的領域中（如藝術）仍然要有「判斷」存在。「技巧」在此，被賦予了「對非判斷領域裡給了判斷」的重要理論地位。

當然這種理論定位又是阿多諾的「辯證式理論」，他在對技巧的理論思考上説道：技巧「除了提供衡量藝術作品之『邏輯』的標準之外，技巧還決定何時何處就得把邏輯懸置起來」（阿多諾／王柯平譯，1998：366）。換言之，如果我們也仿用阿多諾式的辯證語法可以這麼説：我們運用邏輯來使用技巧，但應用技巧的最後目的在於將「邏輯」懸置起來。也正因如此，「技巧本身引導具有反省能力的人進入藝術作品的內核」（阿多諾／王柯平譯，1998：366）。「引導」這兩字眼，筆者要在此特別強調，要引導讀者，那引導就不可能是盲目的，引導就必須是具有邏輯性的，因之技巧的布局和使用，必須是邏輯性的，才能有引導的作用，也因為是邏輯性的，所以應能被合理的解釋與説明。

這也是為什麼在本書中對於數位文本寫作「基本技巧」的使用方向，我們在章首都給予相當篇幅的理論説明。讀者必須對基本技巧的使用有著清楚的概念，如此才能有清晰的邏輯性來使用技巧，如此技巧才能具有「引導」的作用，才能引導讀者進入作者創作的內核。換言之，技巧是要被邏輯性的説明，而不只是實務上操作程序的羅列。對數位新聞寫作而言，如果對技巧的學習只是學會實務上的操作程序，那對創作具多重形構文本特色的數位新聞幫助有限，因為無法對技巧有著邏輯性的掌握，以「合理的」、「可思考的」使用概念，運用技巧至數位新聞的文本創製布局中，這一創製布局能「邏輯的」引導受眾進入多重形構的新聞文本意義內核，同時這一多重形構文本的意義內核卻是「綜合性」的理解，非邏輯性的理解。Adorno有關「技巧」的辯證概念與辯證使用過程，正如Jimenez所言：「阿多諾在擴大形式的概念，把形式與它在唯心主義的傳統意義區別開來，企圖使形式接近於（本

杰明意義上的）與程序相適應的技巧諸概念」（Jimenez／關寶艷譯，1990：123）。因之，在此可說技巧是形式的必要構成部分。但同時，Jimenez也強調Adorno重視形式，是因為「正是通過形式『這種對鬆散因素非強制性的綜合』，作品保留了產生它的那些矛盾。在這種意義上說，形式是真實的一種展現」（Jimene／關寶艷譯，1990：124）。如果形式是真實的一種展現，那麼技巧的使用亦是真實的一種展現；因之，對數位新聞而言，決定了何種技巧即是決定了新聞如何呈現真實；對數位文本／新聞的創作者而言，這是對技巧應有的認識高度。

本書的部分思考主題，曾獲國科會補助，研究計畫編號NSC 98-2410-H-128-030-、NSC101-2410-H-128-021-，二篇研究成果為《傳播與社會學刊》所接受，並改寫成本書的第二章與第六章。對國科會及論文審閱者，在此申謝。特別感謝胡光夏主任這幾年來對筆者的支持與鼓勵，筆者得以開設諸多數位新聞技能相關課程，在其中教學、實驗、觀察與思考。謝奇任教授審閱本書初稿所提寶貴意見，在此一併申謝。本書最後獻給所有我教過的同學，不管在課堂中是「有聽懂」還是「沒聽懂」，你們的眼神，都是筆者反省與思考的最大動力。老婆與女兒的全力配合，筆者領略在心。

行文至此，想起了博士班的指導老師成露茜教授。筆者於博士生期間，由於曾有歷史領域的求學背景，在老師的期勉下參與了老師所主持的新聞史研究課題，那是一段師生間非常愉快的研究、寫作與發表之回憶。期間，一度想以新聞史為研究的主領域。但心中念念不忘對數位科技的思考與偏愛，最後仍以數位科技為論文選題方向。筆者感受得到老師的某種失望，但老師仍全力支持「做自己喜歡的研究」。這正是露茜老師令人尊敬的地方。老師啊！新聞史的相關文章，學生這幾年亦有少許發表。但學生心中所期期為盼的是：願這本書的內容與思考，對得起老師。

目錄 Contents

上 篇

數位文本理論

第 1 章 ▶▶▶

數位文本與新聞敘事：
從巴赫金對話理論切入

一、多媒體媒材與新聞敘事

新聞是「描述事件」的文體，而新聞敘事寫作中所強調的「眞實性、合理性、正確性、精確性和可信度」等等則是新聞寫作的「策略性手法」（van Dijk／曾慶香譯，2003：96）。從新聞發展史的角度而言，「新聞」這種寫作策略的發展過程，是逐漸從十九世紀政黨報刊到二十世紀商業—專業報刊的發展歷程，逐步型塑而成（Schudson／何穎怡譯，1993）；就內容寫作風格而言，則是逐漸從「政黨報刊」夾議夾敘的內容筆法，轉向對現代新聞報紙敘事風格追求（Conboy, 2004)。這一新聞敘事趨勢的進程，逐漸發展出所謂的倒三角型新聞寫作圖式，「無論是記者還是讀者都至少不知不覺地運用這些圖式來製作新聞」（van Dijk／曾慶香譯，2003：58）。此種「正確」新聞敘事圖式的觀念在整個二十世紀進一步得到加強，並以「純淨新聞」類別而自居，同時將自30年代發展起來的解釋性報導（深度報導）歸入於「特寫（稿）」類，以區隔於「純淨新聞」（Schudson／何穎怡譯，1993；周慶祥，2009）。也正因如此，當二十世紀60、70年代以回歸文學傳統爲主軸的新新聞主義在其發展高峰之時，仍被傳統新聞理論界及實務界視之爲叛逆者，招來

越界、主觀、個人風格、小說技巧等的批評（Wolfe, 1973）。

　　這一發展趨勢並不侷限於西方報業史，在中國的新聞發展中亦呈現同樣的趨勢，衡諸整個晚清時期中國報業的發展過程，其新聞撰寫體例變革一例，便可明白此一趨勢的演變。從魏源引用報刊資料所編輯的《海國圖誌》（黃時鑑，1997：27-28），希望「博參群議」以求「知己知彼，可款可戰，匪證奚方，孰醫瞑眩」，達到「夷情備采」的目的（魏源，1976：207-209）。歷經了王韜的「文章所貴，在乎紀事述情，自抒胸臆」（王韜，1998:31）；鄭觀應的「新聞者，淺近之文」（鄭觀應，2002：141）；直到晚清詩人黃遵憲的「文集之文」與「報章之文」的區別（上海圖書館，1987：2351），新聞撰寫的體例，才得到了認眞的對待，所謂「自報章興，吾國之文體，爲之一變」（新民社，1986）。而到了徐寶璜參考西方新聞學著作所寫成的、被譽爲中國新聞學「破天荒」之作的《新聞學》，則就明白的指出倒三角型的寫作模式是「新聞學」的標準模式（徐寶璜，1994）。1920年代以後，「新聞」逐漸與報刊、社論區分開來，新聞成爲報紙的「立命之本」、「出奇制勝的法寶」（陳昌風，2007）。換言之，「新聞」逐漸從附屬於「報刊」的概念中剝離出來，而有其獨立自主的文本或文體的價值領域（不管是在市場面、實務面或是學術面）（劉海貴，2002；徐培汀、裘正義，1998）。

　　但新聞敘事圖式鋪陳形態的問題，這不是本文對新聞敘事想切入的視角。本文的立論核心在於以媒材——媒介組構的素材——爲著眼點，來探討新聞敘事的文本結構問題；換言之，亦即從文字、圖像、聲音等等各種不同媒介素材與文本組構之間的關係，來探討新聞敘事結構及其文本的意義呈現之問題。這一新聞敘事結構視角的提出，所著眼著並非去審視過去已存的新聞敘事結構及其意義，而是放眼於未來：當數位資訊科技讓各種媒材——文字、聲音、影像——都能被快速、上手使用時，當互動機制成爲數位文本內重要的結構媒材時，這對新聞敘事會產生什麼樣的衝擊呢？讓我們先在此把此文的目的指出：數位文本因其文本特質，因其對媒材使用的不同，是否會造就出另一種不同於傳統新聞敘事模式的「數位新聞敘

事」呢？

　　傳統新聞敘事中的媒材不外乎圖像與文字。圖像，一般而言常與文字對立起來稱之爲二種「異質性」的媒材。這種對立發生於對這二種媒材理解過程的不同，通常的說法會說文字的理解是邏輯的，而對圖像的理解是直覺的；而Winters則依索緒爾的語言學概念，將文字的理解稱之爲是由線性所支持的橫組合向度，圖像的理解則是一種縱聚合向度的聯想關係（Winters／李本正譯，2009：60）。然而，若是跳開對單一媒材本身意義呈現模式的討論，而將視野拉向敘事文本結構的不同媒材之間的關係面向上，那麼就目前我們所熟知的新聞敘事文本結構，在一般傳統的呈現媒介中，總是以文字或圖像兩者之一的某種媒材爲敘事的主導優勢，因之只要決定了哪一種媒材是敘事中的主導優勢媒材，再來的問題是盡可能讓此種主導優勢媒材發揮其意義呈現的特色，另一種不同性格的媒材則是屬於附加的補充說明角色。

　　以文字爲主導性媒材爲例，在傳統的新聞文字敘事中，一則歷史事件在文字的組構之下，其報導視角以及事件樣貌已經被文字這一單一文本元素所凝固了；換言之，被文字寫死了，固定住了，文本的意義趨向於封閉性（closure）（Gaggi, 1998: 123）。在這情況下，對文字再進行其他文本表現元素的加工，亦即傳統的排版、美編，所能再做的無非只是對那「意義已本身具足」的文字元素，加以外部性修飾、美化，或是提供更爲便利的閱讀動線罷了（Harrower／于鳳娟譯，2002）。以影像爲主導性媒材的敘事文本亦復如是，例如新聞紀錄片，敘事的視角及事件樣貌已被影像的連續鋪陳所決定，口白及文字只能是補充性的導助角色。

　　以單一媒材爲主導性優勢媒材的文本，往往呈現爲「線性文本」，我們亦以巴赫金文本理論中的「獨白性文本」來稱呼此種文類。巴赫金對文本體裁問題進行有系統的思考，是以小說爲材料來形構其理論架構，進而發展出「獨白性」與「對話性」的文本類型區隔。這一具有「哲學高度」的文本結構分析，巴赫金是從小說的「作者與主人公」這一視角來論述；從這一視角來看待小說文體中獨白型與對話型的文體差異，是「小說

史與小說理論中的哥白尼式轉變」（北岡誠思／魏炫譯，2001：54）。
Hirschkop強調巴赫金獨特的研究、分析方法，即是從「作者與主人公」
的研究視角來對小說文本進行分析和評價（Hirschkop, 1999:50-108）；這
一方法是巴赫金將其哲學思考運用到對小說分析時所開出的方法，是「對
作者及其創造物之間關係的思考」（Clark & Holquist／語冰譯，2000：
318）。Danow說道：「在對作者及主人公關係的深化探討中，巴赫金得
以不斷的將其討論從小說世界轉移到現實世界」（Danow, 1991: 71），而
也正是這一方法使得巴赫金的思想得以被普遍運用至許多對具體文本進行
研究的學門領域（Barta, Miller, Platter, & Shepherd, 2001）。

　　巴赫金從「作者與主人翁」之間的關係，即作者及其創造物之間關
係，所進行的小說體例的範疇劃分，亦即「獨白型」與「對話型（複調
型）」小說的區野，的確不同於從「內容」來對小說進行體例體的畫分。
巴赫金從對陀思妥耶夫斯基（臺譯「杜斯妥也夫斯基」）小說研究而提煉
出來的複調文本概念，強調複調文本是一種全新的文本「形式」，而非只
是傳統獨白式小說形式添加了許多對白性的「內容」而已。巴赫金談道：
「這裡，對我們重要的，是他藝術注意的方向，以及對人的內心進行藝術
觀察的新形式」（巴赫金／白春仁、顧亞鈴譯，2009：80）；「我們認
為，陀思妥耶夫斯基在藝術形式方面，是最偉大的創新者之一」（巴赫
金／白春仁、顧亞鈴譯，2009：1）。從作品中作者與主人公之間的關係
「形式」著眼，巴赫金這一哥白尼式的小說文本類型分析，所呈現出來的
不僅是寫作方法上的轉變，同時也是讀者面對文本時，解讀意義方式上
的轉變，而正是解讀文本意義上的轉變（獨白性V.S.對話性文本的解讀方
式），使得文本體裁上轉變的問題具有社會、歷史以及（本體論）哲學上
的高度，而不僅僅只是美學領域中，小說藝術上的審美問題而已；「在巴
赫金看來，小說史是一個提供了各種參照點的座標，可以據此繪製出一部
意識史」（Clark & Holquist／語冰譯，2000：362）。

　　那麼從作者及其作品之間的關係這一「形式」的視角，如何來界定
獨白式文本與對話式文本呢？對巴赫金而言，獨白式的文本判準條件在

於：這一模式中作者是「無所不知、無所不能的處於神的地位上的作者」（北岡誠思／魏炫譯，2001：59）；換言之，作品中「主人公的議論被嵌入作者描繪他的語言的牢固框架內」（巴赫金／白春仁、顧亞鈴譯，2009：72）。而對話式小說文本，亦即陀思妥耶夫斯基的複調小說，「陀思妥耶夫斯基恰似歌德的普羅米修斯，他創造出來的不是無聲的奴隸（如宙斯的創造），而是自由的人；這自由的人能夠同自己的創造者比肩而立，能夠不同意創造者的意見，甚至能反抗他的意見」（巴赫金／白春仁、顧亞鈴譯，2009：4）。本文亦是以巴赫金對文本分析的這一視角，即作者與其創作物之間的關係，來探討數位文本與新聞敘事之間的可能文本關係。

從這一種文本作者與作品的「形式」關係來探討數位文本與新聞敘事的寫作形式關係，重點並不在於說明如何將傳統線性文本或獨白式的新聞文本，簡單的複製到網路中去而已，或是在傳統新聞文本「鑲入」於「網頁」的過程中，再多加上一些補充性的多媒體媒材。這些技術性的問題，是重要的，但不是本文的探討重心所在。相反的，我們想提問的是：數位文本下的新聞敘事，藉由數位資訊科技的文本呈現特色，是否更有可能書寫出巴赫金文本理論下的「複調型」、「對話式」的「新聞敘事」。那麼，什麼是複調型、對話式的敘事文本？數位資訊科技的媒介特色與複調型新聞敘事之間的寫作關係爲何？最後複調型數位新聞敘事對我們的時代有什麼「社會性意義」？否則爲何要去寫作「複調型」的數位新聞敘事呢？這些是在本文思考脈絡下，理論上要面對的挑戰。

在此我們討論如何以數位文本特質來書寫複調式的數位新聞敘事，並不是要將傳統獨白型新聞敘事完全拋棄，巴赫金說道：「任何時候，一種剛出世的新體裁也不會取消和替代原來已有的體裁。任何新體裁只能補充舊體裁，只能擴大原有的體裁的範圍。每一種體裁都擁有各自的主要生存領域，在這個領域中，它是無可替代的……因爲人和自然的一些生存領域，恰恰需要一種面向客體的和完成的藝術認知形式，也就是獨白形式，而這些生存領域是會存在下去並不斷擴大的」（巴赫金／白春仁、顧亞鈴

譯，2009：356）。因之，複調小說對獨白型小說而言，「給予了獨白型小說的發展以建設性的影響，幫助獨白小說更好地認識到自己的潛力，拓寬自己的邊界」（孔金、孔金娜／張杰、萬海松譯，2000：320）。就此，對傳統線性表述及以客體性為寫作主導觀念的正統新聞敘事文本而言，如果假定說數位多媒體互動文本在其意義的展現上，就本質而言是易於具有複調文本的特質，那麼以多媒體互動文本寫作的新聞敘事文本，將可對傳統新聞敘事呈現帶來補充與擴大，可以拓寬新聞寫作及呈現意義形式上的邊界。

二、巴赫金複調理論與新聞敘事

巴赫金在〈陀思妥耶夫斯基詩學問題〉一文中，對陀思妥耶夫斯基的小說有一定調式的說明：

> 我們認為，陀思妥耶夫斯基在藝術形式方面，是最偉大的創新者之一。據我們看來，他創造出一種全新的藝術思維類型，我們把它權且稱為複調型。這一藝術思維的類型，體現在陀思妥耶夫斯基的小說作品中，然而它的意義卻不僅僅侷限在小說創作上，並且還涉及歐洲美學的一些基本原則。甚至不妨這麼說，陀思妥耶夫斯基簡直是創造出了世界的一種新的藝術模式；在這個模式中，舊藝術形式中的許多基本因素都得到了根本的改造。（巴赫金／白春仁、顧亞鈴譯，2009：1）

巴赫金再強調：「陀思妥耶夫斯基是複調小說的首創者。他創造出一種全新的小說體裁。因此他的創作難以納入某種框架，並且，不服從我們從文學史方面習慣加給歐洲小說各種現象上的任何模式」（巴赫金／白春仁、顧亞鈴譯，2009：5）。

因之，巴赫金以對陀思妥耶夫斯基小說之研究為基礎原則，重新將小說文本區分為「獨白型小說」及「複調型小說」；巴赫金把陀思妥耶夫

斯基以前幾乎所有的歐洲小說和俄國小說歸根結底都歸入了獨白型小說（Miller／申丹譯，2002：118；張杰，1998：8），而「陀思妥耶夫斯基對複調小說而言具有典範的意義」（Clark & Holquist／語冰譯，2000：318）。巴赫金談道：「陀思妥耶夫斯基是複調小說的首創者。他創造出一種全新的小說體裁。……這就是：創造一個複調世界，突破基本上屬於獨白型（單旋律）的已經定型的歐洲小說模式」（巴赫金／白春仁、顧亞鈴譯，2009：5-6）；「陀思妥耶夫斯基好像實現了一場小小規模的哥白尼式變革」（巴赫金／白春仁、顧亞鈴譯，2009：62）。

　　這一小說體例區分的哥白尼式革命，在於巴赫金是從作者與作品中主人公的關係來看小說文本的鋪陳模式或著說形式結構。獨白型小說鋪陳模式是傳統的寫作模式，由作者掌握主人公，「是從荷馬開始的寫作方法，即由作者描繪他筆下的人物：『他是誰？』是什麼樣的人，他的外貌、出身門第、脾氣秉氣，是由作者獨白，在人物語言的引號外面來描寫的」（董小英，1994：34）。這一模式中作者是「無所不知、無所不能的處於神的地位上的作者」（北岡誠思／魏炫譯，2001：59）；換言之，作者能夠在作品中完全表達自己的意圖，致使讀者能夠準確地瞭解作者的意圖（Clark & Holquist／語冰譯，2000：320）。因之，「獨白型小說取決於作者意識對描寫對象的單方面規定。這裡只有一個聲音，即作者在說話，一切主人公的語言、心理和行為都被納入作者的意識，都在作者全能全知的觀點中得到外來說明」（張杰，1998：8）。

　　獨白型小說，巴赫金以托爾斯泰的小說《主人與幫工》為例說道：

　　　托爾斯泰的世界是渾然一體的獨白世界，主人公的議論被嵌入作者描繪他的語言的牢固框架內。連主人公的最終見解，也是以他人（即作者）的議論作為外殼表現出來的；主人公的自我意識，僅僅是他那確定形象的一個因素，而且實質上是受這個確定形象預先決定了的。即使當意識在故事情節中處於危機和內心的急劇轉折時，情形也仍是如此（如《主人和幫工》）。在托爾斯泰作品中，自我意識和精

神重生始終屬於純內容的方面，不具有構築作品形式的意義。（巴赫金／白春仁、顧亞鈴譯，2009：72）

換言之，作者的思想滲透到所有的地方，「一切都從服於他的唯我獨『存』」（北岡誠思／魏炫譯，2001：57），「托爾斯泰獨白式的直率觀點和他的議論到處滲透，深入到世界和心靈的各個角落，將一切都統轄於他自己的統一體之中」（巴赫金／白春仁、顧亞鈴譯，2009：72）。

巴赫金對托爾斯泰的獨白型小說在論斷上強調「不具有構築作品形式的意義」，而對陀思妥耶夫斯基的小說則強調是「對人進行藝術觀察的這一全新的形式」（巴赫金／白春仁、顧亞鈴譯，2009：74）。這形式上的意義指的是作品中作者與主人公關係的寫作形式，正是從此一形式的觀點著眼，「把獨白型原則小說進行『180度轉變』形成了複調小說誕生的基礎」（北岡誠思／魏炫譯，2001：60）。這180度的轉變，使得「在小說的結構中，主人公議論具有特殊的獨立性；它似乎與作者議論平起平坐。……這就是陀思妥耶夫斯基特有的『複調』（多聲法）小說中『作者與主人公存在方式』」（北岡誠思／魏炫譯，2001：62）。

巴赫金在論述陀思妥耶夫斯基的複調小說時說道：「主人公對自己、對世界的議論，同一般的作者議論，具有同樣的分量和價值」（巴赫金／白春仁、顧亞鈴譯，2009：5）。又說：「陀思妥耶夫斯基恰似歌德的普羅米修斯，他創造出來的不是無聲的奴隸（如宙斯的創造），而是自由的人；這自由的人能夠同自己的創造者比肩而立，能夠不同意創造者的意見，甚至能反抗他的意見」（巴赫金／白春仁、顧亞鈴譯，2009：4）。然而，就一般的經驗而言，說作者與其作品中的主人公是平起平坐的地位，甚至主人公反抗作者的意見，似乎是不可思議，「好像神筆馬良畫了一個大力士，他從牆上跑下來，把馬良的神筆奪走了」（董小英，1994：35）。

面對這樣的疑問，巴赫金答道：

這就是主人公在陀思妥耶夫斯基創作構思範圍中的相對獨立性。
這裡我們必須防止可能發生的一種誤解。也許有人會覺得，主人公的
獨立性與下面一點是矛盾的：整個主人公不過是文藝作品的一個成
分，因此他自始至終完全是由作者創造出來的。事實上並不存在這種
矛盾。我們確認的主人公的自由，是在藝術構思範圍內的自由。從這
個意義上說，他的自由如同客體性主人公的不自由一樣，也是被創造
出來的。……

　　如此看來，主人公的自由是作者構思的一個因素。主人公的議
論是作者創造的，但這樣創造的結果，主人公的議論就像另外一個他
人說出來的，就像主人公本人說出來的一樣，可以徹底地展示自己的
內在邏輯和獨立性。由於這一原因，主人公的議論並不會從作者的構
思中消逝，而僅僅是從獨白型作者的視野中消失。而打破這種視野，
正是陀思妥耶夫斯基的用意所在。（巴赫金／白春仁、顧亞鈴譯，
2009：84-85）

　　「這樣，巴赫金的作者，在哲學意義上說，是一個行為主體，而在美
學意義上說，則為創作主體；他的主人公，在哲學意義上是屬行為主體的
產物，但卻是相對於我的『他人』，是個獨立的存在。而在美學意義上，
這個主人公雖是創作主體的創造，但卻是作者創造的一個有生命的東西」
（錢中文，2009：35）。然而以陀思妥耶夫斯基為代表的複調小說對巴
赫金而言，不只是文學史上對一位作者寫作特色的分析而已，更重要的是
作者表達面對現實世界中關於意義、真理如何認知所採取的新思維方式，
「在陀思妥耶夫斯基的複調小說裡，作者對主人公所取的新的藝術立場，
是認真實現了的和徹底貫徹了的一種對話立場」（巴赫金／白春仁、顧亞
鈴譯，2009：81）；換言之，對於陀思妥耶夫斯基複調小說的提出，是
巴赫金最重要的「對話哲學」思想「在藝術中進一步的具體化與實現化」
（錢中文，2009：43）。

　　正是在這一點上，巴赫金給予了陀思妥耶夫斯基作品最重要的歷史

評價，杜氏在小說寫作的「形式」上以「複調形式」解決了這一難題：「巴赫金自己說，他是從『形式領域』或是『藝術形式』的角度來探討陀思妥耶夫斯基的小說的」，也因之「過去的文藝學習慣於分析巴赫金所說的獨白小說，巴赫金則就複調小說建了一種新的文學理論」（錢中文，2009：44）。這即是複調小說，它的文本形式特殊性在於作品敘事的開展、作品意義的呈現，「善於在**同時共存和相互作用**之中觀察一切事物的這一不同凡響的藝術才能」（巴赫金／白春仁、顧亞鈴譯，2009：39，**粗體**為筆者所加）；「陀思妥耶夫斯基的世界，是紛繁多樣的精神現象通過藝術組織而**同時共存與相互作用**，但不是統一精神的不同發展階段」（巴赫金／白春仁、顧亞鈴譯，2009：40，**粗體**為筆者所加）。因之，就陀思妥耶夫斯基的小說寫作形式而言，巴赫金說道：

> 陀思妥耶夫斯基所描寫的，不是單個意識中的思想，也不是不同思想的相互作用，而是眾多意識在思想觀點（也不只是思想觀點）方面的相互作用。又由於意識在陀思妥耶夫斯基的世界中，不是作為形成發展過程寫的，也就是說沒有歷史地寫，而是同他人意識平列起來寫的，其結果便不能集中寫這個意識及其思想觀點，不可能集中寫它內在的邏輯發展，於是就把它引入了同他人意識的相互作用之中。（巴赫金／白春仁、顧亞鈴譯，2009：42）

換言之，如果我們以「形式和內容」來對文本進行二元性解析，那麼杜氏小說的開創性就在於形式這方面。巴赫金談論陀氏時說道：「論及他的評論著作和文學史著作，大多數至今仍然忽視他的藝術形式的獨特性，卻到他的內容裡去尋找這種特點。這內容便是主題、思想觀點、某些人物形象……。不理解新的觀察形式，也就無法正確理解借助這一形式在生活中所初次看到和發現的東西」（巴赫金／白春仁、顧亞鈴譯，2009：58）。

傳統新聞文本的表現形式，不管是印刷的或電子的，從巴赫金文體

判別的理論視角言——即作者與及其創造物之間的關係——，都是「獨白型」的文本形式。在目前被定義爲標準新聞呈現的倒三角型規格中，是記者「君臨一切」的寫作思維。一位記者按照標準的新聞寫作規範：不帶私意的客觀描述、精確查證、兩造意見引錄並陳等等，但這種寫作恰是類似於「傳統小說中一般的那種客體性的人物形象。……主人公在作者的構思中是作爲客體、作爲對象出現的」（巴赫金／白春仁、顧亞鈴譯，2009：5）。這正是巴赫金獨白型文本概念下「按獨白原則感受和理解的世界」而寫出的文本（巴赫金／白春仁、顧亞鈴譯，2009：5）：「在獨白的方法中（極端的或純粹的獨白），他人只能完全地作爲意識的客體，而不是另一意識」；「其中的一切，都是在作者的包羅萬象、全知全能的視野中觀察到的，描繪出來的」（巴赫金／白春仁、顧亞鈴譯，2009：92），即使文中有引錄對話，那也是「表現在布局結構上的作者視野之內的客體性的人物對話」（巴赫金／白春仁、顧亞鈴譯，2009：93）。

三、對話性文本成立的理論條件

對巴赫金而言，對複調形式的重視乃在於此種表現形式才足以貫穿和呈現其最重要的哲學理論：對話理論；「作者和主人公的關係不僅構成他複調小說理論的基礎，也是他著名的對話理論不可分割」（黃玫，2005：209）。換言之，複調文本與對話主義是表裡的關係，要採用複調形式來寫作是爲了彰顯對話主義思想對小說文本所可能帶來的影響。

對話理論的思維核心，來自於巴赫金關於「人的存在」問題獨具一格的思考；簡言之，人的存在是一種「存在即事件」（Being-as-event）式的存在。巴赫金式這裡所說的存在「不是指一種我們慣常所理解的客體存在，它實際上是個人行爲的產物。……他認爲抽象理論從認識本身出發，把理論上認識的世界視爲實際唯一的世界，並在此基礎上建立了『第一哲學』，結果它們排除了我的唯一而實際參與存在的事實」（錢中文，1998：20）；巴赫金認爲：「抽象理論的世界是自成規律的，它與現實的獨一無二的歷史性是根本格格不入的」（巴赫金／賈澤林譯，2009：

10）；「試圖把理論的識認加於用生物學範疇、經濟學及其他學科範疇所表現出來的唯一生活，同樣也是一種空洞而抽象的泛泛之論」（巴赫金／賈澤林譯，2009：15）。因之，「要理解生命，必須把它視為事件，而不可視為實有的存在」（巴赫金／賈澤林譯，2009：56）；換言之「參與世界的整個存在即事件」（巴赫金／賈澤林譯，2009：50）。而事件的發生要有主體的行為參與，「其基礎不是作為本源的某種原則，而是實際承認自己參與統一的存在即事件這一事實」（巴赫金／賈澤林譯，2009：40）；「這樣的行為才充分而不息地存在著，因為行為就處於這種實現著的存在之中，處於這一存在的唯一的整體之中」（巴赫金／賈澤林譯，2009：4）；這是「我以唯一而不可重複的方式參與存在，我在唯一的存在中占據著唯一的、不可替代的、他人無法進入的位置」（巴赫金／賈澤林譯，2009：40）。

因之，「生命即事件，這意味著自我總在行動之中」（Clark & Holquist／語冰譯，2000：90），是「那種使我們獨一無二的存在與異己的世界相關係的方式」（Clark & Holquist／語冰譯，2000：89）。而此種「把生活當作一種事件」的存在即事件式的理解，從情感意志方面來看即是巴赫金常提及的「參與性思維」（孔金、孔金娜／張杰、萬海松譯，2000：83）；「換言之，它是一種行動著的思維」（巴赫金／賈澤林譯，2009：45）。不論是事件、行為或是參與性等等各種面向，對巴赫金的哲學思想而言，「『我與他人』的關係就是巴赫金哲學的一個基本出發點」（王瑾，2005：11），「他以各種形式提出自我與他人的關係問題」，同時「為同一組問題追尋不同的答案」（Clark & Holquist／語冰譯，2000：88）。巴赫金說道：「行為的現實世界所遵循的最高建構原則，就是我與他人之間在具體的建構上有著至關重要的相互對照」（巴赫金／賈澤林譯，2009：74）。

一旦從自我／他者的角度出發來思考存在的問題，「巴赫金認為，自我不是終極的實在，不是至高無上的意向的根源，也不是完整意義的基礎。巴赫金眼中的自我從來不是一個渾然整體，因為自我只有以對話

的方式才能存在。自我不是獨立的實體或本質，而只有同一切異己的事物密切聯結中才能存在，其中最重要的是同其他自我的聯結」（Clark & Holquist／語冰譯，2000：90-91）。換言之，「如果說，存在的活動根源於自我與他人之間永恆的張力，那麼，交流——不是趨同，而是雙方彼此依存——便成了當務之急。這不僅是語言學家和語文學家所研討的語言的中心問題，而且對於自我與他人之間的對話來說，也是一個中心問題。言談（utterance）不僅表現為語言或文字，而且也表現為思想和行為。……巴赫金迫切地感到了這些要求，這促使他終生致力於對話主義（dialogism）」（Clark & Holquist／語冰譯，2000：90）。因之，「對話主義讚美異己性……。世界需要我的異己性以使世界獲得意義，我也需要根據他人來界定或創生我的自我。他人是我的最深刻意義上的朋友，因為只有從他人那裡，我才能獲得我的自我」（Clark & Holquist／語冰譯，2000：91）。巴赫金談道：「對話不是作為一種手段，而是作為目的本身。對話在這裡不是行動的前奏，它本身就是行動。它也不是揭示和表示某人似乎現成性格的一種手段。不是的。在對話中，人不僅僅外在地顯露自己，而且是頭一次逐漸形成為他現在的樣子。我們再重複一遍：這不僅對別人來說是如此，對自己本人來說也是如此。存在就意味著進行對話的交際。對話結束之時，也是一切終結之日」（巴赫金／白春仁、顧亞鈴譯，2009：334-335）。

正是對話主義這種「人的存在」的哲學視角，巴赫金在陀思妥耶夫斯基的小說中找到了這種存在哲學的文本呈現形式，「複調」即是「對話思想」在文本的形式展演。複調原理，「它不是靠人物之間的對話、思想的**直接對立**形成的，而是靠作品的**結構**使每一個人物的故事成為**不同的聲音，構成互為對立、互為補充的複調形式**」（董小英，1994：185，**粗體**為筆者所加）；同時「這些聲音都是具有平等的權利」（Vice, 1997: 112）。巴赫金談道：「陀思妥耶夫斯基複調的主要之點，恰恰在於不同意識之間發生的事，也就是它們之間的相互作用和相互制約」（巴赫金／白春仁、顧亞鈴譯，2009：47-48）。因之，「有著眾多的各自獨立而不

相融合的聲音和意識，由具有充分價值的不同聲音組成真正的複調……在他的作品裡，不是眾多性格的和命運構成一個統一的客觀世界，在作者統一的意識支配下層層開展；這裡恰是眾多的地位平等的意識連同它們各自的世界，結合在某個統一事件之中，而互相間不發生融合」（巴赫金／白春仁、顧亞鈴譯，2009：4）。

而這一種複調的文本特色，在杜氏小說中是以一種「對話」的文本形式來開展。巴赫金談到：「在陀思妥耶夫斯基作品中，真心實意的話語，地位頗為特殊，它具有自己的功能。按構思來說，它應該是確定無疑的獨白性話語，是沒有分裂的話語，不須看人臉色，不須留有後路，也不包含內心的爭論。但這種話語，只有在與別人真實的對話中才能出現」（巴赫金／白春仁、顧亞鈴譯，2009：331）。正在於此一特色，杜氏的小說又被巴赫金稱之為「大型的對話」，「它是沒有終結、含蓄不露、互有隔閡、生動具體的對話」（趙志軍，2001：210）。巴赫金談道：「在陀思妥耶夫斯基的小說創作中，我們確實看到一種特別的矛盾，即主人公和對話內在的未完成性，與每部小說外表的完整性（多數情況下是情節結構的完整性）相互發生衝突。……可也正因如此，從一般的亦即獨白型的觀點看來，這部小說沒有寫完」（巴赫金／白春仁、顧亞鈴譯，2009：54）。

換言之，文本既是作者的產物，那麼作者在對文本的寫作如何可能是「有著眾多的各自獨立而不相融合的聲音和意識，由具有充分價值的不同聲音組成真正的複調」呢？巴赫金以杜氏小說為例，此即作者要靠著作品主人翁之間的相互「對話性」形式作用將意義彎曲、迂迴的呈現出來。這一種對話性文本意義展現的模式，如同巴赫金所言：「真理不可能存身於單個意識之中。它總是在許多平等意識對話交往的過程中部分地得到揭示。」這種對話性的意義揭示模式，不是「邏輯關係」式的直線型單向意義開展模式，而是「一種特殊類型的涵義關係」（巴赫金／曉河譯，2009a：329）；這種特殊類型正是一種「辯證式」的意義開展形態，因為「辯證的說明是相互說明而不是單方向的說明」（劉永富，2002：

多媒體互動新聞寫作：理論與實務

12）。因之，巴赫金一直強調對話的涵義展現是「辯證的」，是「一種辯證的綜合」（巴赫金／華昶譯，2009：423）。

　　對巴赫金而言，對話的眞正產生是有其條件的。巴赫金將對話的本質稱之爲「對話性」：「在地位平等、價值相當的不同意識之間，對話性是它們相互作用的一種特殊形式」（巴赫金／曉河譯，2009a：336），「它要求回答、反駁，要求讚同和有不同意見」（巴赫金／錢中文譯，2009：426）。對話性在日常生活言語交際的具體運用形式，巴赫金則稱之爲「表述」：「任何表述總有受話人（其性質不同，其關係的密切程度、具體程度、自覺程度等大有不同），表述作品的作者要尋找並預見這一受話人的應答性理解」（巴赫金／曉河譯，2009a：331）。換言之，表述必須是「應答性」的或是「針對性」的：「具有了針對性時，才能成其爲表述」（王瑾，2005：10）；「因此『判斷表述是否完成』的『最重要的標準』是『能否應答』」（北岡誠思／魏炫譯，2001：165）。巴赫金強調：「兩個論點必須獲得某種形態的具體體現，它們相互之間或一個針對另一個，才可能產生對話關係」（巴赫金／白春仁、顧亞鈴譯，2009：239）；「對於對話（因此也是對於人來說），最可怕的莫過於沒人應答了」（巴赫金／曉河譯，2009a：333）。

　　對話要能創造「應答」，巴赫金強調對話者之間的對「他人」的「認知意識特質」極其重要：「他人意識不能作爲客體、作爲物來進行觀察、分析、確定。同它們只能進行對話的交際。……否則的話，它們立即會以客體的一面轉向我們：它們會沈默不語、閉鎖起來、變成凝固的完成了的客體形象」（巴赫金／白春仁、顧亞鈴譯，2009：88-89）。這概念極其重要的。因爲如果我們再引述一次巴赫金對於「對話性」的精簡概括：「在地位平等、價值相當的不同意識之間，對話性是它們相互作用的一種特殊形式」（巴赫金／曉河譯，2009a：336）；那麼從對話立場轉移到獨白立場，就獨白者而言最重要的思維轉移是其他對話參與者是從「另一意識」、「不同意識」轉移到「意識的客體」；換言之，不同對話者此時在獨白對話者的思維運作中是被外推而成爲「客體」。從「意識」到「意識

的客體」，那麼巴赫金對於對話語境狀況所最強調的「在地位平等、價值相當的不同意識之間」，也就很難再存在。客體與主體之間永遠是一種對立關係，二者之間可能高、可能低，但很難是地位平等、價值相當的。他人從主體轉客體時，對話在此結束，進入獨白。

對巴赫金而言，複調的文本結構正是他從日常生活言語表述單位的對話性研究，轉移到對文本（小說）的敘述結構而得出的成果，他說道：「複調小說整個滲透著對話性。小說結構的所有成分之間，都存在著對話關係，也就是說如同對位旋律一樣相互對立著」（巴赫金／白春仁、顧亞鈴譯，2009：54）。因之，從巴赫金的角度而言，並不是在新聞文本中擺上了兩造的對話引錄，就是對話，就不是獨白型文本，他強調「狹義的理解把對話性視為爭論、辯證、諷刺性摹擬。這是對話性的外在的最醒目也是最簡陋的形式」（巴赫金／曉河譯，2009a：325）。例如「在屠格涅夫的小說《父與子》裡面的巴札羅夫和基爾薩諾夫兄弟之間。他們之間的對話完全被小說作者本人終結性的聲音所『取代』」（孔金、孔金娜／張杰、萬海松譯，2000：317，**粗體**為筆者所加）。作者寫作文本時對文本的「終結」與「非終結」意識，才是「非對話」與「對話」的分野，才是「獨白」與「複調」的區隔所在。小說文本中的非終結性的形成可能，在於對筆下人物的寫作立場有所拿捏：每位人物在作品中的地位是平等的，「應該互相交往，面對面走到一起，並且要相互搭話。一切均應通過對話關係相互投射，相互輝映。因此，一切分離開來的遙遠的東西，都須聚集到一個空間和時間『點』上」（巴赫金／白春仁、顧亞鈴譯，2009：234）。

至此，我們願意再回過頭來重新理解之前有關巴赫金對複調小說的一段引文：「主人公的自由是作者構思的一個因素。主人公的議論是作者創造的，但這樣創造的結果，主人公的議論就像另外一個他人說出來的，就像主人公本人說出來的一樣，可以徹底地展示自己的內在邏輯和獨立性」（巴赫金／白春仁、顧亞鈴譯，2009：84-85）。換言之，複調小說的成就在於作者如何在其所創造的小說文本中給予「主人公」真正的自

由，作者筆下的主人公可以真正「徹底展示自己的內在邏輯和獨立性」；用之前董小英的引文，這如同「好像神筆馬良畫了一個大力士，他從牆上跑下來，把馬良的神筆奪走了」（董小英，1994：35）。換言之，作者在創造的過程中，要能構思筆下主人公的「自由」，亦即構思主人公的「自由」而不是構思主人公的「內容」。在文本內構思「自由」，正是複調小說的獨特之處，而這獨特之處的展現在於以文本內的「對話形式」來達成。這正是爲何巴赫金一再強調杜氏的成就在於創造一種新的藝術「形式」。而這一種文本「對話形式」的達成是要靠小說鋪陳中的下列三種條件：主人公之間的「平等意識」、彼此的論點必須獲得某種針對性的具體體現以及主人公都須聚集到一個空間和時間「點」上，如此「文本中的主人公」的才能創造真正的對話，而「文本中的主人公」的獨立性才能藉由對話形式真正展開。

四、對話性與數位文本

　　巴赫金筆下陀思妥耶夫斯基的複調對話性小說，是以文字爲單一媒材來呈現的作品。在單一媒材呈現的限制之下，在文本中若要呈現真正對話性意義的展現模式——亦即「一種辯證的綜合」式的（巴赫金／華昶譯，2009：423）、「特殊類型的涵義關係」（巴赫金／曉河譯，2009a：329——那麼在小說寫作的技巧面向上所凸顯出來的就在於小說人物的對話關係結構原則，這亦是巴赫金對杜氏小說成就之處的提綱挈領分析視角：「作者與主人公」。這一小說人物對話關係結構原則在藝術上的成就之處在於：

　　　　結構的原則各處同是一個。到處都是公開對話的對語與主人公們內在對話的對語的交錯、呼應或交鋒。到處都是一定數量的觀點、思想和話語，合起來由幾個不相融合的聲音說出，而在每個聲音裡聽起來都有不同。作者意圖所表現的對象，絕不是這些思想本身，絕不是這種不帶感情色彩、侷限於自身的東西，不是的。他要表現的，恰

恰是一個主題如何通過許多不同的聲音來展示；這可以稱作主題的根本性的、不可或缺的多聲部性和不協調性。陀思妥耶夫斯基認為重要的，也正是不同聲音的配置及其相互關係。（巴赫金／白春仁、顧亞鈴譯，2009：354）

其中「他要表現的，恰恰是一個主題如何通過許多不同的聲音來展示」這句原則性的說明，恰恰是巴赫金的複調、對話文本理論與多媒體互動文本寫作理論可以交軌之處。

　　Howells在《視覺文化》一書中從視覺歷史的大脈絡中強調：數位新媒體文本的特色是「將視覺藝術和語言結合，以便表達多層次的訊息」（Howells／葛紅兵等譯，2007：4）。從文本的組構而言，「視覺藝術」與「語言」結合，即是以多媒材來組構文本；而「表達多層次訊息」，即是互動機制與分層結構文本的意義展現模式。這即是我們在本書中一再強調的數位文本特色：多媒體性與互動分層文本。從寫作的物質基礎這一視角來著眼，杜氏小說在其文字此一單一媒材限制之下，小說中複調、對話的文本陳義特色的展演，必須從小說人物的對話關係結構原則來呈現，亦即透過人物對話關係場景的鋪陳來呈現「一個主題如何通過許多不同的聲音來展示」這一意義呈現原則。對數位文本而言，多媒材性與互動分層的書寫物質基礎，使得「一個主題如何通過許多不同的聲音來展示」這一複調、對話文本原則，在呈現的技巧上相對的簡單。

　　一般而言可以這樣說，數位多媒體文本最常使用的三種寫作媒材：文字、影像和聲音，基本上是屬於異質性的文本元素。Mitchell在〈超越比較：圖像、文本和方法〉研究中說道：對異質性混合型的文本研究理論史中，往往傾向以某一單一文本元素當作主導性的、優勢性的詮釋來源，其他的只是輔助的、附加的（Mitchell／陳永國、胡文征譯，2006：71-95）。近代互文性理論強調所有文本都是文本間性的，正是為了跨出這傳統的單一優勢文本元素解釋框架（Meinhof & Smith, 2000）。從互文性的理論視角來看，將二種以上的異質性媒材交織起來組構於某一數位多

媒體文本段落（區塊）時，異質性媒材並陳時所引發的互文性意義形構，使得數位多媒體文本就其文本的結構、形式面向上而言，是貼近於巴赫金的複調文本（陶東風，2005：186-189）。這正如巴赫金所言：

> 獨白語境只有在下述情況下，才會遭到削弱或破壞：兩種同樣直接指述事物的表述，匯合到了一起。兩種同樣直接指述事物的語言，如果並列一起，出現在同一個語境之中，相互間不可能不產生對話關係，不管它們是互相印證，互相補充，還是反之互相矛盾，或著還有什麼別的對話關係（如問答關係）。針對同一主題而發的兩種平等的話語，只要遇在一起，不可避免地會相互應對。兩個已經表現出來的意思，不會像兩件東西一樣各自單放著，兩者一定會有內在的接觸，也就是說會發生意義上的聯繫。（巴赫金／白春仁、顧亞鈴譯，2009：246）

在此，我們要特別強調引文中的一句話：「針對同一主題而發的兩種平等的話語，只要遇在一起，不可避免地會相互應對。」「不可避免」是我們所非常著重的喫緊處；換言之，對話要能形成的條件有二，其一是「平等」、其二是「遇在一起」，這才能有機會形成對話性意義的應對式呈現。我們在此以對話性文本可能形成的「對話性文本寫作物質基礎」來稱之。

至此，要將巴赫金「小說文本」的「對話理論」轉移至探討「數位文本」的寫作，這理論轉移探討的重大關鍵點在於，這是「對話理論」從對單一媒材文本作品（小說）的分析轉移到多媒材文本作品（多媒體文本）的分析。就數位文本的寫作而言，上述引文中的話語「平等」，正是我們在本書一再強調的數位文本「多重形構」的文本特色：媒材之間以平等、互補的關係引進來敘事的鋪陳。正如同Kress和Leeuwen以文本中的圖、文關係來論及「多重形構」文本時說道：「各個模式間的符號語言交互作用，其中文字與視覺扮演了定義明確且同樣重要的角色」（Kress & Leeuwen／桑尼譯，1999：160）。換言之，如果說在杜氏小說中是透過人物對話關係場景來鋪陳「一個主題如何通過許多不同的聲音來展示」這一對話性的意義呈現，那麼就數位文本而言，文本的對話性就是「一個主題如何通過許多不同的異質媒材來展示」。只要是異質性的媒材是以「平等」的關係「遇在一起」，其就「不可避免」的會相互應對，就會形成如同上引文中所談的：「不會像兩件東西一樣各自單放著，兩者一定會有內在的接觸，也就是說會發生意義上的聯繫。」

在前文我們有特別強調「不可避免」這四字的喫緊處；換言之，理論上只要是異質媒材能夠以平等的關係遇在一起，那麼此時文本對話性的形成——讓我們引用馬克思的話——，就不是以「人的意志為轉移」的，亦即文本中的對話性意義呈現就是「必然」、「一定」要發生的。因之，可以如此說，讓異質性媒材以平等的意義呈現關係遇在一起，就是數位「對話性文本寫作物質基礎」。這裡選用「物質基礎」這個術語就在於強調：只要條件正確，對話性的發生就會有其必然性。正在於此處所強調「必然性」，多媒體文本因其「分層文本結構」並以「超連結」串連「異質多媒材」的本質性特色，使得在數位文本寫作物質基礎上要形成「通過許多不同的聲音來展示一個主題」這一對話性文本條件，相對的容易。因為，數位文本中的「不同的異質性媒材」本身就是小說文本的「不同的聲音」；而互動的功能（這已含超連結）讓異質媒材——即不同的聲音——可以快速而有效的「遇在一起」。此亦即，從對話性的角度來看，數位文本「解放」了小說此種單一媒材文本只能在人物對話（對他人或對自己）的情節刻畫上，來呈現複調，來傳達對話式的意義展現；對數位文本而言，只要是異質性媒材能以平等、互補的關係遇在一起，就可以開展對話式意義的呈現，就是複調文本。換言之，數位文本的複調性、對話性呈現並不需要被侷限在對話的情節中，甚至並不需要有主人公的存在；這使得文本的對話性在數位文本中可以開拓至許多沒有對話情節的文本作品中。

的確，在傳統以單一媒材為主導優勢的文本結構中，若要形成多重形構文本，亦即巴赫金文本理論下的複調文本，就寫作技巧而言有其難度。

是以陀氏小說透過人物平等關係對話情節的刻畫而呈現出複調性時，巴赫金即譽之為哥白尼式的藝術成就，是藝術形式方面偉大的創新，「對人進行藝術觀察的這一全新的形式」（巴赫金／白春仁、顧亞鈴譯，2009：74）。相反的，只要走出單一媒材的限制，多重形構的複調性文本呈現即能成從「藝術」向下走入一般的文本呈現。例如在圖畫書（尤其是給小朋友看的圖畫書）這一特別的文體領域中，圖畫與文字的之間的寫作與表達關係上的平等性就特別被重視。Lewis於"Reading contemporary picturebooks"一書的導論即言：圖像與文字這兩種截然不同的媒介（distinct media）在圖畫書中交織在一起而創造出單一文體（single text），而不是以文字為主再佐以圖像為插畫（Lewis, 2001: 3）。於是可以想見的，在數位資訊時代中，當數位文本可以容易的使用多種媒材來形構作品時，媒材之間的關係又成為重要的討論焦點；正如同Kress & Leeuwen所言：「多重形構不論是在教育界、語言學理論或一般人的共識上一直被嚴重忽略。在現今這個『多媒體』的時代，頓時被再次察覺」（Kress & Leeuwen／桑尼譯，1999：60）。甚至在論及網路整體發展時，例如Lester在《視覺傳播》的〈互聯網〉一章中即強調：「只有當文字和圖像位居同等重要的位置時，互聯網才能成為真正的社會力量」（Lester／霍文利等譯，2003：439）。

　　然而，正如同前文巴赫金所特別強調的，並不是有著對話的形式就是對話文本，對話形式產生文本的「非終結」性才是真正的對話；同樣的，也並非二種異質性的媒材遇在一起就會形成具有對話性的多重形構文本。真正對話能產生的前提是對話者之間的「平等」及主題的「針對性」；對話式多重形構數位文本亦然，異質媒材之間要能平等，「必須互補（complement）於其他元素」（Craig, 2005: 169）；要能從媒材「平等合夥（equal partnership）的角度來運用」（Harris & Lester, 2002: 1-5），「一起合作使讀者從報導中獲得最多的意義，而不是彼此競爭來搶奪讀者的注意力」（Chapman & Chapman, 2000: 527）。這點才是數位文本寫作的最大難題及挑戰，因為我們在長久文本寫作學習訓練過程中，所學得的

寫作樣態是以單一媒材為主導性優勢的結構來思考文本的鋪陳，這一種寫作的「習氣」要轉換成多重形構文本媒材平等、互補的寫作樣態，並不是容易的事。這除了寫作思維的調整外，在技能面向上也要具備對各種媒材「意義展現度」呈現的拿捏技巧，以及版面的構思能力。

　　掌握了對「媒材展現度」的拿捏能力，才能讓媒材間以平等、互補的立場進行「真正的」對話，而具有版型的構思能力（這包含運用互動機制的使用），異質媒材以及分層文本區塊才能在最佳的「配置關係」下「遇在一起」，以創造對話的進行，這正是本書後幾章即將一再強調的寫作重點；換言之，媒材處理以及排版這些傳統線性文本中被視之「後製」的部分，對多重形構的數位文本寫作者而言，是作者構思寫作的一部分。當然，要能進行對話式多重形構數位文本寫作，除了技能面外，更重要的是對受眾心態上的轉換，這正是在「互動」章節中所一再強調說明者，寫作時對受眾的理解要從「抽象客體」的、「消極理解」的受眾轉化為一種活生生的、和作者平等的、「可以積極回答和反駁」的受眾（巴赫金／白春仁譯，2009：58）。如此數位文本才能成為創作者與閱讀者進行「非面對面」對話文本中介。

　　然而，最後理論上我們還必須面對一個質疑：為什麼要使用多重形構——或著說複調式、對話式——的數位文本來寫作新聞呢？這樣的文本形式有何種特別的社會性意義呢？這是我們所要再申論者。

五、對話性數位新聞與公共領域

　　數位科技的發展，使得互動性及多媒體性在文本的表現形式上成為寫作者容易上手的選項之一，同時也成為網路新聞在意義表現形式上重要選項。儘管在數位／網路新聞的領域中，學者及媒體工作者一再強調互動性及多媒體必須要成為網路新聞的重要組成部分，但與傳統新聞呈現相較而言，互動性及多媒體性能為數位新聞文本在社會意義面向的關係上帶來何種新意義展現可能性呢？這一問題如果並沒有被深入的探究，光只是談互動性及多媒體性是數位科技的重要文本呈現特色是不夠的；因為並沒有理

由說數位科技有著互動性及多媒體性特色，所以網路新聞寫作者就一定要用。

　　本文從巴赫金的複調文本理論來著眼思考這一問題。複調型文本之於傳統獨型文本並不只是寫作形式上的一項新技巧，對巴赫金而言，兩者對意義呈現及寫作表現而言在本質上是完全不同的，是對話性文本與獨白型文本的本質性差異，此種差異是「小說史與小說理論中的哥白尼式轉變」。對巴赫金而言，獨白型文本就本質而言是「權威表述」，「權威話語是典型的獨白型原則論」，「任何時代、任何一個社會集團中，家庭、朋友、親戚的任何一個小天地裡都『存在著權威的、定調子表述』」（北岡誠思／魏炫譯，2001：177）。巴赫金對權威型話語談道：

　　　權威的話語能夠在自己周圍組織起一些其他的話語（以解釋、誇讚權威的話語，或這樣那樣運用權威的話語，如此等等），卻不會同它們融合（如通過逐漸的交往），總是鮮明也不同一般，死守一隅，陳陳相因。不妨說，這個話語不只要求加上引號，還要求更加隆重的突出之法，如採用特殊的字體。要想借助鑲嵌這種話語的上下文，給它帶來意義上的變化，是極其困難的；它的語義結構穩定而呆滯，因為它是完整結束了的話語，是沒有歧解的話語；它的涵義用它的字面已足以表達，這涵義變得凝滯而無發展。專制的話語要求我們無條件地接受，絕不可隨意地掌握，不可把它與自己的話語同化。因此它不能允許鑲嵌它的上下文同它搞什麼把戲，不允許侵擾它的邊界，不允許任何漸進的搖擺的交錯，不允許任意創造地模擬。它進入我們的話語意識，是緊密而不可分割的整體，對方只能完全肯定或完全否定（巴赫金／白春仁譯，2009：127）。

　　相反的，對話型原則展示「與權威表述完全相反的可能性」，是「具有內在說服力」的表述；「如果說權威話語是典型的獨白型原則論，那麼具有內在說服力的話語則是典型的對話型原則論」（北岡誠思／魏炫譯，

2001：179）。巴赫金強調，與權威表述相較，具有內在說服力的對話型表述「可能起到完全不同的作用」（巴赫金／白春仁譯，2009：129）。

巴赫金將對話型原則表述與權威型原則表述兩者之間的文本意義呈現關係，理解為是「完全不同的作用」，是來自於他的「存在即事件」之哲學立場。巴赫金說道：「平時在我們的意識中，有內在說服力的話語，總是半自己半他人的話語。它的創造力就在於能喚起獨立的思考和獨立的新話語，在於從內部組織我們的話語。」「與其說我們闡釋這種話語，不如說它是自由地進一步地發揮，適應新的材料、新的環境，同新的語境相互映照闡發」（巴赫金／白春仁譯，2009：129-130）。換言之，對巴赫金而言，真正對話的意義呈現是應答式的展現，是參與性思維，是辯證式的，是「積極的理解」，能從支持或反對的過程中「豐富話語」（巴赫金／白春仁譯，2009：59）。「它的意義結構是開放而沒有完成的；在每一種能促其對話化的新語境中，它總能展示出新的表意潛力」（巴赫金／白春仁譯，2009：130）。相反的獨白式話語、文本，是話語、文本的消極理解，「這樣的理解，無非是複製而已，最高的目標只是完全復現那話語中已有的東西。這樣的理解，不超過話語的語境，不會給話語充實任何新內容」（巴赫金／白春仁譯，2009：59）。

因之，Hirschkop強調巴赫金對話式的意義展現模式不同於哈伯瑪斯式公共領域所展現的理性，是侷限於「溝通交換」、「理性對話」並從存在主體及他們的日常生活所抽象而出永恆式的、規範性的、笛卡兒式理性（Hirschkop, 2004: 28）。Cardiner在論述巴赫金哲學的特殊性時亦言，笛卡兒式的理性壓抑了可由「身體的」、「經驗的」、「參與的」、「特殊感官性的」、「存在即事件的」（Being-as-event）面向所可能彰顯的另一種理性，即「美學性」的理性。美學理性凸顯了笛卡兒式理性所不能觀照到的人生另一面向，「真誠的生命回應並不全然只忠實於責任和義務的抽象意念」（Gardiner, 2004: 33）。但Gardiner強調巴赫金並沒有拒絕抽象理論化的價值以及概括化範疇和解釋的有用性；相反的，巴赫金之所以重視真誠當下回應式的展現行動，乃是認為行動本身可以是具有哲學體

系論（architecotonic）高度的，而非是立即生活經驗的拜物教，其目的在於試圖縫合「感覺與事實、普遍性與個體性、真實與理想」之間的裂縫（Gardiner, 2004: 34）。對巴赫金而言，參與性思維並不是與理論認知對立，而是一種補充：「人類可能達到的理論認識（即科學）是個永遠無完結的語境；它對我的唯一參與來說，應該變成一種具有責任感的被認知的語境，而這絲毫不會貶低或歪曲其獨立的真理，反而會對它起補充作用，使其成為確有價值的真理」（巴赫金／賈澤林譯，2009：50）。對本文而言，多媒體文本如果是具有對話性潛力的文本形式，那麼這對話性文本的意義是必須要從巴赫金的立場出發，才能就理論高度而言是對傳統新聞文本可以進行補充作用的。換言之，我們要能從巴赫金的理論視角來「確定對話關係的特殊性」，否則「狹義的理解將對話與獨白視為言語布局修辭形式」（巴赫金／曉河譯，2009c：321）。

從巴赫金的哲學立場出發來看待多媒體文本的對話性價值，對本文而言是至關重大的。「對話性」如果粗略的理解，就傳播的學門領域而言，大抵也可以說是強調讀者對文本意義解讀的「主動性」。就一般的主動性閱聽眾論述而言，Hall的製碼／解碼模式是常被提及或引述的研究範式（Storey／張君玫譯，2001）。然而，Inglis（1990）在"*Media Theory*"一書中，則以Making and Thinking的概念對Hall的製碼／解碼理論為例子評論道，雖然Hall重視受眾的主動性，強調訊息的意義論述必須由雙向的交流所形成，但我們對受眾解碼在產製意義上的可能性仍是站在笛卡兒式理性思辨的立場上進行解讀，因之以Hall為例，受眾對訊息意義解讀的可能性則為被侷限於主控—霸權的（dominant-hegenomic）、協商的（negotiated）、反抗的（oppositional）這三種框架中。Inglis認為這是不足的，對訊息的解讀仍有更多可能性可以被思考，例如一般的操作使用面向以及對話式的反覆接近，直到「某些可知的被知道為止（until something knowable is known）」（Inglis, 1990:169）。雖然，Inglis在文中並沒有參引巴赫金，但以藝術的角度思考對文本的理解方式，作為理性的、批判的理解文本之外的另一種補充，則是所見略同：「如果知識是一種產品，有

人說，那更像是藝術作品而不是一雙鞋子」（Inglis, 1990:169）；「媒體理論必須嚴肅看待藝術，……它在做與思之間保持平衡，而這是健全人性的真正支點」（Inglis, 1990:171）。換言之，如從巴赫金的哲學立場來看，Hall式的主動閱聽眾立場，用Heller的說法，受眾主體雖然受重視，這種主體是「沒有身體」、「沒有感情」，此種個性的結構（structure of personality）只等同於認知、語言和互動（Heller, 1982: 21-22），對文本的解碼是一種獨白式的文本立場對另一文本進行獨白式的解碼。換言之，Hall式的閱聽眾主動性是「解碼」的主動性，但這並不是「對話」的主動性。對巴赫金而言，解碼式的主動性和對話式的主動性兩者之間的差異是涇渭分明的：「針對死物、不會說話的材料，是一種主動性，這種材料可以隨心所欲地塑製和編織。而針對活生生的、有充分權利的他人意識，則是另一種主動性。這是提問、激發、應答、讚同、反對等等的主動性，即對話的主動性」（巴赫金／曉河譯，2009a：337）。而對話的主動性是「思考著的人的意識，這一意識存在的對話領域，及其一切深刻和特別之處，都是獨白型藝術體裁所無法企及的」（巴赫金／白春仁、顧亞鈴譯，2009：356）。

因之，如不能從巴赫金的立場來看待對話性，而只是粗略的將之解讀為讀者對文本解讀的主動性，那麼多媒體文本和傳統的獨白式文本並沒有什麼不同，都是讀者可以主動進行解讀的。然而從巴赫金的對話性出發，如果說多媒體文本就其本質而言是易於在數位文本呈現上創造出文本中的「複調性」，那麼對複調型文本主動性的解讀是「對話性」的，這和對獨白型文本進行主動性解讀在本質上是不同的。此種本質上的不同，也正如同鮑曼（Zygmunt Bauman）對於弗蘭茨·羅森茨威格關於「抽象的」和「生動的」思想區分的引用：「『抽象的』思想者事先知道他的真理，他不為其他的東西所思所說，而『生動的』思想者不會預計任何東西，他必須等待著『他者』的言語。他對那些不僅有嘴而且有耳的人說話。起初，話語不知在何處結束，他從其他人那裡找到了提示」（Bauman／蕭韶譯，2002：265）。換言之，說話人要求對方進行應答的方式多種多

樣，取決於話題、說話人及言談的語境。但每句言談之間的關係卻總是以他人潛在的應答爲前提。鮑曼說道：「這些話對我來說似乎濃縮了我導師的教誨，它們教育我要堅定地站在『生動的思考』一邊」（Bauman／蕭韶譯，2002：265）。正是在重視此二者之間的本質性差異上，我們才能從理論上說明數位多媒體新聞文本是可以對傳統新聞文本進行補充的。

多媒體文本在新聞領域可以爲傳統新聞文本進行補充，不只是侷限在閱聽眾的層面上，同時也能擴展到社會的層面上。新聞與社會的關係，在傳播的學門上一向與哈伯瑪斯的公共領域概念密不可分。Hirschkop從巴赫金的視角說道，哈伯瑪斯所想像的公共領域是「去身體化、理想化的公共領域」，公共領域所展現的理性，是侷限於「溝通交換」、「理性對話」（Hirschkop, 2004: 28）。Docker從後現代的視角亦談道：「『公共領域』理念的感知形式也很狹隘（Docker／吳松江、張天飛譯，2001：380）。這是因爲公共領域的發展使新出現的資產階級和職業階層能夠有一個理性的討論空間來鍛鍊判斷能力、思維能力和辨別能力，亦即溝通理性。但在公共領域裡，「不僅反對貴族階級所認爲的社會地位決定了學術上的權威這種臆斷，而且還積極反對狂歡思想，反對下層階級在酒吧、客棧、集市、劇院、表演場所、雜技場所、獵場等他們的文化領域所舉行的怪誕活動和消遣娛樂」（Docker／吳松江、張天飛譯，2001：377）。因之，隨著公共領域的發展，「現代知識生活就是每天在大學裡、雜誌、新聞、報紙上所發生的討論和理性的爭辨」（Docker／吳松江、張天飛譯，2001：379）。如果笛卡兒式的理性思辨不是人性唯一重要的東西，不是社會之所以值得我們活下去的唯一理由，審美的、存在即事件的、應答的、辯證的也是存在的眞實感受，那麼多媒體文本的複調式對話性潛力將可以使新聞跨出公共領域的笛卡兒式理性侷限，爲新聞與社會的關係面向上開拓出更多的可能性關係。正如同強調「衝突中的同意」的保爾·利科（Paul Ricoeur）所言：「假如公共空間的出現是不可少的，承認多樣的傳統也同樣是不可少的」（Mongin／劉自強譯，1999：89）。

第 2 章 ▶▶▶
數位文本與後現代文本

一、從超文字到超媒體

　　超文本（hypertexture）是數位文本的重要文本特色。基本上超文本是透過超連結作用與文本的內部或外部資料進行相互參照，形成非線性閱讀。對超文本文本結構進一步深化研究過程中，超文本又細分為超文字（hypertext）與超媒體（hypermedia）二種不同形式的超文本結構；其區分在於超媒體更強調其文本的連結對象是與其他異質性文本元素進行跨媒材連結，所形成的相互參照作用。例如從某一文字文本元素對內或對外連結到圖像、影音、語音或是某種程式化的互動式文本元素（如flash）（Landow, 2006）。本章以新聞文本為研究場域來探討新聞文本呈現、寫作與超媒體文本之間的關係。這一視角的形成首先來自於對目前網路新聞文本呈現的考察，我們可以看見目前大部分的網路新聞不乏超文字式的超文本使用，但甚少以超媒體式的超文本來形構新聞文本的新聞敘事（Quinn, 2006）。這一現象除了網路新聞產製面因素外（Paterson & Domingo, 2008），本文從西方文本理論的視角來說明超媒體文本的「（後現代）互文性」與新聞文本所要求的「新聞性」之間，所形成的理論困局，並試圖說明此一困局化解的可能。

　　一般而言，在論及超文本時，往往並沒有對「超文字」

與「超媒體」這二種超文本進行有意識的區隔，超文字文本與超媒體文本往往只是連結對象的不同，並沒有對二者間文本意義呈現上的不同進行深究。對本文而言，超文字是以某一單一媒介元素為主導而形成的數位文本區塊，再透過超連結作用，連結到這一文本區塊外的其他資料以形成互文性的解讀。這數位文本區塊段落內的單一主導媒介元素可以是文字，也可以是影音或其他。然而段落區塊的內容若是由單一媒介元素為主導所構成，其意義呈現模式和傳統印刷文本並沒有太大的不同；但可在數位環境下，透過超連結與外部資料進行互文作用來打破印刷文本階層性結構及閱讀次序，以創造超文字模式的互文性（Orr, 2003: 50）。正如同Glassner對超文字的描述：所謂超文字指的是藉由參考資料或是超連結來增加檔案的內容。如此一來，閱聽眾藉由閱讀檔案裡不同部分，或是一起閱讀不同的檔案，來瞭解作者想傳達的意思（Glassner／闕帝丰譯，2006：301）。從教學實務立場而言，超文字式的新聞寫作和傳統新聞寫作並沒有太大不同，只是在舊有的寫作習慣中再加上超連結思考，給讀者機會連結到外部資料以充實閱讀豐富度。

在新聞敘事材料與超文本性的結合上，真正造成寫作挑戰的是超媒體這種書寫樣態；如同Papper所言，這多媒體面向（multi-media aspects）正是網路新聞的特色所在（Papper, 2006: 113）。超媒體是指用多媒介元素的敘事材料，例如文字、影像、影音、聲音、可程式化互動媒介元素等多種媒材，透過超連結串連或是並置於某一段落區塊中以形成「跨媒材新聞敘事」呈現。從意義呈現及寫作面而言，超媒體和超文字文本「幾乎是不同架構」（Liestöl, 1994: 117）。超文字仍具有以單一寫作元素為主導的性質；相反的，超媒體是「多媒介元素寫作」，文本內容組構並不是由某一種寫作元素為主導的樣態，而是各種媒介元素以平等、互補立場進行相互參照作用，「每一元素必須互補於其他元素」（Craig, 2005: 169）。這種文本樣態模式，Meinhof & Leeuwen稱之為多重形構（multimodality）（Meinhof & Leeuwen, 2000: 61）；Kress則稱之為聚焦式文體（the 'Focus' text）（Kress, 2000: 151）。Kress & Leeuwen說道：「多重形構不論

是在教育界、語言學理論或一般人的共識上一直被嚴重忽略。在現今這個『多媒體』的時代，頓時被再次察覺」（Kress & Leeuwen／桑尼譯，1999：60）。Leeuwen為強調此一概念對網路多媒體寫作的重要，以這是「新寫作形式」來形容之（Leeuwen, 2008）。「多重形構」所強調文本特色在當今另一種更為普遍和熱門的術語是「匯流」（convergency），就網路新聞而言就是匯流新聞（convergent journalism）（Wilkinson, Grant, & Fisher, 2009）。

但此一「多媒體匯流寫作」特色在新聞敘事文本理論上卻面臨著二難式的困境。在某一數位文本段落區塊中，一旦沒有了主導性媒介元素，而是以異質性多媒體寫作元素用平等、互補的原則進行串連、並置，那麼在閱讀過程本身即不可避免會產生強烈跨媒材循環性互文意義解讀，而這正是Eagleton在《二十世紀西方文學理論》一書中強調的後結構／解構文本理論特質：「能指與所指之間並沒有任何固定的區別。……而是循環的：能指不斷變成所指，所指又不斷地變成能指，而你永遠不會達到一個本身不是能指的終極所指。（Eagleton／伍曉明譯，2007：126）。然而，後結構／解構主義的文本理論原則：「語言本來就是不穩定的，不存在固定文本意義的超驗錨地，文本意義完全可能是相互矛盾的」（Phelan／陳永國譯，2002：14），對新聞文本在其社會功能下所擔負的「敘事保真值」這一要求而言，讓多媒體匯流新聞文本的意義呈現與寫作間陷入了二難。這二難困局，筆者試圖援引巴赫金（M. M. Bakhtin）的對話理論，並據以提出「對話式超媒體互文性」來重新思考匯流式新聞文本的新聞價值與寫作實踐。

傳統媒介傳播條件是以單一文本元素為優勢性主導，例如報紙是以文字為主導性文本元素。在傳統報紙中，一則新聞事件在文字的組構之下，其報導視角以及事件樣貌已經被文字這一單一文本元素所凝固了；換言之，被文字寫死了，固定住了，文本的意義趨向於封閉性（closure）（Gaggi, 1998: 123）。在這情況下，對文字再進行其他文本表現元素的加工，亦即傳統的排版、美編，所能再做的無非只是對那「意義已本身具

足」的文字元素，加以外部性修飾、美化，或是提供更爲便利的閱讀動線罷了（Harrower／于鳳娟譯，2002）。然而，超媒體文本，正如同之前所談的，是多種異質性文本元素進行強烈互文性效果的文本，多種異質性文本元素是處於平等地位來型塑意義的展現，因之某一單一文本元素的變動，就會強烈改變多媒體文本所要表達的意義；例如在一段落區塊中以一幅全景深圖片或是以一幅淺景深強烈凸顯畫面主體的圖片，就會產生文本意義上的轉變。以這一角度而言，超媒體新聞寫作是以一種新的「寫作概念」來組構新聞文本，而超媒體文本是以一種新聞呈現的「新文本」姿態來挑戰傳統新聞，而非在傳統新聞再加上多媒體以進行修飾性的塗塗抹抹。換言之，處理多媒體元素的「技能類」部分，在多媒體寫作過程中，並不是傳統新聞產製流程中在「排版」、「版面」觀念上的文本「形式」美化過程；相反的，那是組構成對新聞「內容」思考、對新聞「文本」安排的必要條件之一。正如同巴赫金有關複調文本的論述一樣，巴赫金從對陀思妥耶夫斯基小說研究而提煉出來的複調文本概念，強調複調文本是一種全新的文本「形式」，而非只是傳統獨白式小說形式添加了許多對白性的「內容」而已（巴赫金／錢中文譯，2009）。

因之，從多重形構的文本視角來看待多媒體技能與匯流新聞寫作之間的關係，從教學實踐立場而言，就不是傳統新聞以「內容」爲主導的教學架構所能應付的。如果說傳統以內容爲主導的新聞寫作、教學架構是預設了文本中「形式」與「內容」的二分，那麼多媒體匯流新聞的文本概念則接近於由俄國形式主義所開出的二十世紀文學理論中，對形式與內容的看法：不應把作品劃分爲「形式─內容」兩部分，而應是首先想到「素材」，然後是「形式」，是形式把它的素材組織在一起，素材完全被同化到形式之中（汪正龍，2006：34-35），此亦即「材料如何被形式化的問題」（李廣倉，2006：35）。從這一個角度而言，掌握和表現素材的技能、技巧或手法就被提升到至少是與傳統新聞概念中的「內容」，有著同等重要地位。文本從這一視角來看待多媒體技能在匯流新聞寫作中所扮演的理論定位。

二、文本理論下的文學與新聞

二十世紀文本批評理論的開創，即與傳統小說批評形成對照，其「注意力從文本的外部轉向文本內部，注重科學性和系統性，著力探討敘事作品內部的結構規律和各種要素之間的關聯」（申丹，2003：1）。換言之，「研究文學就必須從文學本身去尋找構成文學的內在根據和理由」，「而與那種傳統的傳記——社會學式的文藝研究方法，即以作家為中心，以文學的政治、道德等為主要社會功能的文學觀是針鋒相對的」（方珊，1989：17）。正如同勃里克在〈所謂的『形式主義方法』〉一文所言：「認識作品生產的規律代替神祕觀察創作的『奧祕』」（勃里克，2005：4）。因而就其研究方法取徑而言，他們重視各種創造形式、技巧和手法的分析，自覺將文學研究的重點轉向作品自身，作者意圖不再是作品意義之源，擺脫了作者對作品意義的控制和壟斷。換言之，「過去的文學史都是從作品內容角度展開的，不是寫成社會觀念變遷的歷史，就是寫成作品內容描述的歷史，很少關注文本語言形式的因素。這種觀念認為形式是為內容服務的，其本身根本沒有獨立的價值。而文本觀念的確立改變了這一片面的認知方向，它認為語言形式不是附屬因素，其本身就構成了文學的本體存在」（董希文，2006：21）。然而更重要的是，這些理論「都以提供可操作性的方法為依據指導具體批評實踐」（董希文，2006：17）。

二十世紀文本觀念的確立影響了文學史的理論軸線。然而，在這一軸線之下，理論視角隨著時代推進而有了不同的改變，在二十世紀發生了兩次歷史性的轉移。第一次從重點研究藝術家和創作轉移到重點研究作品文本，第二次則是從重點研究文本轉移到重點研究文本與歷史、社會、意識形態以及讀者、接受之間的關係。我們可以看到二十世紀文學理論的發展：俄國形式主義——新批評——結構主義——後結構主義——解構主義——西方馬克思主義文化批評——文化研究等，這些主流理論所關注的重點依次是文本中的語言、結構、互文、文化等問題，恰恰說明了這點。

Mark Currie將一理論視角的轉移概括為：「從發現到創造，從一致性到複雜性，從詩學到政治」（Currie／寧一中譯，2003：4），研究的材料則從傳統的「文學」，大規模拓展到日常生活中的包羅萬象：報紙、電影、電視、廣播、廣告、雜誌、漫畫、網路……，而登場的學術大師則是埃亨鮑烏姆、雅克布森、艾略特、列維·史特勞斯、福柯、羅蘭巴特、德里達、克斯蒂娃、詹姆遜、特里·伊格爾頓……，可謂族繁不及備載。而網路文本在一開始受到重視並進入文本分析視角時，即座落在後結構／解構的分析坐標中，網路的超文本理論往往被追溯到羅蘭巴特、德里達、傅柯，並以互文性為最重要的理論旗幟（Landow, 1992）。

　　互文性的文本特色一般而言是被定位在後結構／解構主義的文本理論取徑（王瑾，2005）。後結構／解構主義不承認能指與所指的穩定關係，文本從一個能指到另一個能指，並不對應固定所指，其意義是歧義重重。因之由語言符號構成的文本則是一個網，一個織物，一個無中心、無結構、充滿矛盾差異、意義閃爍不定、永遠處於傳播過程的狀態。傅科的「知識型」，德里達的「延異」，羅蘭巴特的「可寫性文本」，都是這種文本思維取徑下不同理論面貌展現。在後結構／解構的閱讀策略中，互文性是關鍵的分析方法。後結構主義／結構主義者利用互文性概念揭示眾多文本中能指的自由嬉戲現象，進而突出意義的不確定性（陳永國，2003）。網路文本因其媒介表現形式的超文本特色，使得互文性理論成為網路文本重要的理論基礎，「以高科技和網絡為載體的文學最突出地展示了互文的特性與價值，是有史以來互文本的最高典範形態」（董希文，2006：3）。正如Allen說道：「超連結性可說是具體化了互文性」（Allen, 2000: 202），亦如Orr所言：「數位媒體即後現代互文性」（Orr, 2003: 49）。

　　從早期的俄國形式主義到文本互文性，這一段理論發展過程所關注的研究文本材料是「文學」。然而新聞和文學在其文本自身存在的社會功能性上是完全不同的。文學自身有其獨特的意義展現方式，文學在其呈現自身的文本表現上沒有必然和歷史事實、社會現況以及當下的經驗世界之

間，有著明晰的能指與所指間的連結；甚至為了突出文學性，還要刻意的陌生化、奇特化、狂歡化等等（汪正龍，2006；李廣倉，2006）。但新聞文本的「新聞性」恰恰是和「文學性」相反的，新聞在其社會功能上是要將某一新聞事件盡可能客觀的傳達給讀者，一位記者所見透過新聞媒體媒介傳遞到讀者，這一過程的失真度愈少愈好。「客觀性應是記者努力實踐的理想」，「記者們極力要達到的『和事實真相最接近的報導』，其實就是『客觀』二字的達成」（Brooks, Kennedy, Moen, & Ranly ／李利國、黃淑敏譯，1995：17）。因之，如用文學理論的思維架構來進行新聞與文學的對比性理解，可說新聞性「話語的主要目的是傳達媒介外部指涉物的信息，我們可以說交流功能居於主導地位；那麼，所論的話語就根據它針對指涉物的表達清晰度和它的真值（它所提供信息的有效度）來加以評價」。另一方面，文學性「信息主要被用來表達話語言說者的感情狀況（就像在大部分史詩中那樣），或者被用來在信息接收者激發一種態度，從而導致一種特別的行為（比如在鼓動勸說性的演講中），那麼，所論話語就要更多地根據它的述行力量（一種純實用性的考慮）來予以評估，而不是依據它關於指涉物的清晰度和真值」（White ／董立河譯，2005：56）。

　　新聞因其社會功能所產生的「客觀」文本觀，從一種比較大的理論視角而言，可以說恰恰是接近於西方文學形式理論革命之前的文本觀：新聞文本是一種透明的中介。然而此種新聞文本的中介觀，並非是記者個人自由意志下對文本風格選擇的一種集體性現象，而是來自於新聞文本與其社會功能關係下的社會性產物。正如同在一般的新聞寫作上，其內容的方向往往有「影響性、接近性、及時性、顯要性、異常性、衝突性」這些面向的求要；同時在寫作態度上，新聞文本要求記者剔除個人主觀意識以求取「準確、公正與客觀」（Brooks, Kennedy, Moen, & Ranly ／李利國、黃淑敏譯，1995：8-13）。雖然，在新聞學理論中也有「客觀性不是很容易就可以做到」的認知，同時也有「『客觀』其實包藏了用職業專利製造的浮淺表象」之批抨（Brooks, Kennedy, Moen, & Ranly ／李利國、黃淑敏

譯，1995：17），但換一個角度來講，一但放棄新聞文本式的「中性」文本觀，就等於摧毀新聞之所以被需要的社會功能，那麼新聞就不是新聞，而是某種「文學作品」的可能之一。因之，在主流的新聞文本寫作思維中，「『客觀』一直是記者、新聞寫作的教師和學生所堅守的信條」（Brooks, Kennedy, Moen, & Ranly／李利國、黃淑敏譯，1995：17），也正因如此，當二十世紀60、70年代以回歸文學傳統為主軸的新新聞主義在其發展高峰之時，仍被傳統新聞理論界及實務界視之為叛逆者，招來越界、主觀、個人風格、小說技巧等的批評（Wolfe, 1973）。就主流的新聞寫作而言，大致可說在二十世紀裡新聞發展的過程中，保持著一種基本上以追求客觀新聞寫作為訴求的報導樣貌，並以「純淨新聞」類別而自居，同時將自30年代發展起來的解釋性報導（深度報導）歸入於「特寫（稿）」類，以區隔於「純淨新聞」（Schudson／何穎怡譯，1993；周慶祥，2009）。即使網際網路的出現和普及，愈來愈多的新聞透過網路來呈現，但網路文本的超文本特質並沒有對專業新聞網站的新聞報導形式產生太多影響（Wurff, 2008: 66）。

這裡的傳統新聞文本形式，指的是在二十世紀蔚為新聞文本呈現「典範」的「倒三角型敘事形式」（Høyer & Pöttker, 2005）。對此一典範的實踐使新聞工作人員發展出「專業的」自我意識，新聞從業人員是新聞的專家（experts），而不僅僅只是作者（authors）（Franklin, 2005; Barnhurst & Nerone, 2001）。換言之，新聞工作者是否專業，新聞文本是否能達到「保真值」的要求，亦即所謂新聞文本的「公正、客觀」是否能呈現，同時也依附於此種文本形式是否有效呈現來認可。Mindich即強調：「倒三角型產生了『直寫』（straight）新聞的規範並且導入了『客觀』新聞寫作的時代」（Mindich, 1998: 65）；Kovach & Rosenstiel亦言：「大部分當今的標準新聞倫理規範因之形成」（Kovach & Rosenstiel, 2001: 99）。Thompson則從專業新聞產製的視角談道：對專業職場新聞工作者而言，在題材選擇及寫作方法上的「是不是新聞」遠比「是不是真實」來得重要（Thompson, 1998: 35）。從這個角度而言，敘事文本是

否能具有「新聞性」而成為新聞文本，是無法脫離倒三角型此一文本形式，如果我們借用海登‧懷特（Hayden White）所提「形式的內容」這一概念（White／董立河譯，2005），那麼新聞即是「有倒三角型形式的內容」。事實上如翻閱一下有關新聞寫作之類的教科書，要求用倒三角型形式來書寫新聞是無一例外的。即便是可讓記者有較多詮釋和解釋空間的深度報導，亦有學者認為是倒三角型書寫形式的再進一步深入發展（程世壽，1991）。

倒三角型寫作格式會要求記者再三地思考、推敲要報導的事件，並將核心重點及前後梗概精練的寫成第一段導語（lead），隨後再依重要性加以選擇出某些事件片段（包括採訪），依序堆疊架構出事件的敘事（Murdock, 1998）。然而在選擇段落的重要性與依序堆疊的過程中，即充滿寫作者個人自覺或不自覺的意識偏好，更何論再經編輯室編輯人員意識偏好下的調整與修改，此與理想概念中的媒體「公正客觀」實有一段距離，這點學者早有指出（Cohen, 1987; Tuchman, 1973; 鐘蔚文，1992）。從單純的敘事文本理論來看，新聞事件的敘事若是要求清晰度和保真度，與倒三角型形式之間並沒有任何邏輯上的必然選擇，Tuchman甚至說那只是「策略上的儀式」（Tuchman, 1972）。相反的，從西方新聞史的發展來看，如同Bernard Roshco所言：「今天大家所普遍接受的新聞報導模式，其實是由一連串為因應社會環境的變化，而不斷發展、創新出來的方式所演變而成的」（Roshco／姜雪影譯，1994：13）。正如同美國芝加哥學派的報刊研究學者派克（Robert E. Park）所強調的，是「歷史過程的結果」（Roshco／姜雪影譯，1994：41）。Conboy及Schudson從新聞史的研究中指出：倒三角形寫作形式的形構，是在商業報紙競爭以及報紙大眾化產製流程的歷史過程中所形成的某種新聞文本共識（Schudson, 1995；Conboy, 2004, 2002）。換言之，新聞與倒三角型格式之間並沒有「本體論」上的關係，而是報刊歷史產製實踐過程下「建構」的產物。

既然新聞敘事文本與倒三角型結構結合是歷史「建構」的，那麼就新聞與倒三角型之間的「習慣」就是可被挑戰的。再者，數位媒介環境對新

聞未來面貌的影響，不只是數位多媒介互文性對事件敘事呈現上的諸種可能性，更重要的是在整體新聞產製的面向上也帶來了全新的衝擊（Pavlik, 2000: 230）。在網路環境下，新聞產製在財務、機器設備以及協調組織等方面都降到了極低的門檻，以個人或社群為新聞產製單位並以分眾、非營利為目的新聞產製運作，在網路環境中並非難事。新聞產製環境的改變，這使得傳統新聞敘事與倒三角型文本形式結合的結構面因素產生了改變；換言之，在未來新的新聞產製環境下，新聞就值得去追求、實驗更適合「敘事」的文本形式。事實上我們可以看到，在大部分非由專業新聞媒體工件者所控管的部落格新聞（Levinson, 2009: 17）、業餘人士所建立分眾報導、以及非營利單位產製的新聞，傳統專業新聞組織所依奉的敘事形式大大鬆動，數位多媒介特性有意識的被整合進入新聞事件的敘事過程（Wurff, 2008: 82-83）。正如同在歷史領域中，年鑑學派就因其對傳統「故事性」的歷史敘事不滿，而發展出新的歷史敘事模式（White／陳永國、張萬娟譯，2003：134-136）。

　　從一個歷史比較的角度而言，如果說二十世紀初文學理論與文學創作是從「形式入手」，「探討文學文本的構成方式」，來追求文學文本的文學性（李廣倉，2006：32），那麼數位產製環境下的網路新聞則有了一個歷史契機來擺脫倒三角型的「獨裁」，可以從理論及創作面上來追求新聞敘事中更適合「新聞性」展現的「文本形式」。長久以來我們一直認為記者是新聞文本內容的發動者，形式只是新聞文本承載的固定容器，不值一提；一旦從現代文學理論視角來看，記者對新聞事件的經歷過程和思考源泉「也要受形式的激發」（詹姆遜／王逢振譯，2004a：6）；換言之，形式亦是決定新聞文本好壞的重要條件。當然，此處所指的新聞文本「形式」，正如同二十世紀初文學理論一樣，並不是在傳統概念下與「內容」相對立的「形式」，而是寫作手法與材料關係下的形式概念，「是形式把它的素材組織在一起，素材完全被同化到形式之中」（汪正龍，2006：34-35）。同時，亦如同二十世紀初文學理論的初創是不滿於「作者是文學作品意義的唯一解釋來源」這一觀點，同樣的網路新聞所處的歷史契機

亦可打破在傳統形式與內容二分的新聞文本觀下，以記者的道德、品格、學識決定新聞內容好壞這一傳統的「內容思考」，讓新聞的「呈現形式」亦可納入新聞追求進步的思考空間。

那麼，更好的新聞敘事文本形式（a new form of journalism）應是何等模樣呢？雖然關注這一問題的學者及新聞工作者往往強調這正是有待實驗與創造的，目前並沒有「明確的答案」（solid answers）（Paul, 2006: 121），或是「則待確立」（彭芸，2008：172）。但就教學實踐的立場而言，這樣的回答是令人困擾的，因為時常會滑入到底是教「數位新聞」還是教「數位文學」的矛盾。新聞畢竟不同於文學。文學可在「文學性」的追求上不斷嘗試新的寫作文本形式，但新聞的「新聞性」並不是獨立自足的，而是有著「社會性的」，敘事文本要能滿足「受眾」、「常規」、「倫理」與「保眞值」等社會面條件上的要求，才能成為新聞。在這一前提下，網路新聞在其「寫作手法與材料關係」上就要有著可辨識的「形式共識」，這一形式共識要能讓讀者辨識出某一事件敘事是「新聞」而不是「文學」；換言之，新聞總要是某種章法的，而不是感受到什麼就寫什麼，這才能區隔出網路新聞與一般部落格網路寫手的敘事文章（Barlow, 2007: 175-182）。

面對數位新聞形式共識這一難題，許多研究網路新聞寫作的學者往往要求返回倒三角形式來「重新思考」，因為倒三角型是新聞寫作長期歷史實踐下所發展出最適合受眾閱讀新聞的形式，但又要求打破倒三角型的僵化形式，建立自己的特色（Chyi & Lasorsa, 2006; Greer & Mensing, 2006; Stovall, 2004）。這一難題一些學者開始注意，例如李明哲在〈「新聞感」與網路新聞寫作之探討：從「倒三角形」的延續與創新出發〉一文中有一個初步嘗試。解決方法是保留導言在網路新聞的開端，並以「段落區塊」的概念來取代傳統的「文字段落」。區塊段落與文字段落的差異在於：傳統文字段落與其上、下段落之間具有敘事上意義的繫屬關係；而區塊段落就其本身而言就有其意義上的完整度，一區塊段落與其他區塊段落在意義繫屬上的關係並無產生次序性的必然性。以此方法來適應螢幕閱讀

跳躍選擇的特性，同時創造區塊段落之間的互文性（李明哲，2010）。這一架構在日後網路新聞寫作歷史實踐中是否會成為「形式共識」，尚言之過早。但此一嘗試架構帶出了網路新聞一個重大的文本結構問題：網路新聞（區塊）段落與（區塊）段落之間要如何來安排？如依重要性來排列，那又返回傳統倒三角型的格局；如不是，那麼要如何來安排、連結（區塊）段落以創造網路新聞閱讀的互文性？畢竟，互文性是網路新聞文本區隔於傳統新聞的最大文本特色所在。

延著這一思考方向，學生如缺乏對HTML基本技能掌握，是沒有能力來思考及處理上述的挑戰。掌握了足夠的數位文本技能（下篇有進一步討論），才能對數位新聞（區塊）段落進行安排、連結，以形成互文的閱讀綜效，這可以是在（區塊）段落間加上導覽系統，也可以透過如flash、javascript等互動式程式化模組元件來處理；但無論採取何種「技能」來處理，正如同Ward說道：「網路記者及內容提供者要花更多的力氣來思考如何結構及呈現他們的故事」（Ward, 2002: 122）。因之，一位數位新聞工作者對數位技能掌握的重要性正如同對新聞素材掌握的重要性一樣，是二者缺一不可的。對數位技能掌握得愈深愈廣，不但可以創造出最佳互文效果的網路新聞，同時也才能透過「技能分析」對網路新聞的好、壞進行「可操作性批評」，否則往往易流於主觀感受下的「無的放矢」。這是筆者在本文中所欲給予數位技能在網路新聞寫作上的「理論定位」。從新聞實務教學立場而言，正是在這一理論定位的引導下，網路新聞技能實務課程對於「教什麼」、「如何教」，才有一思考上的依據。數位／網路／多媒體新聞的實務課程才有可能跳脫「軟體教學」的思考面向，才能從各個相關的技能及軟體中揀擇某些技能，來組構成網路新聞實務課程的授課內容。

三、對話式互文性的超媒體新聞文本

數位新聞文本的呈現除了敘事手法（形式）具有新的挑戰性外，在文本材料上的超文本性（hypertextuality）則又是另一數位文本的呈現特

色。超文本（hypertexture）特色往往是與超連結（hyperlink）、超文字（hypertext）、超媒體（hypermedia）這三種文本呈現技巧有關。如前言所述，網路文本的超連結性呈現可區分為超文本和超媒體二種樣態，在數位網路環境下的數位文本，結合超連結的超媒體文本形式所形成的意義多重形構，是更重要的數位文本特色所在。多重形構文本，亦如同我們一再說明的，是一種對話式意義呈現形態的文本；換言之，數位文本多重形構寫作的核心概念在於創造讀者與文本進行對話的機會，創造讀者與文本之間一種對話性的、辯證式的意義理解模式（Kolko, 2011: 15）；這其實是以文本為中介，讓創作者與閱讀者進行「非面對面」的對話。

然而，正如同前言所論及，「多媒體匯流寫作」特色在新聞敘事文本理論上面臨著一個二難式的困境。在某一數位文本段落區塊中，一旦沒有了主導性媒介元素，而是以異質性多媒體元素用平等互夥的原則串連、並置，那麼在閱讀過程本身即不可避免會產生強烈的循環性互文意義解讀，這對新聞文本在其社會功能下所擔負的「敘事保真值」這一要求而言，可謂是重重一擊。那麼，我們要放棄以媒體匯流文本來敘事新聞嗎？這理論上的二難困境有化解的可能性嗎？

匯流，正如同Jenkins在《匯流文化：新舊媒體在此碰撞》一書中所詳言的，是媒體正在重新型塑的主要力量，影響所及不只是新聞呈現，而是撐起媒體運轉的各個面向：技術、產業、市場、風格和受眾（Jenkins, 2006: 15-16）；換言之，從目前趨勢而言，以匯流式超媒體文本特色來敘事新聞只是要如何來做的問題。這當然是一大挑戰。事實上我們可以看到，在平版電腦逐漸普及時，一些傳統專業新聞產製單位，例如《聯合報》，在專題式報導題材上已於App的呈現有著強烈超媒體文本運用。雖然，《聯合報》APP版在「傳統新聞」（非專題式）呈現上與平面新聞並沒有顯著的差別，但如果說傳統專業新聞單位在人力、物力、技術方面的支援是可以讓專題式報告呈現出強烈超媒體風格，那麼傳統新聞以超媒體式文本風格來表達，有待克服的「調整」就只是產製流程、文本呈現樣貌嘗試，以及最重要的，正如同Paul所強調，那些在傳統單線傳播媒體形態

下長大的媒體工作者及讀者（Paul, 2006: 122）。然而從新聞敘事文本理論而言，超媒體文本在其閱讀過程，「思想在文本中循環、流動、打漩、匯集、跳躍」，也因之「作品的『完整性』也變成海市蜃樓」（Wellmer／欽文譯，2003：74），這和新聞敘事所要求文本「保眞度」方向是矛盾的。這一「二律背反」如不在能理論上有所化解，那麼談超媒體、談多媒體、談匯流倒恰恰是在為新聞自掘墳墓。那麼擺在我們眼前的是：此一矛盾有可能調解嗎？如何調解？如果我們不那麼天眞的對後結構／解構主義將文本視為「一種無止盡的文本生產過程」之觀點視而不見（詹姆遜，2004b：301），如果我們願意放棄記者可以創造「一種意義透明的文本」從而還原「自我在場經驗」之幻想（Edmundson／王柏華譯，2000：88-92），那麼調解的方向就在於如何透過超媒體媒介讓記者的構思與讀者的解讀之間有著最大可能性的意義交集；而追求最大可能意義交集的方法，我們將轉向巴赫金的對話理論來探尋。換言之，是一種巴赫金對話理論概念下的多媒體互文性新聞敘事。

巴赫金對話理論中的「對話」當然是一種互文關係的理解過程。然而，巴赫金對話理論中的互文關係與克莉斯蒂娃（Julia Kristeva）提出「互文性」理論之後的後結構／解構概念下的互文性，在對於「意義解讀」之可能性的觀點卻是不同的。如果說後結構／解構主義概念下的互文性指的是文本意義取得的不確定性，亦即一般常說的「作者已死」，那麼巴赫金對話理論所關注的是：在對話互文關係過程中，意義共識取得的可能性和方法；換言之，作者雖隱但仍存在，同時作者亦失去了「指導性的權威聲音」（guiding authoritative voice）（Allen, 2000: 21-30）。

巴赫金對話理論的思維開展，來自於對「人的存在問題」獨具一格之思考；簡言之，人的存在是一種「存在即事件」（Being-as-event）式的存在。巴赫金認為：「要理解生命，必須把它視為事件，而不可視為實有的存在」（巴赫金／賈澤林譯，2009：56）；換言之，「參與世界的整個存在即事件」（巴赫金／賈澤林譯，2009：50）。因之，「眞理不可能存身於單個意識之中。它總是在許多平等意識對話交往的過程中，部

分地得到揭示」（巴赫金／錢中文譯，2009：416）。巴赫金將對話的本質稱之為「對話性」：「在地位平等、價值相當的不同意識之間，對話性是它們相互作用的一種特殊形式」（巴赫金／曉河譯，2009a：336），「它要求回答、反駁，要求讚同和有不同意見」（巴赫金／錢中文譯，2009：426）。正是這一對話的意義產生特色，「克理斯蒂娃為西方文論『發現』了巴赫金，也是她首創『互文性』一詞，試圖綜合索緒爾和巴赫金的語言觀念，並用『文本性』置換了巴赫金的人文主義」（王瑾，2005：27）。「文本性」指的是日後後結構／解構主義在互文性觀念下對文本形式、結構的熱衷，而最後所導向的文本意義之不可化約性、不穩定性；「人文主義」指的是巴赫金所強調的透過對話式形式所能獲得的具體意義。巴赫金強調：「對完整表述的理解，總是對話性質的」（巴赫金／曉河譯，2009a：330）；換言之，對話是一種可以完整理解表述的方法，是一種真理揭示的方法，而此種理解的方式恰恰是對立於「獨白式」文本的理解方法：獨白式文本「它進入我們的話語意識，是緊密而不可分割的整體，對它只能完全肯定或完全否定」（巴赫金／白春仁譯，2009：127）。相反的，對話「表述要求表達，讓他人理解，得到應答」（錢中文，1999：145）。

那麼在對話式的互文關係下，如何達到一種理解共識呢？如果依巴赫金的對話理論來看，日常生活言語交際的對話性樣態，巴赫金則稱之為「表述」：「任何表述總有受話人（其性質不同，其關係的密切程度、具體程度、自覺程度等大有不同），表述作品的作者要尋找並預見這一受話人的應答性理解」巴赫金／曉河譯，2009a：331）。而表述（對話）模式必須是「應答性」的，同時是「針對性」的：「話語是針對對話者的」（巴赫金／華昶譯，2009：427）；「具有了針對性時，才能成其為表述」（王瑾，2005：10）；「因此『判斷表述是否完成』的『最重要的標準』是『能否應答』」（北岡誠思／魏炫譯，2001：165）。再者，對話的表述模式能夠進行運作下去，在對話的文本中除了要有應答性與針對性，對話者對於對話的題旨必須具有其本身的具體「社會評價」，「如

果不瞭解發表某一具體表述時，周圍的人的價值觀念，不理解它在意識型態環境中的評價能力，確實是無法理解這表述的」（巴赫金／李輝凡、張捷譯，2009：266）。換言之，要能激發一段對話表述，必須要針對性、應答性及社會評價三者同時運作，才能完成一段對話性意義文本的理解（Allen, 2000: 14-21）。「社會評價」使得歷史現實性得以貫穿於對話表述當中，並決定對話過程有著最後對話性意義的產出。「巴赫金試圖通過強調話語中語言形式對於社會評價的從屬性，詩學特性植根於『歷史現實性』中，從而一面拒斥形式主義反歷史的偏頗，一面爲表述的社會性特徵尋找語言結構的具體依托，這使他必然會賦予『社會評價』以強烈的『中介』內涵」（王瑾，2005：8）。

因之，當伊格爾頓批評文學理論中的文學「毀滅了語言對其他事物的一切指稱，埋葬了語言的交流作用」時（Eagleton, T. ／伍曉明譯，2007：143），他話鋒一轉的說道：

> 但是，這個語言並不是巴赫金的那個作爲「話語」的語言；雅克·德里達的工作對這樣的關注是令人吃驚地無動於衷的。主要就是由於這一原因，才出現了對於「無法被決定性」在理論上的執迷的專注。意義很可能是根本就無法被決定的，如果我們只是以一種沈思默想的方式視語言為紙頁上的能指鏈的話；但當我們把語言作爲某種我們所做的事情，作爲與我們的種種實際生活方式不可分割地交織在一起的事物來考慮的時候，語言就變得「可被決定」了，「真理」、「現實」、「知識」和「確定性」這類字眼的某些力量也就被恢復了。這當然並不是說，語言因而就成為了「被固定下來的」和「被照亮了的」東西了：相反，它變得比最「被解構了的」文學文本還更加令人焦慮並充滿衝突。只不過這樣一來，我們就能夠以一種實踐的而不是學院主義的方式看到，什麼可以算做做出決定、進行確定、進行說服、確定性、說真話和說假話等等，而且也會進一步看到，還有哪些語言自身之外的東西也被包含在這些決定之中。英美解構批評基本

多媒體互動新聞寫作：理論與實務

上忽視這個實在鬥爭領域，而只是繼續大量地機械地生產它的那些封閉的批評文本。（Eagleton, T.／伍曉明譯，2007：144）

　　正是巴赫金對話理論概念下的互文模式，使得超媒體式的新聞敘事文本與新聞要傳遞事實的社會功能，二者之間的調解有了理論視野上的可能性。然而，依巴赫金的理論而言，對話式文本終究不同於「獨白式文本」；換言之，超媒體新聞敘事在理論上並不是要回到傳統新聞敘事那種傳遞客觀、真實在場的文本觀，也不是要以超媒文本來完全取代傳統的新聞敘事，正如同巴赫金說道：「任何時候，一種剛出世的新體裁也不會取消和替代原來已有的體裁。任何新體裁只能補充舊體裁，只能擴大原有的體裁的範圍」（巴赫金／白春仁、顧亞鈴譯，2009：356）。因之，超媒體匯流式互文性文本之所以值得努力來嘗試於新聞敘事，最大歷史意義在於它將創建出一種新的、不同於傳統概念下的「公正、客觀」的新聞觀，正如同上引伊格爾頓所指出的，一種「那些語言自身之外的東西也被包含在」的新聞。這種超媒文本新聞觀承認意識型態（社會評價）在形構新聞敘事中意義產出的功能性，如同Jameson強調：「我們必須把意識型態表象理解為一種必不可少的幻想和敘事的地圖，個人主體用它創造出同集體系統之間的『被經驗過的』關係，否則他或她便會被種種界限排斥在外，因為他或她生來進入的就是一種早已預先存在的社會形式及其預先存在的語言」（詹姆遜，2004c：112）。同時也承認「保持敘事作品中相矛盾的各層面，保留它們的複雜性」是文本「涵義」可以被理解的一種方式（Currie／寧一中譯，2003：5），這正如維根斯坦所思考的：「『涵義』一詞要在人們共同的語言實踐中去找尋，被我們稱之為涵義的東西只有在語言符號的使用場景中才能得到解釋，而這樣的場景是多元的」（引自Wellmer／欽文譯，2003：89）。

　　因之，超媒體式的互文性新聞敘事，其互文性解讀運作若要能以對話式方式來進行，以使得文本的涵義解讀具有最大可能程度的「確定性」，那麼如何使得超媒體文本中，各式異質性寫作元素之間形成「應答」與

「針對」的關係，就是超媒體文本中寫作者必要的「寫作技術能力」。只有如此，寫作者和閱讀者透過超媒體式文本才能形成「對話關係」，將散布於段落區塊的諸元素——讓我們借用海登·懷特（Hayden White）對「後現代歷史敘事」的構想——「綜合」起來（White, H. ／陳永國、張萬娟譯，2003：9），以避免超媒體文本強烈互文特質下的意義不確定性，進而對我們的世界作出「可然世界」的理解。「可然世界」是道勒齊爾在〈虛構敘事與歷史敘事〉一文中對於歷史敘事的真實性所做的描述，是「『最大程度地綜合』的事態」（道勒齊爾／馬海良譯，2002：184）。

　　從巴赫金對話理論中的「社會評價」、維根斯坦所談「多元場景中的含意」以及對世界作出的「可然世界」的理解，這一思維取徑來看待超媒體新聞文本，其所透顯的另一側面是讀者與文本意義之間的閱讀形構關係。在超媒體新聞中，讀者面向文本而「綜合」出意義；換言之，就超媒體新聞文本意義解讀的閱讀關係而言，讀者是直接面對文本，從文本中直接來理解，而不是透過文本來獲取作者的想法。藉用文學理論的術語而言，這可以說是「記者已死」。當然，這並不是說超媒體新聞可以不假手記者而有，而是說一般社會組成者所習以為常的新聞等同於單一記者這一單純的反映關係，在上述概念下的超媒體新聞敘事中是無法站得住腳的。換言之，從「作者」到「文本」這一讀者與文本意義形構關係上的視角轉移，是超媒體新聞文本對傳統新聞就閱讀關係上所產生最大的衝擊。從讀者與文本的關係著眼，而不是讀者與「記者（作者）」之間的關係著眼，才能讓超媒體新聞與多重形構這一普遍的超媒體文本形構過程，在社會對新聞的認知概念上得以安頓。如果依劉平君對現代新聞讀者的新聞認知所做深度訪談而指出的：「於意識深層隱含建構多元流動之社會真實的社會實體新聞觀」（劉平君，2011：110），那麼對新聞事件呈現最大程度綜合理解的超媒體新聞文本呈現，是有其存在的社會基礎。然而，這一種新形態的新聞觀如何可能在社會中形成被認可的新聞共識，這除了「新聞寫作」這一面向的改變之外，在「新聞閱讀」中對意義解讀的重新詮釋，是新聞理論與實務上未來的更大挑戰。

中 篇

數位新聞綜論

03

第 3 章 ▶▶▶

為什麼要寫多媒體互動新聞

一、面對螢幕閱讀的時代挑戰：媒介重製與匯流溝通

隨著時代的推進，新的承載新聞媒介也就不斷產生。在數位時代下，諸如個人電腦、平版電腦、智慧型手機以及便利商店、計程車、電梯裡的大小螢幕等等，各種呈現新聞的數位螢幕媒介正大量出現。這些不同的媒介要如何來呈現新聞才能發揮數位媒介的特色？要如何寫才算是一篇好的數位新聞？是新聞工作者面對未來數位傳播環境的最大挑戰，迎向這一挑戰的媒體能力，正是數位文本寫作能力。如何掌握數位文本寫作能力並將之運用於新聞寫作，正是本書寫作的目標。

面對數位傳播環境的挑戰，要將新聞內容專業應用在螢幕媒介，一位新聞工作者所要具備的數位新聞文本寫作技能應要能滿足二種全新的新聞產製需求：（1）媒介重製與（2）匯流溝通。

媒介重製是指將一種內容訊息，依不同媒介的不同特色再重新製造，以符合不同媒介最佳的閱讀習慣。這是大編輯臺概念的數位延伸，但卻是未來新聞專業應用上必要的一項本職學能。在未來，一位新聞系的學生不能只是會為某一種特定媒介而寫作新聞，而是要有能力來思考一則新聞在不同

媒介的各種表現形式。換言之，和以往新聞產製的環境相較起來，思考新聞內容的能力是不變的，但未來的新聞工作者要有能力為各種不同的螢幕介面及閱讀環境而改寫新聞。用Wilkinson等人的說法，一位記者的新聞專業從平面新聞開展到數位新聞，是從「寫作通才與媒介專家」（story generalist and media specialist）到「寫作專家與媒介通才」（story special-ist and media generalist）式的專業技能轉換（Wilkinson, Grant, & Fisher, 2009: 7）。

　　舉例來說，一位媒體工作者非常熟悉平面新聞紙的產製要求，他／她可以為平面新聞紙寫新聞、寫深度報導甚至是寫評論，這即是「寫作通才與媒介專家」。數位媒體所需要的「寫作專家與媒介通才」，正好相反。數位媒體工作者要能專精於某一種文類，例如專精於新聞，但卻能為各種不同的數位螢幕媒介來呈現最恰當於某種螢幕媒介的新聞。例如一位媒體工作者要能專精於「新聞內容」的專業，但同時他要能寫出符合報紙媒介要求的新聞格式，為電視媒介製作新聞，也要能再為網站、手機或其他形式的螢幕媒介編寫新聞。此種「寫作專家與媒介通才」的媒體能力即是此處所強調的媒介重製的能力，也是未來新聞工作者必然面臨的新傳播處境。

　　媒介重製的工作需求要求數位記者能掌握多種媒介的呈現特色；然而任何單一媒介要能專業呈現，往往都不是記者一人所能獨力完成的，而是需要與其他相關媒介工作人員通力配合。例如一位優秀平面新聞工作者，不但要能寫出好的新聞文字，同時也要具備與編輯、美編的溝通能力，才能在新聞紙上展現最好的新聞呈現。同樣的，一旦要為數位媒介呈現新聞時，與程式工程師、網頁設計美編等專業工作的溝通，也是呈現最佳數位新聞時必要的能力。因之，在未來一位新聞工作者如何能與各種媒介的其他相關工作人員都能有效溝通，為各種媒介展現出最適應的新聞呈現，這即是匯流溝通。

　　媒介重製與數位匯流溝通，是新聞工作者面對未來數位傳播環境必要的本職學能，也是本書所強調的數位新聞技能。本書正是為敢於面對未來

多媒體互動新聞寫作：理論與實務

數位傳播挑戰的新聞工作者而寫。

二、數位新聞的文本特色：多媒體與互動

數位科技之於文體呈現形式的特色，現在而言我們並不陌生，諸如超連結性（hypertextuality）、互動性（interactivity）、非線性（nonlinearity）、多媒體性（multimedia）、整合性（convergence）、客製化與個人化（customization and personalization）（Kawamoto, 2003b: 4）。這些數位科技特色總結對「新聞寫作」而言，產生了二種全新的寫作挑戰：多媒體寫作與文本互動安排。正如同Kolodzy所言：網路記者在構思新聞時要確保互動性及多媒體，是其展列訊息時的緊要（vital）面向（Kolodzy, 2006: 191）。Artwick 亦強調的：「數位記者一開始著手報導就必須思考多媒體與互動性」（Artwick, 2004: 143）。

在傳統的新聞媒介，例如報紙、電視、廣播，已發展出一套「標準的」新聞寫作流程及呈現樣式，新聞寫作教育課程也圍繞著這一標準而開展。然而，這些傳統新聞媒介在其歷史發展過程中而形成的「標準」新聞產製流程及呈現樣態，是不需要考慮多媒體及文本互動這二種文本呈現特色的問題；因之，在數位傳播時代，多媒體與互動這二項媒介呈現特色一旦要與新聞結合時，便對傳統新聞寫作、呈現及認知產生了嚴重的衝擊。Stovall說道：「在網路上數位新聞會是何種樣貌？這可能是二十一世紀頭十年新聞界必須回答的最大問題」（Stovall, 2004: 2）。

回答這一問題，講得輕鬆一點，可以如Brill所言：至少《紐約時報》（The New York Times）所告訴我們的「所有見報的新聞都是適合刊登的」（all the news that's fit to print），已過去了（Brill, 1997: webpage）。講得前瞻一點，則如Craig所言：在新呈現科技輔助下，數位新聞要能跨越傳統平面新聞寫作、編輯的限制，「走出框外思考」（thinking outside the box）（Craig, 2005: 26-27）。從寫作務實面來談，則如Wolk說道：「首先，多媒體報導不同於你以前採訪、編輯與製作過的任何報導。一開始你必須考慮報紙、雜誌、電視和廣播會如何來做這個報

導，但隨後又要把這些媒體的做法拋在一邊。你必須用一種全新的、開放的觀念來設計自己的報導，不要有任何侷限性，也不要指望有任何先例」（Wolk／彭蘭等譯，2003：12-13）。或如Kolodzy所言：「要能發揮這些網路要素，要求著對新聞寫作過程有不同的思考概念，但多媒體寫作的思考概念卻也正在探索的過程當中」。（Kolodzy, 2006: 188）但總歸而言，關注這一問題的學者及新聞工作者往往強調這是有待實驗與創造的，目前並沒有「明確的答案」（solid answers）（Paul, 2006: 121），或是「則待確立」（彭芸，2008：172）。

怎麼辦？這一難題面臨著「理論」與「實務」兩個面向的挑戰。就理論面向而言，我們必須探究多媒體與文本互動這些新的文本呈表現可能性，與傳統媒介相較起來，在寫作與閱讀上有何新的不同特質？新聞敘事透過多媒體與文本互動的媒介呈現安排，在新聞意義的傳達上是否與傳統媒介有所不同？這些新的呈現特質與新聞的社會性意義之間的關係為何？換言之，簡單的來說，數位新聞是一種新形態「新聞文本」以傳達某種新的「新聞經驗」，還是說只是傳統新聞又增多了一些多媒體與互動的排版技巧而已？例如報紙中也有文字和照片，要說這是「多媒體」文本也是可以。那麼報紙的多媒體和數位新聞的多媒體有什麼不同嗎？說清楚了上述的提問，我們才能從寫作實務談：如何才能寫出「好的」數位新聞？

傳統媒體的新聞呈現雖然也有多媒材呈現，但總是以某單一媒材為強勢「主導」來敘述新聞。「主導」，在此我們借引雅各布森在談論形式主義詩學中所強調的主導概念意義：「它統治、決定、改變其餘的成分。是主導物保證了結構的統一」（Scholed／劉豫譯，1994：100），因之其他非主導性的媒材往往是附屬的、附加的。例如看報紙時，如果不看圖片也無傷大雅，因為文字已經把新聞敘事談清楚了，圖片往往只是附加的「版面」效果，並不會對已被文字決定的基本新聞敘事有所影響。然而，數位文本中，各種不同媒材之間的關係，並不是如傳統媒體中的「主導—附屬」關係，而是一種「平等、互補」的關係。這是許多有關數位多媒體文本寫作的學術研究、實務經驗所總結的方向（往下我們會談論到）。例如

多媒體互動新聞寫作：理論與實務

Lester在《視覺傳播》的〈互聯網〉一章中即強調：「只有當文字和圖像位居同等重要的位置時，互聯網才能成為真正的社會力量」（Lester／霍文利等譯，2003：439）。

但是，絕大部分的人在教育過程中早已習慣於用單一主導媒材來思考、寫作，所謂的媒材之間「平等、互補」關係是一種陌生的思考、寫作經驗。這是多媒體寫作「不容易」的原因，因為這要求我們跨出早已習慣的思考和寫作模式，用一種全新的視野來思考和寫作。也正是在這裡，我們才能更進一步理解上面所談及的「數位新聞要能跨越傳統平面新聞寫作、編輯的限制，『走出框外思考』」；以及「你必須用一種全新的、開放的觀念來設計自己的報導，不要有任何侷限性，也不要指望有任何先例」。的確，從新聞史的角度而言，以多媒材之間是「平等、互補」的關係來組構新聞敘事，是以往的新聞歷史所不曾存在的，但這也是歷史所給予我們的絕佳契機來探索新聞敘事的另一種可能性。

那麼，所謂的「以多媒體媒材之間平等、互補的關係來寫作」，究竟要如何來理解和感受呢？我們要先來談論一下這個問題。

三、數位文本的寫作特色：平等、互補的媒材關係

最容易來理解媒材以平等、互補的關係來形構文本的例子，我們經驗中的文本大概是漫畫了。回想一下我們是如何看漫畫。如果我們把漫畫中的文字都拿掉，只靠圖畫來理解，是無法解讀漫畫的內容。同樣的，拿掉圖畫，只靠文字來解讀，也無法有效的理解漫畫的內容。要能理解漫畫的內容，我們必須同時依靠文字及圖像二種媒介元素的「共同」作用，解讀內容才有可能。換言之，在漫畫的閱讀過程中，文字與圖畫二者是缺一不可的。因之從形構漫畫文本的角度而言，文字與圖畫二者的地位是「平等的」，就解讀漫畫內容的角度而言，文字與圖畫二者的內容意義又是彼此「互補」以創造讀者完整的理解。以漫畫文本結構來說，文字與圖畫二者並沒有那一樣是占據著「優勢主導的」地位，二者是以平等、互補的媒材關係來形構漫畫的文本敘事。

以媒材平等、互補關係來寫作的另一種文本範例是兒童圖畫書。例如Lewis於"*Reading contemporary picturebooks*"一書的導論所言：圖像與文字這兩種截然不同的媒介（distinct media）在圖畫書中交織在一起而創造出單一文體（single text），而不是以文字爲主再佐以圖像爲插畫（Lewis, 2001: 3）。彭懿在《遇見圖畫書》中說道：「在絕大多數的圖畫書裡，圖畫與文字呈現出一種互補的關係，缺一不可，具有一種所謂的交互作用」，因之圖畫書圖文理論中的諸如「圖畫與文字相互依存」、「圖畫和文字共同承擔敘事的責任」等，本質上都是一個意思（彭懿，2006：21-22）。換言之，在兒童圖畫書裡，媒材也是以一種平等、互補的關係下來進行敘述的鋪陳。

那麼，要如何以媒材彼此間是平等、互補的關係來思考寫作呢？Kress和Leeuwen於《解讀影像》書中有著較爲學術性的界說和舉例。Kress和Leeuwen說道：「圖片與內容的關係不是插圖的關係。圖片並未複述內容，也不是以視覺來表現文字已說明的內容。也沒有『註解』的關係，就是內容說明圖片中已提到的資料，而未提供新的資料。誠然內容與圖片是一種部分，整體的關係，但這並不表示它們重複彼此的資料」（Kress & Leeuwen／桑尼譯，1999：156）。因之，以圖、文兩種媒材而言，在寫作的思考安排上所留意的是：圖與文雙方至少都要能承載對方所沒有的內容；換言之，圖、文兩者之間不能只是「重複彼此的資料」。Kress和Leeuwen進一步強調：「圖不是只當作文字內容的插圖，也不只是『創意雕琢』；這些圖是『多重模式化』所構成內容的一部分，是各個模式間的符號語言交互作用，其中文字與視覺扮演了定義明確且同樣重要的角色」（Kress & Leeuwen／桑尼譯，1999：160）。

Kress和Leeuwen所談的媒介元素彼此之間「扮演了定義明確且同樣重要的角色」，此即我們所強調的平等、互補的關係。此種寫作思路下的文本形構，也被稱之爲內容的多重形構（multimodality）（Kress & Leeuwen／桑尼譯，1999; Meinhof & Leeuwen, 2000: 61）。Kress & Leeuwen說道：「多重形構不論是在教育界、語言學理論或一般人的共識上一直被

嚴重忽略。在現今這個『多媒體』的時代，頓時被再次察覺」（Kress & Leeuwen／桑尼譯，1999：60）。Leeuwen為強調此一概念對網路多媒體寫作的重要，在2008 Visual Studies期刊的一篇文章中以這是「新寫作形式」（new forms of writing）來形容之（Leeuwen, 2008）。

　　事實上純粹就文本形式而言，說是「新寫作形式」倒也沒有那麼的新，如同我們上述所言，在漫畫及圖畫書裡即是「多重形構」的文本模式。但如果從新聞媒體的角度來看，傳統新聞媒體的新聞寫作、呈現方式，即新聞文本，基本上並不是以「多重形構」的文本思路來產製，不管是報紙、電視或廣播，基本上都是以單一媒材，即文字、影像、聲音，為強勢主導性媒材來完成。換言之，如果數位新聞是以媒材平等、互補的關係，即多重形構的文本思路，來進行組建，那麼這的確是一種「新寫作形式」的新聞。

　　從網路新聞發展的過程而言，初期的網路新聞內容是直接從傳統媒體的內容移植過來，這種模式的網路新聞往往被稱之為「鏟入式」網路新聞（shovelware）。逐漸的一種新的網路新聞呈現意識興起，即「新形態新聞」（Way New Journalism）。新形態新聞強調新聞文本呈現在網路媒介上應和傳統新聞有所不同，應追求自己的新聞表現上的特質；雖沒有人知道它應是什麼樣子（Craig, 2005: 93）。網路新聞這一發展過程的文本形式變化，Hicks區分為「鏟入式」（shovelware）、「再編輯鏟入式」（modified shovelware）以及「網路原棲式創作」（net-native composition）（Hicks, 2008）。「鏟入式」即將傳統媒體的新聞內容直接倒入在網頁上，「再編輯鏟入式」即是在傳統新聞內容不更動的情況下再額外添附一些素材，如圖片、影音、圖表等，或是鏟入的內容中加入一些網路才有的文本表現，例如超連結。「網路原棲式創作」是為網路／螢幕媒介特色而重新思考與寫作的新聞。

　　以我們現在的經驗而言，鏟入式及再編輯鏟入式是目前網路新聞的內容格局。Hicks直言，這二種類型的網路新聞與傳統新聞在產製的實務操作上並沒有什麼不同，傳統媒體的新聞產製原則及標準是可以照搬過

來。就新聞界而言，不管是教育圈或是產業圈，Hicks強調，網路原棲式創作才是產生衝擊與挑戰的所在，因為有關傳統媒體新聞產製「大部分你所讀過的可能是完全不相干了（irrelevant）」（Hicks, 2008: 135）。為了充分展現網路科技／媒介的呈現特色，網路原棲式新聞組構新聞的素材上必須同時思索及使用文字、圖像、聲音、影音、可程式化素材（flash, javascript）、互動結構，這已超出傳統新聞產製的經驗值之外。然而更重要的是，網路原棲式新聞被期待著可以創造出一種新的理解、解讀新聞的模式。這種新的新聞解讀模式，相較於對傳統新聞的解讀，要「能夠讓讀者更深刻、更豐富地理解新聞」（Artwick, 2004: 62）；「這種新的樣式可能會為受眾提供新聞報導和事件的綜合視角，這會比任何單一視角提供更多的理解脈絡」（Pavlik, 2001：24）。

　　從思考「新聞」的視角而言，新的新聞呈現樣態與新的新聞理解模式，二者是必須扣連的。如果花力氣探索和嘗試網路原棲式新聞的創作，並不能為理解新聞帶來新的可能性，那並沒有什麼道理說要用網路原棲式的手法來組建新聞。然而如果網路新聞是嘗試著帶來對新聞閱讀理解上的新可能性，那麼就需要有新聞寫作上「新寫作形式」的思考。以西洋美術史的發展為例來說明。在西洋美術史的發展上有著諸如埃及藝術、希臘藝術、羅馬藝術、歌德式、巴洛克、自然主義、印象派、野獸派、立體派、表現派、達達主義、超現實派、歐普藝術、數位藝術等等的發展過程。每一個新的藝術派別，都為藝術審美上帶來新的視角和經驗；但新的藝派的發展，也是來自於運用新的藝術材料以及創造新的組構方式來處理藝術材料。例如先鋒（現代）藝術，就選以對「現成物」（新的材料觀點）的「拼貼」（新的組構觀點），嘗試運用於藝術的表現，來對傳統藝術「實踐本身的材料、傳統和技巧提出質疑」（Cottington／朱楊明譯，2008：160）。Blocker在《現代藝術哲學》中談到：把現成物當作藝術品的人，「他們實際上是在擴大或重新創造人們的藝術概念。而那些不認為上述物品是藝術的人，則是在保衛已有的藝術邊界」（Blocker／滕守堯譯，1998：7）。

用這一觀念來思考，在新的數位傳播環境以及數位科技發展之下，使用新的數位媒介技術和素材，運用新的「寫作手法」來組構數位材料和技術，與創造新的新聞理解模式之間，是一體二面的關係。就寫作過程的角度來說，「新材料」的使用與「新寫作手法」的掌握就是必要的一體二面，如果只是運用新的數位材料而不思考新的「寫作手法」，即新的新聞文本組構方式，那往往就只是「鑲入式」、「再編輯鑲入式」的新聞罷了。

　　「材料」與「手法」二者之間一體二面、互為表裡的關係，是筆者在此要特別強調的。之所以要一再強調，那是因為在目前大部分的網路新聞實務與教育中，往往只是思考如何處理「材料」，對於組構數位素材以形成數位新聞的「手法」問題，並不關注。一般而言在教學過程中，說白了只是在教某一套軟體罷了，例如教photoshop、premiere、flash等等。Paul對於新聞系學生所應具有的網路新聞寫作心態即強調的：學生「要能瞭解使用不同形態媒介結合的優點來更有效的述說故事。我們不需要他們來寫程式」（Paul, 2006: 118）。「寫程式」指的是對材料的處理，「使用不同形態媒介結合的優點來更有效的述說故事」，強調的正是思考組構數位素材以創作數位新聞的「手法」問題。這正是Ward所指出的：「網路記者及內容提供者要花更多的力氣來思考如何結構及呈現他們的故事」（Ward, 2002: 122）。

　　「結構」及「呈現」新聞敘事，即「手法」，的問題，就數位新聞而言，即是以多媒體媒材間平等、互補的立場來組構新聞敘事。的確這種思路的寫法是和傳統新聞的寫作手法大不相同，因之Harris 和Lester 甚至創新「視覺記者」（visual journalist）這一名詞來稱呼那些可以將文、圖（動、靜態）從平等合夥（equal partnership）的角度來運用以進行寫作的記者，同時強調數位匯流時代是視覺記者的時代（Harris & Lester, 2002: 1-5）。整體而言，多重形構的文本組建思路是論及數位新聞「匯流寫作」的各種討論中所呈現出的一致觀點。例如Bull在《多媒體新聞》中即強調：「多媒體記者不可以偏好某種媒介元素」（Bull, 2010: 35）。

Craig對多媒體寫作概述所言：「每一元素必須互補（complement）於其他元素」（Craig, 2005: 169）。Chapman & Chapman亦談道：網路新聞的多媒體內文元素要能一起合作使讀者從報導中獲得最多的意義，而不是彼此競爭來搶奪讀者的注意力（Chapman & Chapman, 2000: 527）。

以多重形構，即文本媒材平等、互補的關係而來寫作，如上所言是為了呈現出一種新的理解、解讀新聞的模式。那麼多重形構的新聞會有何種新聞意義呈現上的新樣貌呢？

四、數位新聞與「綜合性」理解的意義解讀

傳統新聞在意義的理解上與多媒體新聞在意義的理解上，會有不同嗎？這是我們首先要談的問題。如果沒有不同，那麼談多媒體新聞寫作就有點小題大作，多媒體新聞充其量也只不過是傳統媒體的更加養眼呈現而已！如果沒有，那麼強調多重形構與平等、互補的媒材構成關係，反倒是一種多餘，只是理論上的故做姿態！

傳統新聞是以單一媒材為優勢主導來開展新聞敘述。以單一媒材為主導媒介元素來敘述，往往易形成「線性」的文本，並在文本的意義上形成封閉性。例如報紙是以文字為主導性文本元素；在傳統報紙中，一則新聞事件在文字的組構之下，其報導視角以及事件樣貌已經被文字這一單一文本元素所凝固了；換言之，被文字寫死了，固定住了，文本的意義趨向於封閉性（closure）（Gaggi, 1998: 123）。在這情況下，對文字再進行其他文本表現元素的加工，亦即傳統的排版、美編，所能再做的無非只是對那「意義已本身具足」的文字元素，加以外部性修飾、美化，或是提供更為便利的閱讀動線罷了（Harrower／于鳳娟譯，2002）。就理解文本的角度而言，儘管讀者是有解讀的主動性，但在以單一媒材為主導的線性文本中，讀者只是盡可能的接近理解被作者包含在文本中的封閉性意義。例如楊素芬在對傳統報紙新聞文本的「理解研究」上即指出，雖然閱聽眾對新聞文本內容有較強的記憶，但理解內容有85%是文本內容所提供，很少引發其他的相關聯想（楊素芬，1996）。

在數位文本中，是多種異質性媒材是處於平等、互補地位來型塑意義的展現；因為沒有單一主導媒材來強勢主導文本意義發展，讀者必須從構成文本的各種媒材中主動「綜合」出意義來。從文本中「綜合」出意義來，所指的並不只是單從受眾主體實證研究取徑下，強調超文本非強制性要求的特性使得讀者「主動重新建構文本」（施如齡、呂芸樺，2006)，或是多媒體媒材有效整合下的文本，受眾易於產生較佳學習、理解表現（李金鈴，2008；施駿宏，2009；洪玉華，2011）抑或「對讀者理解整體概念有影響」（曾育慧，2011），等等受眾主體面的影響。這些當然是重要的。但在本文，「綜合地」理解更意謂者透過文本理解經驗世界的一種態度或觀點，亦即承認在文本中「保持敘事作品中相矛盾的各層面，保留它們的複雜性」是文本的「涵義」可以被理解的一種表現形式（Currie／寧一中譯，2003：5）；這正如維根斯坦所思考的：「『涵義』一詞要在人們共同的語言實踐中去找尋，被我們稱之為涵義的東西只有在語言符號的使用場景中才能得到解釋，而這樣的場景是多元的」（引自Wellmer／欽文譯，2003：89）。

　　換言之，就文本形式而言，多媒體文本是一種媒材平等的「非線性」文本；就閱讀上解讀文本而言，多媒體文本是讓閱聽眾在意義解讀上進行「綜合」式理解的「開放」式（open-endedness）文本（Craig, 2011: 89）。正是在文本組構上的「非線性」與「綜合式」閱聽解讀模式所具有的開放性，「讀者不得不自行其事，不但被迫獨立發現文本的矛盾，而且發現可能解決矛盾的方法」（Murphy／朱進東譯，2007：83），這使得多媒體新聞觀在本質上是相異於傳統新聞觀。用一種歷史比較的視野，正如同Burger在《先鋒派理論》中所言，藝術上的先鋒派運動最大的歷史意義在於，它在「古典美學」所掌控的關於什麼是「美」的「自律美學」框架下，打開了關於什麼是「美」的另一認知新範疇，使得「一種新形式的介入藝術成為可能」（Burger／高建平譯，2005：171）。因之，多媒體互動性文本之所以值得努力來嘗試於新聞敘事，最大的歷史意義在於它可能創建出一種新的、不同於傳統概念下的「公正、客觀」的新聞觀，這

種新聞觀可以挑戰、質疑傳統新聞在「公正、客觀」的旗幟上所強加給讀者的「單一視角」。然而轉個角度來講，「非線性文本」與「綜合式解讀」之所以可能，也必須是真正建立在多重形構與媒材平等、互補關係上的寫作思考、安排，才有可能。一但偏離這種寫作手法，多媒體新聞很容易流入只是傳統新聞，再附加上多種媒介元素的「混合式」傳統新聞呈現（Bruns, 2005: 57），其實正是Hicks所言的「再編輯鑲入式」。

　　至此，或許我們可以稍停下來追問一個更根本的問題：我們為什麼需要寫作多重形構式的具有開放性理解可能性的新聞呢？Bradshaw指出社會的變遷之下，閱聽眾在面對新聞事件上願意主動承擔「辨認、搜尋、確認、更正」的角色（Bradshaw, 2010: 104），因之一般社會組成者對於新聞「不要告訴我是什麼？而是告訴我可能是什麼，並由我來決定是什麼」，這種新聞觀是可以接受並期待的（Wurff, 2008:81）。這種新聞觀下的新聞當然和傳統追求公正、客觀並以線性文本模式試圖為內容賦予某種固定意義的傳統新聞觀不同。傳統新聞理論及呈現，如同Allan所言，是形成於階層式結構社會以及該種社會下對讀者知的需求的認知（Allan, 2004: 62），亦如Hartley所強調，新聞和現代性都是歐洲社會十七、八世紀的產品，是追求獨立於主體的客觀新聞於文字的再現（Hartley, 1996）。那麼如果依劉平君對現代新聞讀者的新聞認知所做深度訪談而指出的：現代閱聽眾對於「反映外在世界之客觀真實的透明中介新聞觀」已不再堅信，「於意識深層隱含建構多元流動之社會真實的社會實體新聞觀」（劉平君，2011：110），依此對新聞事件呈現最大程度綜合理解的超媒體新聞文本呈現，是有其存在的社會基礎。

　　事實上，如果我們願意接受後現代的某些「激進」視角，正如同Merrill所談，在後現代意義下，社會逐漸放棄真實（truth）的理念。真實是指可被觀察與定義的實在表徵，同時也是傳統新聞媒體所提供或致力去提供的。這導致傳統媒體所堅定的對客觀性的擁抱，成為令人懷疑的、不被看重的價值（Merrill, 2006）。那麼，多重形構的多媒體新聞可以為社會提供傳統新聞呈現之外的另一種新聞呈現的可能性，也為我們提供

多媒體互動新聞寫作：理論與實務

一般情況下思考和談論新聞的「新方式」。這不是說此種新的新聞呈現模式會取代傳統的新聞，而是多媒體新聞會和傳統新聞並存互補（Messner & Distaso, 2008），以提供閱聽眾理解新聞、深入新聞的「另一種可能性」。正如同我們現在可以經驗到：部落格新聞是和傳統主流新聞並存的，「許多經營成熟的專業主題部落格也成已成為人們信任的重要資訊與新聞來源」（盧能彬，2012：38）。部落格新聞，最近研究學者指出，絕大部分在呈現上並不依循傳統新聞的表達方式（Neuberger & Nuernbergk, 2011: 247），而是呈現了所謂的「部落格體」（blog format）（Bradshaw, 2010: 104）。部落格體在「分享訊息」的形態上並沒有掉入傳統新聞在文本形式上的「管窺」（news hole）（Friend & Singer, 2007: 136），部落格體願意嘗試各種多媒體媒材，運用新的數位文本呈現科技，追求新聞事件的新表現模式，Bradshaw綜合其他學者研究總結將部落格體稱之為「多媒體互動心態」（multimedia-interactive mindset）及流動、分散性的「後現代」報導風格（Bradshaw, 2010: 104）。

事實上，以部落格體這種「文體形式」的視角來區分部落格新聞和傳統新聞，即已走出了以傳統新聞線性式「內容品質」標準來區隔傳統新聞與部落格新聞的研究框架，例如強調部落格新聞是業餘的，沒有倒三角型，不夠公正、客觀，個人書風格，沒有詳實查證的真實性疑慮等等（Pavlik, 2008: 116）。以部落格體這種「文體形式」的視角來正視部落格新聞，即是承認在現代社會對新聞事件的理解也可以是非線性的、開放文本的以及綜合的，這同時也是肯認了在閱聽眾與理解新聞事件的關係中，閱聽眾在「辨認、搜尋、確認、更正」的主動能力。這種文本端與閱聽眾端的變化，顯然都不是傳統新聞概念所能涵蓋，也不是傳統新聞呈現模式所能應付的。可以這樣說，上述概念下的部落格體新聞，是「宏大敘事」已逐漸失去論述力量的社會對「新聞對象」追求另一種可能「新聞經驗」的回應；這是在新閱聽意識抬頭的社會中，於文本呈現形態上表達新聞事件的新探索。

正因這種部落格體的文本探索是有其文本形式與閱聽理解關係上的

「社會性變遷」意義，而非只是作者個人純粹的興趣和創意或是閱聽人的「一套新閱讀任務」而已（DeStefano & LeFevre, 2007），Lowrey在研究中說道：傳統新聞對部落格的各種新聞表現形式已由早期的排斥轉到密切的注意或嘗試（Lowrey, 2006）。Bradshaw強調：的確，由傳統新聞內容移植過來的新聞網站在其產製條件的限制下，雖仍放不開傳統的新聞呈現形式，但卻也逐步嘗試採用一些在部落格新聞上的新手法，例如討論區、超連結以添增一些額外的影音資料來「修補」（repair）與讀者之間的關係（這即是之前所述的「再編輯鑲入式」）。用Bradshaw另一種更廣角度的解說：部落格新聞對傳統新聞造成一定的影響，例如記者對各種媒體素材更加注意，寫作風格更趨於簡短、軟調，但重要的是尤其在對閱聽眾觀念上的轉變（Bradshaw, 2010）；Singer則說道，網路記者對「受眾」的重視，使得新聞報導樣態逐漸走出守門人的「獨白」（monologue），轉而朝向與受眾「對話」（dialogue）的形式發展（Singer, 2011: 222）。正如Jones在對BBC部落格的研究中說道：BBC注意到有著網路意識的年輕一代已愈來愈不能容忍那些只是「單向」（one-way）的媒體（Jones, 2010: 165）。面對新的受眾閱聽意識，走出目前「修補」式的「再編輯鑲入」內容呈現形式進而採用某種新的「新聞品質」規格，這種呼聲在傳統主流新聞媒體不再是離經叛道；在Jones的訪談研究中，英國ITV的主管即表示：我們不再將舊的形式放入新的世界中（Jones, 2010）。從台灣的例子而言，例如《聯合線上APP版》在專題式題材的報導形式中，各種多媒體媒材及互動安排的思考已走出單一媒介元素為主導的傳統文本思考格局，呈現著強烈多重形構的多媒體文本風格，無怪乎在其宣傳網頁的導覽影音中自稱是「突破傳統報紙概念」（聯合線上，網頁）。事實上，如依最近數位新聞呈現的發展態勢而言，我們可以看到許多專業的新聞網站，例如BBC、CNN，在網路新聞報導呈現上，雖然還不是本文理論概念中的「完全多媒體新聞」，但多媒材整合式的文本樣態已逐漸在「網路新聞文章」的部分內容中呈現，並且比例上不斷加強。

　　數位傳播環境下對多重形構式新聞報導的拒抗，正如同多位學者所

指出，其所考量的因素往往是來自那些傳統新聞產製常規所發展出的「技術、文化、經濟」等面向，而不是「新聞文本」本身上的考量：諸如那些在傳統單線傳播媒體形態下長大的媒體工作者的寫作習慣、新聞產製過程的常規、記者多媒體技能的不足、營收面的考量等等（Gade & Lowrey, 2011）。因之，在許多沒有傳統新聞產製條件限制之下的單位，諸如非營利社團、地區性同好社團等等，非傳統新聞的呈現方式，或著說更為接近多重形構式的多媒體新聞呈現方式，就被採用或嘗試；傳統專業新聞組織所依奉的敘事形式大大鬆動，數位多媒介特性有意識的被整合進入新聞事件的敘述過程（Wurff, 2008: 82-83）。這些非傳統新聞單位所提供的「新聞」，如從傳統新聞內容呈現標準而言，當然可以不算是「專業新聞」；但如從願意「辨認、搜尋、確認、更正」、具有「網路意識」的受眾而言，這些又何嘗不是表達新聞事件的一種新形態「新聞文本」呢？更何況這種報導特性的新聞已逐漸的被新一代受眾所接受。從這一角度而言，未來社會對「記者」的需求量將會更大，因為「新聞這一行將會分化、多樣化，並在各種不同的營運模式下以不同的工作職稱而興起」（Briggs, 2010: 5）。正因如此，未來的「記者」除了要能應付傳統媒體所要求的新聞表現形式外，能夠運用數位多媒體媒材的特性來「書寫」更具非線性形式、開放性結尾的新形態「新聞敘事」，也是不可或缺的本職學能之一了。

04

第 4 章 ▶▶▶

螢幕閱讀的數位新聞
寫作思考

一、數位文本的螢幕閱讀與文本組建

　　就一般而言，螢幕閱讀（screen-reading）的經驗值往往是來自電視或電影的觀看。然而，在這裡所要先提出來的是，這種來自電視或電影的「螢幕觀看」經驗，並不等同於我們所要往下談論的數位文本的「螢幕閱讀」。這裡的最大差別在於：電視、電影是一種以動態影像為優勢主導媒材在螢幕呈現的線性文本敘事，而數位文本是一種多媒材的非線性文本在螢幕呈現的敘事。再者，電視、電視是線性敘事文本，受眾一路跟著情節發展而理解，是一種被動的閱讀行為；相反的，數位文本的閱讀，是一種受眾在填滿螢幕的各種訊息中主動選擇的過程。這裡有文本敘事樣態上的不同，同時也有受眾在訊息接受上「被動」與「主動」的不同閱讀態度。這兩者決定了電視、電影螢幕觀看與數位文本螢閱讀本質上的不同，因之在與螢幕打交道的行為模式也隨之不同。往下所要討論的螢幕閱讀特色是指受眾對以多媒材共構狀態下的非線性文本在螢幕呈現上的主動選擇性閱讀習慣。

　　那麼，我們要如何思考數位文本的文本布局以因應受眾在面對螢幕媒介通路時的閱讀習慣呢？一般的書籍往往以1,200 dpi的解析度來呈現，而大部分的螢幕大約是使用85 dpi

（Wroblewski, 2002: 229）；因之「由於在顯示器上閱讀所固有的不適感，人們只能通過掃描，來搜尋他們想要的東西」（Wolk／彭蘭等譯，2003：91）。相對於印刷文本，「線上讀者掃描得多，讀得少」（Sklar, 2009: 34），「他們掃描文句，挑出關鍵字、句子以及感興趣的段落，跳過較不關心的部分。以掃描取代閱讀，是網路上的事實，並由許多使用性研究獲得證實。網路記者必須承認這項事實，並為掃描性而書寫」（Neilson，引自Stovall, 2004: 82）。因之，在螢幕閱讀掃描性行為中，呈現在螢幕上的媒材要如何被處理，才能讓受眾在主動快速掃描行為中停了下來，進而有可能引起受眾閱讀興趣，願意更進一步去主動獲得更多理解，是為螢幕閱讀而進行文本布局的思考原則。在這一思考原則下，就要滿足螢幕閱讀行為中的「閱讀矛盾」：既要能讓受眾順暢地在螢幕中快速掃描，但同時又要在不「惹惱」受眾的狀況下適時的「中斷」讀者掃描，轉而讓受眾將注意力集中於媒材的內容意義，以決定是否進一步閱讀被注意到的內容意義。這一矛盾的解決就有賴於「塊狀訊息布局」與「互動文本設計」這二種數位文本組建的方式；用一種實務性的語言來說，如同Sklar的說法，即是「將可捲動的長頁，打散成小的區塊（chunks），並使用超連結來串連這些區塊」（Sklar, 2009: 35）。

「塊狀訊息布局」是指將內容意義上相關的訊息集中在一起，以區塊的方式來呈現，因而整個螢幕基本上可說是被不同的區塊劃分所填，塊狀式的螢幕畫面組建，可以讓受眾以「塊」為單位對螢幕進行主動性跳躍掃描，以確保受眾在掃描動線上的順暢；但同時在以塊為跳躍掃描的過程，受眾面對每一區塊時又要適時的暫緩或中止掃描跳躍以求取對「區塊」內容上的初步理解。換言之，數位文本以「塊」為單位進行螢幕的訊息布局，是既能滿足快速掃描的需求，同時也能讓讀者掌握到訊息意義。因之，數位文本在螢幕上訊息組構的「塊狀」意識是非常重要的，正如同Kolodzy所言：網路寫作要以區塊來組識（Kolodzy, 2006: 194）；或如Lynch & Horton所言：在網路上組識訊息最重要的步驟就是「要去塊狀（chinking）資訊」成為區塊單位或次區塊單位（Lynch & Horton, 2002:

webpage）。

　　然而，在這裡我們要倒回來強調的是，數位文本在螢幕呈現上以「區塊」的概念來組建，並不是一種「普世價值」式的「定理」，相反的那是爲了解決、克服數位文本於螢幕閱讀中所碰到的困境：即「塊狀文本布局」既可以讓讀者快速掃描但又能在這過程中掌握訊息的意義。但，數位科技的呈現技術是不斷在產生變化，或許有一種新的數位呈現技術，它恰恰能有效的解決「快速掃描」與「理解意義」之間的矛盾困局，那麼或許「塊狀布局」的原則就要修改或被拋棄。這是數位文本創作者所要謹記在心的，因爲解決某種閱讀困境的數位呈現新科技，或許那一天又冒了出來，或是某種「已過時」的呈現方式，對新出現的數位載具而言，又變得具有「適用性」。例如，「可捲動式長頁」（scrolling pages）這種文本呈現方式已在實務上被經驗爲「不太適合電腦螢幕閱讀」而逐漸被淘汰，但在新的電腦及手機高解析度螢幕上，不少實務者又重新考量可捲式頁面在螢幕上的閱讀性是「有效且直覺的」（Amunwa, 2012: webpage）。

　　有太多關於數位文本、多媒體寫作、數位新聞的書籍或文章一再強調：「創意」是數位寫作的重要核心。但數位文本與創意之間的關係究竟是指向什麼目的？大多語焉不詳。對文本而言，創意也是非常重要的，但創意並不是天馬行空的讓想像力奔馳，創意是理解到某種被感受到的數位文本呈現困局，同時找出「值得被嘗試過」的解決方法。而所謂的數位文本呈現困局，也會隨著社會與電腦的熟悉度加深而有所改變。例如上例所談的「可捲動式長頁」，Fahey談到，因爲傳統平面的閱讀習慣中並沒有「捲動」這種經驗值，因之早期網頁對「捲動」的使用較爲謹慎；但社會逐漸電腦化過程中，捲動已是「網路使用經驗的重要面向」。捲動網頁，不再是傳統平面文本的「固定式」（static）翻頁概念，而是一種屬於網路的「逐漸開展式」（unfolding）的資訊陳列方式（Fahey, 2008: webpage）。

　　事實上，如果從「原創性」的角度來著眼，「塊狀布局」的媒介呈現方式早已存在。在許多並不要求讀者深入閱讀思考內容的流性雜誌，如

美食、服飾等雜誌，「塊狀編排」早已是某種共通的共識。流行性雜誌的「塊狀版型」，恰恰可以讓讀者以「塊狀閱讀」的方式快速瀏覽，同時大致理解「區塊」內容，最後再決定要讀進去那個區塊。那麼，依這個思路而言，數位文本以「塊狀訊息布局」在螢幕呈現，是否也會讓數位文本變成「流行化」與「膚淺化」呢？這是挺合乎邏輯的推論啊！事實上這也是對數位新聞進行批評的角度之一。因之，如果如同許多數位新聞寫作相關書籍、文章所強調的：數位新聞是以一種新的文本形態，給讀者一種傳統新聞媒介所不能提供的、「更深入理解新聞事件」的解讀方式，正如同《新聞研究基本概念》（*Key Concepts in Journalism Studies*）一書對網路新聞（Online journalism）條目的解釋為：「刊載於網路上的高品質新聞及訊息」（Franklin, Hamer, Hanna, Kinsey, & Richardson, 2005: 182）。那麼，一個新的矛盾又出現了：「掃描閱讀」與「深入理解」之間的矛盾。

這個矛盾如何解決？當然，或許我們可以期待某一種新的數位文本呈現科技的推出，可以「一次到位」的解決這一困境。但如果說「塊狀布局」是目前數位文本在螢幕呈現上解決「掃描閱讀」的一般共識和作法，在此前提下，「互動文本設計」就是解決此一矛盾的文本組建方案。當一位受眾在螢幕掃描過程中被某一「粗略理解」的訊息引起興趣後，如果受眾想再進一步深入理解，在數位文本中適時提供一個「互動點」，讓讀者透過互動點獲得更為詳細的訊息、進行更深刻理解，這正是「互動文本設計」所要提供的閱讀功能。換言之，「互動文本設計」恰恰是「掃描閱讀」與「深入理解」矛盾的一個解決方案。也就是說互動文本設計與塊狀訊息布局往往是合併在一起思考使用的，而之所以要合併思考是建立在以「螢幕閱讀」為前提的閱讀情境。

二、閱讀分工與文本分層

在螢幕閱讀的情境下，亦即在數位文本的「閱讀物質基礎」情況下，閱讀必然要求分工，即「閱讀分工」。在快速掃描螢幕過程中，對訊息的閱讀與理解基本上是一種「大略式」的理解程度，讀者在對眾多訊息

進行了「大略式」閱讀、理解後，再從中抉擇出感興趣的訊息，再往下進行「深入式」閱讀及理解。經歷過「大略式」閱讀理解，再進行「深入式」閱讀理解，是數位文本在螢幕閱讀過程中「必然」會形成的「閱讀分工」，而就數位文本的區塊組構而言，也必然會依這種「閱讀分工」而形成依內容深淺度區分的區塊內容位階（hierarchy of importance）。「必然性」是筆者在此所要再特別強調的。「必然性」所要去凸顯的是非「偶然性」，亦即用塊狀布局與互動文本設計並不是某一數位創作者一時「靈光乍現」的「偶然之舉」，「偶然」意味著這次使用塊狀布局與互動文本設計，下次則未必要使用。「必然性」則是強調塊狀布局與互動文本，是因應著螢幕閱讀過程中「必然」會形成的「大略式」與「深入式」閱讀分工，而必要有的數位文本組建呈現。換言之，這兩種數位組建呈現形式，是因應於「閱讀分工」而來，而閱讀分工則又是因為要對螢幕進行有效的掃描式閱讀而導致的閱讀行為。閱讀分工是數位文本螢幕閱讀的閱讀行為特色，而這一閱讀特色恰恰是傳統線性文本所不用太去考慮的閱讀行為；因之，當我們要從所習悉的傳線性文本轉換到數位文本寫作時，所最應謹記的是要將受眾閱讀分工行為的考量帶入我們對數位文本的創作過程。

在體認數位文本「閱讀分工」的前提下，「塊狀布局」與「互動文本設計」所對應的是「大略式」與「深入式」這兩種不同的閱讀分工。這一區分非常重要，這意味著這兩種不同的數位組建方式，其所對應的使用媒材在「意義展現度」上的考量是完全不同的：塊狀布局既是對應於「大略式閱讀」，其使用媒材在意義展現度上就應是易於快速被瞭解的；相反的，互動文本設計所指向的訊息就要往如何讓媒材呈現深度意義上著眼。搞相反了，就會是數位文本閱讀上的一場災難。例如不管數位創作者對於其題材做了多充分的準備，進行了多深入的思考與探討，如果在塊狀布局上使用了「深刻表達」的媒材（這會妨礙掃描性的發展），在互動文本設計上無法滿足讀者更進一步深刻理解的期待（這會惹惱受眾在互動過程所花掉的時間、精力），那就是失敗的數位文本；儘管所有的數位文本組建方法、技術都用上了。

因之，相應於「閱讀分工」，數位文本中不同意義展現度上的「分工寫作」就是必要數位寫作思維；換言之，「大略式」的寫法和「深入式」的寫作是必須「分工的」交織，同時由互動的文本設計來串連組構，並存於「同一數位文本」當中。一位數位文本創作者要有能力以「由淺入深」的方式一步步「誘惑」著受眾，引起深入閱讀的興趣，這亦即代表著創作者對媒材在意義呈現上「淺」、「深」的拿捏，要有足裕的應付能力。然而「分工寫作」雖是因應於「閱讀分工」，但閱讀分工並不是數位文本在螢幕閱讀上才「唯一」有的「閱讀現象」，在我們所熟知的經驗世界中閱讀分工的現象是比比皆是。例如，就《論語》這本書而言，就有漫畫版、兒童版、白話版、譯註版，當然還會有所謂「經典」的朱熹集註版。這些都是因應「閱讀分工」要求下，關於《論語》一書的「分工寫作」。但這種「傳統分工寫作」是針對不同的「作品定位」而來；換言之，不同的分工寫作會形成不同的作品；然而數位文本寫作中的「分工寫作」卻是要在「同一作品」中同時呈現，這點無疑是較為困難的，因為這種「分工寫作」的概念和能力，往往不是傳統文本表達訓練中所重視的，這也緣於單一傳統線性文本的意義呈現是不太需要以「不同層次意義分工」的形式來展現。這正是數位文本的分工寫作和「傳統分工寫作」的最大差異之處，這一差異將導致螢幕閱讀會產生具有「閱讀位階」的轉換過程。「閱讀位階」是指一般的數位文本螢幕閱讀，受眾會由「淺內容」部分，再一步步過渡到「深內容」部分，這一過渡有著前後順序上閱讀的「位階關係」。從資訊在螢幕布局安排的視覺效果而言，閱讀位階也就相應著文本區塊在螢幕呈現安排次序上的「視覺位階」（visual hierarchy）（Graham, 1999: 91），或是視覺重量（visual weight）（Wroblewski, 2002: 215）。

　　在數位文本閱讀過程「位階關係」的思維下，所要再特別注意的是：數位文本其內容中「淺」、「深」的不同表達分工，數位文本組構過程要與閱讀分工當中的「閱讀位階」之間有著對應關係；這亦即意味著愈是「淺的」內容，在數位文本組構過程中，理應置放於閱讀位階的愈「前階位」，也應是在螢幕視覺位階上的「前端」。「閱讀位階」的概念在前文

多媒體互動新聞寫作：理論與實務

中，我們其實已有較為實作式的描述；在此以更為抽象概念式的論說，除了強調「閱讀位階」的寫作概念之於數位文本組建的重要性及特殊性之外，也希望能避免對一般「數位寫作」、「多媒體寫作」、「網路新聞」之類的著作所可能形成的誤讀。這誤讀的來源往往是因為書籍的寫作者在談論某些數位文本寫作技巧時，作者心中其實是有某種閱讀位階上的預設，但並沒有在文章中明示出來；這將造成讀者會把書中的這些寫作技巧「誤讀」為是一體適用於整體數位文本的寫作過程。例如，一般的數位內容寫作書籍往往易於強調數位文本的文字寫作有其自己的寫作調性（tone）（Apai, 2009: webpage），要「短、可掃描、直指重點」（Wanger, 2006: 144），但這其實是指位於文本分層中的前位階分層部分的文字呈現樣態。如在位於文本分層的後位階分層部分，那文字或許就值得以深入的方式來鋪陳。

對於文字這種媒材在數位文本中以淺、深書寫來對應於文本分層的分層位置，是源於對螢幕閱讀上的考量，正如同Cranny-Francis說道：在螢幕閱讀中，「太多字在螢幕上是難閱讀的，同時複雜的論辯在螢幕上是難以消化的」（Cranny-Francis, 2005: 19）。因之從螢幕閱讀的考量視角，我們就可以理解杜布在談網路新聞的寫作時所建議的文字寫作技巧：「網上作者把文章分成更多區塊，要比報紙文章使用更多小標題或採條列式」（轉引自Potter／美國在臺協會文化新聞組譯，2008：41）。然而，我們應再進一步問的是：這種簡化表達、稀釋意義的文字處理手法是一體通用於某一數位文品的整體文字呈現樣態嗎？如果探討數位文本的各種著作都不忘強調數位文本是要以其文本展現特質提供給受眾更深入的理解，那麼簡化型的文字表達如果一體適用於整體數位作品中，對於數位作品的深度表達無疑是相當不利的。將「閱讀位階」的概念帶入對數位文本組建的過程中，無疑可以解決上述的困境。簡化式的文字表達當然利於在螢幕閱讀初期掃描過程中的快速理解之需求，那麼上述的文字表現技巧就是值得參考的。然而，一旦受眾在掃描後決定了要往下閱讀的某一題材，對「深入理解」的要求也就加強了；此時，文字當然要為受眾的「深入理解」要

求提供相應的「深入說明」。因之，一般強調數位文本的文字呈現要往「淺」面思考的那些文字呈現技巧，無疑就有「適用性」上的問題。換言之，愈位於「後」閱讀位階的數位文本內容，文字呈現在「深度」表達上愈趨重要，從這點而言，如果數位文本在「後閱讀位階」部分，於文本深度的傳達上是需要以非常傳統線性文字寫作才能呈現，例如推理嚴謹的議論，那麼此時以深度文字來呈現亦無不可；因為當受眾經過多次「主動性選擇」而來到此位於「後閱讀位階」的文本時，受眾對「深度」上需求早已大於螢幕閱讀便利性上的考量。

　　相應於從受眾閱讀面思考而來的「閱讀位階」概念，從創作者寫作層面而來的思考就是「文本分層」的文本組構寫作概念，即「文本分層寫作」；用一般的網路內容建置／寫作術語而言，即是 'write to a flow-chart'（Apai, 2009: webpage），就網路新聞而言即是「網路新聞分層寫作」（曾妍，2007：網頁）。「文本分層」是指某一數位文本是由不同分層的數位文本內容所疊構而成；這一概念亦正如Stovall 將數位文本內容結構稱之為「資訊分層」（Stovall, 2004: 92）。他進一步解釋：「大型藝術館是非線性的好例子，例如紐約市大都會博物館。在博物館內，沒有起點和終點。走進博物館時，你可以向右、向左、直走或上樓。首度造訪者會去拿樓層設置手冊，從中找尋自己想看的展品，然後朝向那個方向前進。在結束之前，他們可能選出數個想看的展區。做這些事的時候，**他們為自己的參觀作線性規劃**。這並不是強制性的要求」（Stovall, 2004: 92，**粗體字為筆者所加**）。從結構形態而言，Vaughan將多媒體文本案型歸納為四種基本結構形態：直線式（linear）、階層式（hierarchical）、非直線式（nonlinear）、組合式（composite），如圖4-1（Vaughan, 2008: 409）。如果我們參照上引Stovall對數位新聞「資訊分層」的舉例提示，那麼「組合式」的結構樣態是本文討論所採用的「文本分層寫作結構模式」。

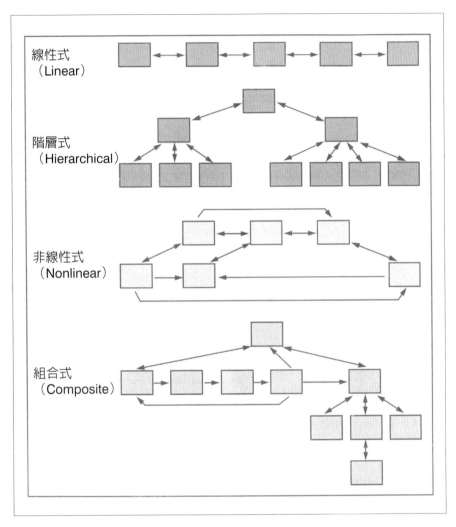

圖4-1　多媒體文本的四種主要導覽結構

資訊來源：*Multimedia: Making it work* (p. 409), by T. Vaughan, 2008, New York: Sage.

　　採用這一結構形態的另一考量在於，新聞是一種帶有「社會責任」的文體，亦即它有責任要將新聞事件「告知」受眾。雖然在數位文本的閱讀中，受眾對文本有更大的「自主權」、「選擇權」和「控制權」；但新聞終究不是「藝術」，對數位新聞的理解終究不能是受眾的自由想像和創

意。因之，組合式的結構形態，在其中「受眾可自由移動（非線性），但又部分被限制在訊息、資料的線性陳列中，而這些線性陳列又依某種構思以階層式被組構起來」（Vaughan, 2008: 408），是最恰當於數位新聞的訊息呈現，這同時也是絕大部分「訪談或敘事」在多媒體互動文本呈現的結構樣態（Graham, 1999: 47）。

在一般的數位文本／新聞寫作之類的書籍、文章或資料，「文本分層」寫作概念往往在陳述的開頭就被強調。在本文，文本分層的寫作概念放在此時再提出來討論，有作者寫作思考上的用意。如在書籍或文章一開始就先論述「文本分層」這單一概念，很容易讓讀者將思考重點擺放在如何將數位文本拆解成不同的「文本層」，但不同的「文本層」就其意義的展現度而言，是均質的呢，還是有意義呈現上淺、深不同的考量？則很難帶入討論的視角。這是因為不同的文本分層的意義展現度問題，是相應於「閱讀位階」這一概念而來的。如依本書的立論點而言，在數位文本的螢幕閱讀行為過程中，「閱讀位階」是存在的，那麼「文本分層」寫作的考量上，不同的分層文本自然要有意義展現度上的考量以對應於不同的「閱讀位階」。如此一來，我們對於文本分層的思考就更趨於完整性。至此，相信讀者一定可以感受出來：的確，要寫作不同的分層文本，並且這些分層文本在意義展現度上是不同的，然後再將之以「互動文本設計」串接起來，最後形成一個數位文本作品，這樣一種寫作流程和思維，即「分層文本寫作」，是完全不同於我們所習慣的傳統線性文本。那麼，往下我們將討論如何可以寫好以「文本分層」為組構概念的數位文本。

三、數位新聞的分層式寫作：部分與整體的關係

數位文本在螢幕閱讀的狀況下，整體訊息是以分層式的文本進行分割，再進行串接組合。這一種文本的發想思維、處理過程以及最後的呈現樣貌，都大大不同於傳統媒介呈現下的線性文本，因之數位文本也往往被稱之為非線性文本。「非線性文本」即是對立於「線性文本」而來的文本概念，在創作過程中，它就面臨了許多「線性文本」所沒有碰過、也不需

要去考慮的問題；換言之，數位文本的寫作過程面臨了一些全新的挑戰，之所以說是「全新」，那是因爲我們在傳統線性文本寫作過程所累積的經驗值，在此完全派不上用場。但這也並不意味著我們要在數位文本組構中要完全拋棄傳統的線性文本。如何在文本分層的文本組構樣態中也將傳統線性文本包容進來，以最大的可能性來豐富數位文本的意義呈現，即是我們要談的「辯證性」寫作思考。

首先我們要碰到的問題是：數位文本既是一種「分層文本」的組成，那麼從一開始構思，如何決定一篇完整的數位文本到底要由「多少層」來組成？這是數位文本組構過程中「非常關鍵性」的提問和決定，所以我們擺在第一順位來探討。問說：「數位文本要由多少層來組構？」，這正如同問：「房子要蓋多少層？」一樣。蓋一棟平房和蓋一棟五層的公寓，在結構、設計、用料、技術等方面的考量是不同的。同樣的，數位文本是要由「一層」來完成，還是要由「三層」來組建，就會影響媒材、技能以及文章意義表現上不同的考量。正如同原本設計爲二層的房子，如果後來要改爲三層，並不是在第二層上「直接」再搭建一層，而是必須更動房子的整體設計結構；數位文本的分層結構之於整體文本設計的影響亦復如是。因之，眾多的實務工作者一再從經驗中告訴我們：數位文本寫作過程所最害怕的就是更動對原本分層的設定；要避免在分層結構上的更動。創作者在做分層設定的決定前，要對題材的性質、媒材取得的難易和多寡以及題材在意義上所要呈現的深度等，要多方考量；如果是團隊合作，一定要與隊員事先充分討論（Graham, 1999: 43; Pite, 2003: 270）。

在分層文本的結構上，每一層是由數個「文本區塊」組成。那麼這些「文本區塊」在寫作上要如何來思考呢？文本區塊在媒材組建及意義傳達的考量上，首先是我們一再強調的，愈是在分層結構下層的文本區塊，其意義的展現愈是可以「深」、「厚」。這是受眾一路往下主動選擇所期待的。如果最後的某一文本區塊在意義呈現的深厚度上是要以傳統文字線性結構來呈現才能滿足，那也是可以的。換言之，至此我們可以比較實務性的回應前文已提及的「概念」：數位文本並不是要取代傳統文本，而是

對傳統文本的辯證綜合。一個社會的複雜運作過程，是需要各式文本的存在。但在目前社會的發展過程，「參與式受眾」與「螢幕閱讀」這一新的「傳播處境」已逐漸成氣候，而傳統文本已無法回應這種「新傳播處境」的挑戰；數位文本是因應於這種「新傳播處境」而有的文本上的回應（李明哲，2012）。數位文本在媒材組構上是有別於傳統線性文本的分層形態文本，但它亦可以把傳統文本吸納進入其分層架構的安排中。換言之，數位文本並不是站在「對立」的立場要和傳統文本拼個你死我活的文本，不，不是這樣，而是一種「辯證」概念下的新文本，「辯證」意味著數位文本在發展其文本特色時，既要能面對「新傳播處境」所提出的要求，同時也要能把傳統的文本特色也容納進來。

我們以「小說」的文體類型歷史發展特色來加以說明解釋。陳平原在《小說史：理論與實踐》‧〈小說類型研究概論〉中強調，小說文體類型的歷史變遷是：新與舊的適應，「每一部成功之作都是既保留傳統又突破傳統」（陳平原，2010：135）。他說道：過分著意於反傳統，往往潛藏著對傳統的恐懼與嚮往，恰恰是沒能擺脫傳統控制的明證。……類型研究將告訴我們，每種有活力的體裁與類型，都「既如此又非如此，總是同時既老又新」；而每個優秀的作家都既守舊又創新，「在一定程度上遵守已有的類型，而在一定程度上又擴張它」（陳平原，2010：135）。

數位文本之於數位科技對社會變遷的挑戰亦然。在數位文本組構過程當中，如何適時、恰當的把傳統線性文本整併入文本分層結構中，以「豐富」數位文本的意義呈現，是數位文本寫作的重要考量。數位文本在一般的書籍當中常被稱之為是一種具有「豐富訊息量資訊（rich information）」，但到底如何才能算是豐富？將新的數位傳播科技放入文本中，或是將多種媒材放入文本中，就算是豐富文本嗎？這當然是創造文本豐富的可能性之一。但如果眼光只及於此，就會失去了人類在歷史文明進程中於文本體例所創造出的豐富視野。「豐富」如果要有意義，那就必須是歷史積累的基礎上再向前跨出一步。至此，我們恰恰可以回答一個常被提出的問題：是否學習數位文本就要放棄對傳統線性文本的學習？

當然不是！會問上述的問題，往往是一般習慣的對立式二分法思維所來的。在此我們所要再次強調：數位文本並不是與傳統文本的對立式二分，而是在分層文本結構下對傳統文本進行可能的吸納；換言之，「新」中有「舊」，但「舊」是服務於「新」所面對的時代要求。這正是數位文本的「辯證性」寫作思考。我們以電影、電視為例，電影、電視「新科技」使得「流動影像」的表現方式成為普級，這新科技的普級逼使人們要去思考「流動影像」與「意義呈現」關係這一個新歷史課題。但思考「流動影像」並不意味著完全放棄人類歷史對於「靜態影像」所取得的思考成果，歷史告訴我們的是，「靜態影像」的許多思考原則是被接納、轉換於「動態影像」的文本呈現當中；例如在希臘時代就發展出來的畫面「黃金分割」原則，依然深刻影響著「動態影像」的畫面呈現，雖然動態影像已成了自己獨立性的美學範疇。這即是「辯證性」的發展，而不是二分法式的裂割。對數位文本寫作的思考，我們是站在這種歷史意識的「辯證性」發展視角而來的探索，而不是科技決定論下的「新」、「舊」斷裂式思維。

　　對數位文本而言，若站在「辯證性」的角度而言，傳統文本就不會是一種要除之而後快的歷史殘渣，而是在文本分層的要求下，如何將傳統文本吸納、轉換進來。因之，數位文本對傳統線性文本接納的能力愈好，將有助於數位文本整體而言的媒材表現與意義呈現。以回到前文所提的多重形構文本而言，即使是最簡單的圖、文兩種媒材的並陳，把圖文共構下的文字部分寫好，則會造就更好的多重形構文本。對影片的拍攝亦然，掌握好傳統影片拍攝的基本技能，當然更能表現好多媒材共構下的數位文表的意義表現。

　　然而，對傳統文本的吸納是為了數位文本呈現得更好，但這種吸納是一種辯證式的吸納，這亦即傳統線性文本的呈現特色是必須在數位作品文本分層的架構脈絡下而綻放其價值。換言之，那麼在思考傳統線性文本運用於數位文本所能帶出的意義呈現價值時，是必須從數位文本意義呈現的「部分」與「整體」關係視角來看待。理解數位文本意義呈現過程的「部

分」與「整體」關係，才能讓傳統線性文本的呈現特色在整體的數位文本結構下，最大可能的發揮其意義呈現的特殊性；同時，更重要的是，傳統線性文本在發揮其最大意義呈現的特殊性時，並不會妨礙數位文本整體而言的文本呈現特色；相反的，而是增益與豐富於數位文本。這如何而可能？從一般習慣的對立式二分法的思維而言，「部分」與「整體」是二分對立，讓「部分」保有其特殊性必然削弱「整體」的力量。又要保留「部分」的特殊性但同時又要「增益」於整體，這是一種矛盾！的確，這是一種矛盾，而且這種矛盾在傳統線性文本結構下是無法化解的矛盾。然而，一但跳出傳統線性文本的結構視角，在「分層文本」的結構下，這矛盾是可以被綜合超越的。

要化解「部分」與「整體」的矛盾，要先從我們所習慣的線性文本反思起；因為從文本的意義呈現而言，「部分」與「整體」矛盾的「不可化解性」，是基於線性文本意義呈現模式下的一種「特殊狀態」。在往下的討論中，我們要借用〔德〕彼得‧比格爾在《先鋒派理論》中的一些術語及觀念，進行論述（Burger／高建平譯，2005）。

彼得‧比格爾首先提一種稱之為「有機的作品」的意義呈現模式。在往下概念說明之前，筆者希望讀者可以將傳統報紙的線性式「文字新聞」放在心中，當作是對理解概念時的可參照經驗值。彼得‧比格爾說道：「有機的作品要得到整體的印象。就此而言，其中的個別成分只在與整體相關聯時才有意義。在它們作為個別被知覺時，總是指向作為整體的作品」（Burger／高建平譯，2005：149）。有機作品，「單個的部分與整體構成一種辯證的統一體。一種充分的閱讀被描繪成解釋的循環：部分僅僅通過整體才能得到理解，而整體又僅僅通過部分才能被理解。這意味著一種預期性的對整體的理解指導著部分的理解，同時又被對部分的理解所糾正。這種類型的接受的根本性前提條件是假定在單個部分的意義與整體的意義間存在著一種必要的和諧」（Burger／高建平譯，2005：158）。因之，從有機作品的「部分」與「整體」的關係結構而言，作品中的「部分」必須有著某種敘述連續性，亦即「前一事件邏輯地預示著所有後續的

事件」（Burger／高建平譯，2005：157）。

　　如以「有機作品」的概念爲參照，我們所習慣的線性文字寫作，線性文字新聞敘事，是可歸於「有機作品」的類型。以傳統線性文字的新聞敘事爲例，新聞文本中的某一段落，都與其前、後段落（或者前、後兩者之一）有著意義繫屬上的邏輯關係；某一段落的意義，最後要通過整體文本，其意義才能起作用。換言之，段落本身是沒有獨立性的，段落與段落之間必須是一種和諧關係以成就作品整體；某一段落如果追求其獨立性恰好破壞創作整體性的和諧關係。正因傳統線性文本意義呈現，是一種「有意識創造的整體性」（Burger／高建平譯，2005：141），作者之於作品的重要性就不言可喻。用巴赫金的概念，這種文本是獨白型文本：「其中的一切，都是在作者的包羅萬象、全知全能的視野中觀察到的，描繪出來的」（巴赫金／白春仁、顧亞鈴譯，2009：92）。這一模式中作者是「無所不知、無所不能的處於神的地位上的作者」（北岡誠思／魏炫譯，2001：59）；換言之，作者能夠在作品中完全表達自己的意圖，致使讀者能夠準確地瞭解作者的意圖（Clark & Holquist／語冰譯，2000：320）。

　　和「有機的作品」相對的是「非有機的作品」。同樣的，我們先請讀者把「分層文本」的數位作品擺在心中，做爲以概念理解「非有機作品」過程的經驗參照值。「非有機作品」，是在「單個部分的意義與整體的意義間存在著一種必要的和諧」這一點上，與「有機作品」產生了「決定性區別」（Burger／高建平譯，2005：158）。非有機作品的意義呈現模式，「單個的成分具有高得多的自律程度。單個成分，或一組成分可以在不把握作品整體的情況下被閱讀和闡釋」（Burger／高建平譯，2005：140）。換言之，「部分從一個超常的整體中『解放』出來；這些部分不再是整體的不可缺少的因素」；「新的同樣類型的事件可以加進去，而已經記載的也可以減去，不管是加還是減，都不形成重大的區別。順序的變化也是可能的」（Burger／高建平譯，2005：158）。當作品不再是作爲有機整體而被創造出來的，這意味著「部分」失去了要與「整體」之間產

生和諧關係的必要性，「部分」與「整體」之間已失去了產生矛盾性的背景關係。

　　雖然我們有請讀者將分層文本結構的數位作品當作理解「非有機作品」概念的經驗參照物，但我們終究還是得問清楚：分層結構的數位文本是從哪個角度來判別為是「非有機作品」的意義呈現模式。決定「非有機作品」的文本結構特徵在於：「部分對於整體來說具有大得多的自律性。它們作為一個意義整體之構成因素的重要性在降低；同時，它們作為相對自律的符號的重要性在上升」（Burger／高建平譯，2005：162-163）。如果我們把構成數位作品某一分層文本中的某一內容區塊，當作是「部分」，就數位文本分層結構的閱讀而言，每一位受眾對閱讀過程的區塊路線選擇是不同的；換言之，在這種區塊之間跳躍閱讀的情況下，區塊與區塊之間已失去了維持意義繫屬上邏輯關係的必要性，因為我們無法預測某一區塊在受眾主動選擇的情況之下會與哪一個區塊形成前、後之間閱讀邏輯關係。在這種情況之下，數位內容某一區塊在意義呈現的創作思考中，就必須放棄與其他區塊形成意義繫屬性的意義呈現模式，轉而讓區塊自身在意義呈現上盡可能的呈現「完整性」。那麼相對於傳統線性文字文本的「段落」而言，數位文本中的「內容區塊」，對整體來說具有大得多的「自律性」；換言之，「部分」在數位文本的整體中有了「準自律性」的地位。正是從這一角度而言，我們說數位文本是「非有機的作品」。

　　因之，就作品的部分與整體關係這一文本結構的分析視角而言，傳統線性文本結構作品與數位分層文本結構作品在「部分」意義呈現上的寫作思考，恰恰是「對反」的。在此，對分層文本結構作品而言，「部分」如果盡可能追求意義呈現的完整性，亦即追求其「自律性」，那麼部分與部分之間必然產生「相斥性」。從數位作品的整體性角度而看待之，部分與部分之間的相斥性就是一種彼此間的「緊張性」。然而，我們要強調的是，「緊張性」之所以形成，乃於「部分」在追求其意義呈現盡可能完整的「自律性」努力下，又不能從其「高自律程度」走到了「獨立性」的狀態，因為一旦走到「獨立性」，就不再是「部分」了；換言之，高自律程

度與獨立性之間的拉扯以及部分與其他部分之間的相斥性，產生了數位文本的「緊張性」。因之，如果說，有機文本或著說傳統線性文本的好、壞判斷是以部分與部分之間的「和諧感」來當作重要的依據，那麼非有機文本或著說數位分層文本的好、壞判斷標準，就在於整體作品中「緊張感」的維持。就「文本性」的角度而言，傳統文本與數位文本在此「分道揚鑣」了。

四、訊息傳播分工下的數位新聞美學

在寫作的思維及過程中要於文本中維持「緊張感」，當然是迥異於傳統文本的寫作習慣及思維。正是在此，傳統文本／新聞的寫作教學及指導作品好、壞的判斷標準，在此可謂完全失去了準頭。對教授數位（新聞）寫作之類課程的老師而言，如果不想陷入談了一些數位文本理論但卻無法用到實際寫作的困境，或是不想以教「軟體」或「程式」來取代教數位文本（新聞）寫作，那麼如何讓學生感受、理解什麼是數位文本作品中的「緊張性」呢？巴赫金的「對話性」文本理論是可以讓學生從現有的經驗值中去感受、理解、寫作文本「緊張性」的一種思維路術。

巴赫金將對話的本質稱之為「對話性」：「在地位平等、價值相當的不同意識之間，對話性是它們相互作用的一種特殊形式」（巴赫金／曉河譯，2009a：336）。同時巴赫金又特別強調對話式文本模式在意義展現面的特色為：「真理不可能存身於單個意識之中。它總是在許多平等意識對話交往的過程中，部分地得到揭示」（巴赫金／錢中文譯，2009：416）。換言之，對話的形成，是對話者彼此之間意識平等狀況下的「應答」，一旦對話者的立場不是平等的，「對話」即成「訓話」，即使形式上是對話形式，但意義呈現上已是巴赫金所言的「獨白型」。巴赫金所強調的這一種「對話文本模式」中的對話者，正如同上文所言及的數位文本意義呈現結構中的「區塊文本」，彼此之間的關係。如上所言，每個區塊文本在意義表現上要盡可能呈現高度自律的「完整性」，這正如同對話模式中的對話者彼此之間要能是平等的。再者，對話的進行，對話者之間彼

此要有可供針對性的主題，對話才能被激活，應答才能被形成。這亦即對話者因為某種主題的繫屬而形成彼此之間的「對話關係」，在對話關係下，彼此是「高度自律」的而不是「各自獨立的」。對數位文本而言，各文本分層中的「區塊文本」對其所繫屬的上層區塊文本之間亦有「針對性」的關係，因此在意義完整度上，高度自律的區塊文本會因針對性而產生對話關係，而不至於形成彼此獨立的區塊。

區塊文本之間彼此維繫上的關係既是一種「對話關係」，那其意義的呈現模式就是一種「對話式」的開展形態；換言之，如同上引巴赫金所言：「真理不可能存身於單個意識之中。它總是在許多平等意識對話交往的過程中部分地得到揭示」。這種對話式的意義揭示模式，正是一種「辯證式」的意義開展形態，正是如此，巴赫金一直強調對話的展現是「辯證的」，是「一種辯證的綜合」（巴赫金／華昶譯，2009：423）。辯證的形成與開展，總必須要在兩造的參與、運動為基礎上才有可能，亦如對話的形成與開展；而對話文本模式揭示意義的「辯證運動過程」，必然彰顯出一種「緊張性」的運動姿態，正如同巴赫金所言：「每一個這樣的對話的話語，既表達對象，同時又緊張地應對他人話語，或是回答或是預測到他人的話語。回答和預測的因素，深深地滲透到緊張的對話話語中。這種話語彷彿吸收、融進了他人對語，同時對之進行緊張的改造」（巴赫金／白春仁、顧亞鈴譯，2009：257）。因之，數位文本分層結構下的區塊文本在彼此關係上是一種對話式的繫屬關係，在意義呈現的模式上是一種對話式的辯證運動形式，那麼意義揭示的運動過程則會是在一種「緊張的」「辯證狀態」。

許多談數位文本或是數位新聞寫作的書籍、報告、研究資料往往一再強調數位文本／新聞寫作要有對話式風格（news as a conversation）（Briggs, 2010: 278; Craig, 2011）；但什麼是對話式數位風格，幾乎沒人再談下去。而有沒有什麼樣的標準可以來判斷一篇「對話式」的數位文本寫得好或不好呢？亦幾乎闕如。數位文本的研究取徑中，不乏以實證、實驗方法來討論「多媒體」、「互動」文本與「理解內容」之間的關

係。例如強調超文本非強制性要求的特性使得讀者「主動重新建構文本」（施如齡、呂芸樺，2006)，或是多媒體媒材有效整合下的文本，受眾易於產生較佳學習、理解表現（李金鈴，2008；施駿宏，2009；洪玉華，2011），抑或「對讀者理解整體概念有影響」（曾育慧，2011）。或亦如Schnotz（2005）從實證取徑的研究指出，多媒體文本的媒材布局，不同媒材在組構上要考量相關性（coherence）及鄰近性（contiguity）原則，才能有優於單一媒材的學習效果。上述等等受眾主體面的閱讀理解研究，這些當然是重要的。但本文的思維取徑，除了「理解效果」之外，亦要解決一個在課堂中以「老師」的立場必然會碰到的問題：即作品的「好」或「不好」的問題！

　　正如同在教授傳統新聞寫作一樣，除了要求學生的作品除了要清楚傳達新聞事件，讓讀者有更好的理解之外，老師在打分數時，同時會去感受整體而言的文字呈現上的「文章美感」，或用傳統的說法即曹丕《典論・論文》中的「文氣」[1]。這關乎一篇已達到「新聞寫作」標準的作品，再進一步「審美地」評論「好」、「不好」的某些原則。那麼，一篇數位新聞作品，假設其在新聞寫作上已達到上述「數位新聞寫作」的標準，則進一步論斷作品的「好」或「不好」，或著說數位新聞的「文氣」、「美感」，其原則何在呢？正如同好的對話必然會帶來意義開展辯證過程的緊張感，數位文本亦是。數位文本文氣中的緊張感，是數位新聞作品論斷其「好」或「不好」的「審美原則」。正是審美原則上的轉換，相較於傳統線性的新聞文本，數位新聞在文本理論上，才有其「自主性」、「自律性」和「獨立性」；換言之，數位新聞對新聞事件要如何來呈現「審美性」表達，提出了新的要求。正如同巴赫金在〈陀思妥耶夫斯基詩學問題〉一文中所言：

---

[1]　《典論・論文》是中國文學批評史上第一篇文學專論。從美學的角度而言，《典論・論文》已遠遠超越於其劃分文體論的價值，以「氣」為論述核心概念，將文學帶入美學審美高度，在中國文學史上具有劃時代的美學意義。

複調小說對審美思維同樣提出了新的要求。審美思維由於受獨白型藝術視覺的薰陶和滲透，習慣於把獨白形式絕對化，看不到它們的侷限。……

　　必須擺脫獨白型的熟練技巧，以適應於陀思妥耶夫斯基發現的新的藝術領域，並去把握他所創造的極其複雜的藝術世界的模式。（巴赫金／白春仁、顧亞鈴譯，2009：357）

　　上述的數位文本寫作，是建立在螢幕閱讀此種「閱讀物質基礎」之上，這是搭配著螢幕這種新的閱讀媒介而來的寫作思維、策略、技巧和審美原則。換言之，這裡並沒有認為數位文本寫作原則要擴及到任何媒介；就上述文本寫作及表現理論而言，這也不可能。同樣的，亦如同Barnhurst & Nerone所言，傳統媒體也不會如同一般言論中所談的「被打敗」，而是在資訊分工概念下重新定位與新媒體「共存」（coexist）（Barnhurst & Nerone, 2001: 289-295）。換言之，數位媒體及數位文本並不是要「取代」傳統媒體及線性文本，而是要創造更為有效的「訊息分工」。訊息分工是指數位文本和線性文本，這兩種在文本理論上是相異性質的文體，會在社會上彼此共存，各自以其意義呈現特色來展示意義呈現的多元性。這對新聞傳播依然適用；部落格新聞體的發展和受重視，就是正在發生的例子（李明哲，2012，出版中）。

　　然而，從歷史的推展角度而言，在「獨白型」文本掌握這世界許久之後，數位文本這種以對話性為核心組構原則的文本，在其因數位科技、螢幕媒介而漸趨普及之際，仍有其因文本理論上的特色而來的社會性影響。我們借用巴赫金對複調小說出現的評論，來說明數位文本的社會性影響：

　　沒有一種新的藝術體裁能取消和替代原有的體裁。但同時，每一種意義重大的新體裁一旦出現，都會對整個舊體裁產生影響，因為新體裁不妨說能使舊體裁變得比較自覺，使舊體裁更好地意識到自己的潛力和自己的疆界，也就是說，克服自身的幼稚性。……新體裁對舊

體裁的影響，在**多數情況**下有助於舊體裁的更新和豐富。（巴赫金／白春仁、顧亞鈴譯，2009：356）

筆者有注意到，巴赫金在上引文的「多數情況下」這幾個字的下面加了一個小小注解：「只要它們自己沒有『自然地』死去」（巴赫金／白春仁、顧亞鈴譯，2009：356）。

　　事實上，媒體並沒有「死不死」的問題，只有其呈現的形式適不適合時代變遷下的閱讀需求。不同的閱讀環境有其最適合「當下閱讀」的文本呈現形式；例如捷運報，如Upaper、爽報等，就和傳統報紙在內容呈現的樣態上是不同的。不管是在字體、標題、內文行文及圖文搭配上，捷運免費報的文本呈現樣態都更適合吵雜、休閒以及較短暫的閱讀時間。同樣的概念，在強調數位文本創作者的「媒介重製」能力時，面對不同螢幕媒介通路所處的可能閱讀環境，在多媒材的搭配上、在資訊分層結構的考量上、在媒材意義呈現度的考量上，都要花時間去考量；這亦即數位文本作者要有強烈的數位文本「分眾」意識。如果我們用廣告「整合行銷」的概念來談的話，數位文本的作者要有「整合傳播」的概念。一則訊息的流動與傳播，在數位傳播時代，不會只透過單一傳播媒介來擴散，而是經由數種不同「分眾」定位的螢幕媒介通路「協力」共同來形成一種訊息「擴散網」。換言之，數位文本分層結構的文本組構概念，可以由上述的單一數位文本的「文本分層」，再擴大為由數種不同分眾定位的螢幕媒介通路所共同組構而成的「資訊分層」。

　　例如，手機的螢幕較小，同時手機使用環境往往是在某種「零碎時段」的時間使用狀況，因之在螢幕閱讀的「便利性」上是被首要強調的考量；換言之，在前述的「掃描閱讀」與「深入理解」之間的考量上，手機的數位訊息組構要能利於「掃描閱讀」；而再從前文閱讀分工的角度而言，手機的內容應是屬於整體資訊分層閱讀位階的「前位階」。這意味著在訊息組構的思考中，就視覺性而言要更能有「塊狀」視覺效果以利掃描瀏覽，同時在「媒材意義展現度上」應更利於「大略式」閱讀。一旦受眾

對手機的訊息產生興趣，有意願要再往下深入理解時，那麼手機訊息組構上應有「互動文本設計」概念上的「連結點」，讓讀者有機會往下深入理解。但這連結點往下帶的「深入訊息」是要呈現在哪裡呢？當然最便利的方式是直接繼續在手機螢幕上呈現。然而，如果透過連結點往下帶的「訊息深入度」已不再適合手機螢幕所一般預設的閱讀環境，即小螢幕與零碎時間使用，那麼這些深入式的訊息應被考量透過連結點帶往適合較深入閱讀狀況的螢幕，例如電腦螢幕，因為一般預設，電腦螢幕是較大的而且是在較穩定的時間狀況內使用。當然相應的，一個儲存較深入式訊息的網站是必須要存在的。

「資訊分層」是資訊傳播分工架構下的一種資訊組織概念，這一概念是要被靈活發想和運用的。例如，以上述手機資訊傳播分工的例子，如果最後訊息的深入度（例如評論性的）是適合紙張媒介的呈現，又如果紙張媒介上也相應的有此類訊息存在，那麼是不妨在數位文本中留下「相關訊息」提供受眾接觸在紙張中呈現的訊息。這一資訊分工的過程也可以「倒過來想」，由紙張往數位載具上分工擴張。例如，在捷運報或免費報中，如果一則娛樂性強的新聞因受版面的限制只能有大略式的報導，那麼不妨在報導內文加入「QR code」連結點，讓受眾可以進一步透過手機閱讀較易呈現娛樂新聞豐富性及深入性的影音文本。傳播分工、訊息分工以及閱讀分工，是我們在想考數位文本組構時，所要有的「整體性思維」。

第 5 章▶▶▶

互動文本寫作與讀者的想像

一、數位互動文本與對話理論

多媒體及互動是數位文本重要的文本特質，而互動和寫作之間的關係更是傳統媒體所沒有的（Sims, 2000）；甚至，在討論「多媒體（multimedia）」的學術專書中，Dannenberg & Blattner強調對多媒體的標準定義並不是結合「多媒材」在螢幕上，而是使用多種輸入機制來與螢幕互動（interact）（Dannenberg & Blattner, 1992: xxiii），Tannenbaum則說道：「在多媒體定義中，互動是最極端（utmost）重要者」（Tannenbaum, 1998: 4）。換言之，互動是數位文本更能與傳統媒介區隔開來的文本特色，更重要的是把「互動」這種技能加到數位文本的寫作過程，對數位文本寫作的學習者而言，是一種全新的學習挑戰。互動這種寫作技能之所以對數位文本寫作者帶來重大挑戰，並不在於要學習什麼程式寫作或學會操作什麼軟體，那很重要，但並不是核心。互動文本寫作真正重要的核心在於，如同Bennett所談的：互動「應被理解為使用者去影響溝通過程的能力」（Bennett, 2005: 11）；換言之，寫作者在寫作的構思過程中，同時也要去思考「讀者」的「輸入」（input）狀況對閱讀文本的改變以及對理解文本可能產生的影響。這種寫作的狀況，是以往媒體所不曾碰到

的，所以是數位文本對創作者而言所帶來的全新挑戰。

假如說傳統非互動媒體的寫作，在寫作者的心中，受眾是一種旁觀者的想像，而理解的過程是一種旁觀者對某種意義完整但封閉的文本進行揭開的過程，那麼互動文本的寫作者，對讀者的想像就應是一位「對話者」。先來想想日常生活中的我們所用的對話樣態，對話文本的開展會隨著對話者的「輸入」而產生改變，而對話文本所要帶出的意義就在對話者不斷輸入、輸出的過程中，彎曲、迂迴的呈現出來。這一種對話文本意義展現的模式，如同巴赫金所言：「眞理不可能存身於單個意識之中。它總是在許多平等意識對話交往的過程中，部分地得到揭示。」這種對話式的意義揭示模式，不是「邏輯關係」式的直線型單向意義開展模式，而是「一種特殊類型的涵義關係」（巴赫金著，曉河譯，2009a：329）；這種特殊類型正是一種「辯證式」的意義開展形態，因爲「辯證的說明是相互說明而不是單方向的說明」（劉永富，2002：12）。因之，巴赫金一直強調對話的涵義展現是「辯證的」，是「一種辯證的綜合」（巴赫金／華昶譯，2009：423）。

數位文本的互動特質，就本書一貫的理論立場而言，在於希望透過互動這種文本呈現的形式來開創一種不同於傳統線性文本的意義呈現模式。如果互動文本的意義呈現特色是更爲接近「對話式文本」的意義呈現模式，那麼先來理解「對話」可能眞正產生的溝通條件，將有助於我們創造能夠呈現對話精神的互動文本。巴赫金強調，對話之所以可能發生的條件在於：「針對同一主題而發的兩種平等的話語，只要遇在一起，不可避免地會相互應對。兩個已經表現出來的意思，不會像兩件東西一樣各自單放著，兩者一定會有內在的接觸，也就是說會發生意義上的聯繫」（巴赫金著，白春仁、顧亞鈴譯，2009：246）。在這裡巴赫金所言的「針對同一主題而發的兩種平等的話語」，其中「針對同一主題」與「平等」這兩個重要條件，是我們所要特別注意的，因爲這是眞正對話之所以可以形成的理論原則。如果不是，即使是文本中有著一往一來或是互動的形式，那未必就是對話式文本。例如讀者應該會有被長官、長輩、師長訓斥的經驗：

長輩一直講，你也會回應著長輩的話，看起來像是一種「對話形式」，但實際是「訓斥」而不是「對話」，因為兩者間並沒有實質上的意義交流。從巴赫金的對話發生理論來檢視，在這場合下，你和長官並不是處於平等的立場，而是一種有權力位階的不平等立場；再者長官可能是在講他／她認為什麼是對的，而你卻是在回應著你／妳是怎麼做的，兩者間的主題並沒有形成針對性。換言之，對話者若不是處於平等的地位且針對同一主題這一狀況條件下，真正的對話式意義開展是不可能產生的。因之巴赫金強調「狹義的理解把對話性視為爭論、辯證、諷刺性摹擬。這是對話性的外在的最醒目也是最簡陋的形式」（巴赫金著，曉河譯，2009a：325）。

有了「同一主題」與「平等」這二種條件，巴赫金論述道：「只要遇在一起，不可避免地會相互應對」。在這裡，「不可避免」是筆者所要特別強調之處；那麼這「不可避免」究竟要不可避免什麼呢？巴赫金接下談道：「兩個已經表現出來的意思，不會像兩件東西一樣各自單放著，兩者一定會有內在的接觸，也就是說會發生意義上的聯繫。」換言之，對話式意義開展模式就會「不可避免」地運動了起來。這一對話發生的理論原則，不只適用於日常生活中真正對話的開展，同時也適用多重形構的數位文本寫作，因為真正的多重形構數位文本，亦即真正的對話式數位文本，正如同我們所一再強調的，其不同媒材之間要能是以平等、互補的立場來進行寫作上的組構；換言之，這其實是在創造媒材之間彼此的「平等」與「針對性」。

依巴赫金的理論來申演，當媒材是處於「平等」與「針對」的狀況，一旦讀者遭遇到此數位文本，媒材之間即會彼此「不可避免」的「有內在的接觸，也就是說會發生意義上的聯繫」，亦即互文式的綜合性意義形構會自動開展。此時，數位文本的意義開展是辯證的，而不是傳統文本般的是線性的、是概念性的、是獨白的。換言之，此時數位文本的異質多媒材（多媒體）特質在與讀者遭遇之下，會以辯證的運動模式與讀者之間形成辯證式意義的開展，依Flusser的論點來說，「在這種辯證過程，概念性思考（即文字式思考）與魔術性思考（即圖像式思考）互相補強：文章變得

更有想像力，圖像也變得更加概念化」（Flusser／李文吉譯，1994：32，括弧內爲筆者所加）。正是意義的辯證開展這種意義呈現模式，使得數位文本在「文本本質意義」上是完全不同的傳統的線性文本。傳統的線性文本，是以某種優勢媒材爲主導狀況下的意義開展，若有其他媒材的併置，那也只是處於附屬的地位，亦即若有若無都不會影響文本意義的完整陳述；換言之，在這種媒材「不平等」的狀況下，文本的意義開展不可能是對話式的、辯證式的，而必然是巴赫金所言的那種與對話式文本相反的「獨白式文本」，這正如同巴赫金所談道：「獨白性，否認在自身之外，還存在他人的平等意識，他人平等的應答意識，否認存在另一個平等的我（你）」（巴赫金，引自凌建侯，2007：147）。

二、互動寫作中的讀者定位

互動文本寫作，最重要的互動文本寫作核心概念在於創造讀者與文本進行對話的機會，創造讀者與文本之間一種對話性的、辯證式的意義理解模式（Kolko, 2011: 15）；這其實是以文本爲中介，讓創作者與閱讀者進行「非面對面」的對話。面對面的對話模式過程，對話雙方有著「提問、激發、應答、讚同、反對等等的主動性，即對話的主動性」（巴赫金／曉河譯，2009a：337）；那麼互動文本既是透過文本介面的對話，創作者在構思數位文本就要能確保數位文本本身能讓讀者對之擁有「提問、激發、應答、讚同、反對等等的主動性」。要能如此，那麼文本就不能是封閉的、獨白的，與此相反，文本要能提供某種機制，這種機制可以讓讀者從各種角度、面向來探測文本，不管其探測文本時是持著什麼樣的心態，提問、激發、應答、讚同、反對等等都有可能。在此，可以被閱聽眾使用的「探測機制」是要被特別提出的重點。

在面對面的狀況下，對話者雙方都可以因對話的進展而創造出彼此再探測——即再對話——的機會；然而在面對文本的情況下，若是沒有一些事先被創作者安排在文本中的「可探測文本的機制」，那麼即使受眾有著「主動性」，也無法對文本進行探測，亦即與文本進行對話。這一可

探測文本的機制，用Martinec & leeuwen的說法，是文本中為閱聽眾所設計的某些「給定的（given）」「暗示（cue）」，即互動機制（Martinec & Leeuwen, 2009: 199）；用Vaughan對互動多媒體定義：亦即要能讓終端使用者——即閱聽眾——能夠控制哪種媒材在什麼時候被使用（Vaughan, 2008: 1）。這也就是說在數位文本構思、設計、組構時，創作者要思考著讀者會如何與我對話，亦即讀者會如何來探測文本；換言之，讀者是形塑數位文本樣貌的一個必要元素，讀者影響了創作者對文本組構的考量，「讀者的存在與綜合才能成就作品」（Kolko, 2011: 14）。此即，在數位文本組構過程，雖然創作者與讀者並沒有真正「面對面」，但卻以一種平等的同時在場之姿共同影響了互動數位文本最後的樣貌，用巴赫金的話即是：「聽者（讀者、觀照者）進入作品的體系（結構）之中」（巴赫金／曉河譯，2009b：435）。

　　與閱聽眾以平等的立場，並以「非面對面」的同時在場之「情境」來創作數位文本，是數位文本能否真正形成互動特色的重要寫作立場。與受眾站在「平等」的立場來創作，是至關重大的；如同上述所論，只有站在「平等」的立場，真正的對話才能被形成；同樣的，如果數位互動文本所期待文本意義開展模式是對話式的，那麼數位文本創作者在寫作時對「讀者的想像」，就是必須是一種與創作者站在「平等立場」地位的讀者。任何文本創作都必然有讀者的想像，新聞文本的創作亦然，Schudson依實證研究成果強調記者在寫作時，心中有著「暗示的讀者界線」（Schudson, 1992: 152）。然而，寫作時「心中有讀者」，並不必然代表著創作者與讀者之間的地位是平等的立場，如依巴赫金的複調文本理論而言，只要是獨白型的文本，亦即線性的文本，這一模式中，作者能夠在作品中完全表達自己的意圖，致使讀者能夠準確地瞭解作者的意圖（Clark & Holquist 著，語冰譯，2000：320）。然而，這一模式的作者也是「無所不知、無所不能的處於神的地位上的作者」（北岡誠思著，魏炫譯，2001：59）。巴赫金以托爾斯泰的小說《主人與幫工》為例說道：托爾斯泰的世界是渾然一體的獨白世界，主人公的議論被嵌入作者描繪他的語言的牢

固框架內（巴赫金著，白春仁、顧亞鈴譯，2009：72）；換言之，「托爾斯泰獨白式的直率觀點和他的議論到處滲透，深入到世界和心靈的各個角落，將一切都統轄於他自己的統一體之中」（巴赫金／白春仁、顧亞鈴譯，2009：72），都被寫入「獨白型牢固的整體之中」（巴赫金／白春仁、顧亞鈴譯，2009：94）。

因之，只要是獨白型的文本，亦即線性的文本，亦即以某一媒材為優勢主導的文本，從巴赫金的文本理論而言，在寫作、創作時都不會是以地位平等的立場來想像讀者。讀者是作者想法的接受者，所謂的「心中有讀者界線」，只是要找到一種更適合讀者去接受的方法而已，這是一種單向關係，作者「有權在某種程度上獨立於聽者」（巴赫金／凌建侯譯，2009：196），而絕不是如同對話的般的雙向關係。巴赫金強調，要進行「對話性的」認識，他人必須是和我一樣的「主體」而不是「認識客體」（巴赫金／曉河譯，2009b：430），是另一意識，而不是意識的客體。巴赫金談道：「他人意識不能作為客體、作為物來進行觀察、分析、確定。……否則的話，它們立即會以客體的一面轉向我們：它們會沈默不語、閉鎖起來、變成凝固的完成了的客體形象」（巴赫金／白春仁、顧亞鈴譯，2009：88-89）。在獨白型的文本中，讀者恰恰必須以「受眾客體」來被想像，是「一種抽象的理想的構成物」（巴赫金／曉河譯，2009b：436），因為讀者只有變成「客體／物」，讀者才能沈默；如果讀者是同作者般的主體，那就會有對話關係，那麼文本即不能完成意義上的封閉性，文本即無法形成「完整結束了的話語，是沒有歧解的話語」，即不能完成「獨白型的文本」（巴赫金／白春仁譯，2009：127），亦即我們很習慣的傳統線性文本。

然而，一旦在寫作過程中，對讀者的想像是一種與作者一樣的平等意識存在，而非意識客體，那麼文本在寫作過程的組構、鋪陳和安排就必須時時設想承擔著「主體讀者」對之會有的「反應，如同意、反對、懷疑等等，也就是應答的理解」（巴赫金／凌建侯譯，2009：221）。一旦如此，文本是「非封閉的整體」（巴赫金／白春仁、顧亞鈴譯，2009：

82）；換言之，文本在意義結構上文「終結」與「非終結」意識，是「非對話」與「對話」的分野，是「獨白」與「對話」的區隔所在（孔金、孔金娜著，張杰、萬海松譯，2000：317，）。非終結性意義的文本如何可能？巴赫金在〈陀思妥耶夫斯基詩學問題〉一文中，以對陀思妥耶夫斯基（杜斯妥也夫斯基）的小說結構原則進行研究說道：這正在於「恰恰是一個主題如何通過許多不同的聲音來展示；……重要的，也正是不同聲音配置與其相互關係」（巴赫金／白春仁、顧亞鈴譯，2009：357）。

　　這一杜氏對話性的複調小說結構原則，數位多媒體文本就其文本特質而言是易於來呈現的：異質性的多媒材，使得數位文本易於在一個主題內以「不同的聲音來展示」，同時正如同我們前文所一再強調的，數位文本要能發揮多重形構的文本，媒材更要重視在區塊內與文本分層結構的配置與相互關係。然而，數位多媒體文本易於形成對話性文本，並不必表以「多媒體」來寫作就是對話性文本，正如同前文所言，並非有著問、答形式的文本就是對話，文本是否是對話性文本，在於文本呈現內容意義上的「終結」與「非終結」意識，只有文本以「非終結性」意識來呈現文本意義才是對話性文本。就數位多媒體文本而言，文本的非終結性在於讓讀者對文本媒材及結構的閱讀、理解、使用上有主控權，讀者可以透過這一主動過程對文本不斷進行「提問、激發、應答、讚同、反對」，創造讀者與數位文本之間「非終結性」、「非封閉整體」的意義理解。這才是數位文本中對「互動」使用的真正意義。

　　至此，我們可以為數位文本互動功能的寫作使用做出二項重要的前提：（1）在數位文本中要使用互動機制時，對讀者的想像必須賦予一個與作者一樣是具有活活潑潑生命力的「主體」，這樣的讀者主體才會對作者——亦即對文本——提問與應答；（2）正因為作者思考著讀者會對文本提問、應答，作者才會進一步想像讀者可能會如何提問、如何應答，然後將讀者「這一可能的提問與應答」，使用合宜的互動布置，安排於文本的組構中。如此，互動機制才有最大的可能成為讀者對文本提問與應合的「介面機制」；如此互動機制才能真正的激發讀者與文本之間的「非終結

性」意義理解模式，才能於數位文本中誘發對話式這種「特殊類型的涵義關係」。若非如此，作者可能寫作出「獨白式的數位互動文本」。再者，數位互動文本中依然有著互動機制，但這互動機制是作者站在獨白式的寫作立場，亦即是一種以「無所不知、無所不能的處於神的地位」而創作數位文本的作者立場，此時的互動機制只是作者用來讓讀者更加容易理解他／她的作品意義的工具而已，並不是要激發讀者對文本產生對話式理解模式的介面。

　　將數位互動文本寫成「獨白式數位互動文本」，往往是互動文本寫作的最大問題，而不是有沒有使用「好的、最新的」互動機制。只要是寫作者仍然沿用傳統線性寫作的習慣，將讀者想像為一種客體，想要對讀者揭示一種「最終完成」的文本意義（孔金、孔金娜／張杰、萬海松譯，2000：316），即使是寫作數位互動文本，那麼依然很難避免落入獨白式文本的意義呈現模式。巴赫金談到獨白式文本的專制性與權威性時說道：「專制的話語要求我們無條件地接受，絕不可隨意地掌握，不可把它與自己的話語同化。因此它不能允許鑲嵌它的上下文同它搞什麼把戲，不允許侵擾它的邊界，不允許任何漸進的搖擺的交錯，不允許任意創造地模擬。它進入我們的話語意識，是緊密而不可分割的整體，對方只能完全肯定或完全否定」（巴赫金／白春仁譯，2009：127）。在這種專制、權威的獨白型文本中，「它的語義結構穩定而呆滯，因為它是完整結束了的話語，是沒有歧解的話語；它的涵義用它的字面已足以表達，這涵義變得凝滯而無發展」（巴赫金／白春仁譯，2009：127）；因之即使加上了什麼互動機制，也不會對獨白式文本「緊密而不可分割的整體」帶來任何鬆動或搖擺，文本的意義呈現仍是「封閉的自足表述」（巴赫金／張杰譯，2009：421）

　　相反的，數位文本若要能有互文性、對話性、未終結性、未完成性、開放性的文本意義展現模式，作者一定放棄、調整和修正傳統寫作時的那種獨白式文本的寫作立場，亦即一種「作者的包羅萬象、全知全能的視野中觀察到的，描繪出來的」寫作立場（巴赫金／白春仁、顧亞鈴譯，

2009：92）。那麼，此時「作者的立場（其本身便是對話性的）不再是統攝一切和完成一切的了。一個多元的世界展現在眼前，這裡不只有一個，而是有許多個視點（就像在愛因斯坦的世界裡）。但不同的視點，也就是不同的世界，彼此緊密地聯繫在一個複雜的、多聲的統一體中。而使這個複雜的統一體運轉起來的是作者（愛因斯坦的理性）」（巴赫金／潘月琴譯，2009：370）。而互動機制或許說互動技能／技巧，正是一種有效的數位文本組構工具或寫作技能，幫助作者創作數位文本時達成上述寫作立場、完成對話的、多元的數位文本。

　　以下我們以上課習作的學生練習作品為例子來說明，圖5-1、圖5-2。這一小習作的媒材限定為三種：文字、照片及互動技能（javascript: onmouseover & onmouseout），在呈現格式上也有大致規定，所以在版型上大致相同。此習作是為練習javascript的互動文本使用，所以當滑鼠指向文字中有顏色的底線字時，下方圖框內的影像會跟著變化。

圖5-1

貓的眼睛

一隻心滿意足心情放鬆的貓咪，眼睛是半開的。牠的眨眼睛速度很慢，而且會把頭轉開，不會直視看著牠的人。嚇壞的貓咪眼睛通常睜得大大的，而且瞳孔圓睜，也就是眼睛中間的黑色部份變得又圓又大。生氣的貓咪眼睛可能也睜得大大的，但是瞳孔的部份會瞇成一條線。

請看 毛毛貓、嚙樹狗、尖叫貓。

圖5-2

在圖5-1中，可以有互動作用的連結點——有顏色底線字——是縫入於段落文句中，這意味著讀者在閱讀的過程是隨時可以與段落進行對話，而作者藉著照片圖像的回應來與讀者進行應答。在一個段落的陳述中，讀者可能會對陳述的哪個部分進行提問或著想要與之對話應答？這正是作者要去思考部分，這正是數位互動文本寫作好、壞的關鍵點之一。然而，要能思考這種互動，對讀者的想像就必須如上所論，將讀者當作是一位「非面對面但卻同時在場」的「主體」來面對。如此，作者不但要思考讀者可能會想對段落陳述中的哪個部分進行提問、與之對話，同時更要考慮要以哪種互動技能／形式來與之應答。在本例中是以javascript這種技能來回應，但一位作者要因文章的性質及對讀者應答的不同考量，而採取最恰當的互動技能，例如image gallery就是目前普遍常用的互動技能／工具之一。

再來看圖5-2，乍看之下與圖5-1並沒有太大的不同，一樣有文、有圖、有互動點。但細讀之下，作者其實已用一段文字把段落的陳述寫得很完整了，之後在於文後補上一些照片。文字寫得非常完整，是一篇非常好

的獨白式文本，清楚、乾淨、易懂，正因如此，文字段落本身是「緊密而不可分割的整體」，其完整性沒有能給讀者留下應答的空間。雖然文後的補充照片有用javascript的互動形式來呈現，但並不能對主體文字形成鬆動。這其實是一篇非常傳統的獨白式寫作立場的文本表現，只是將傳統平面排版的照片使用改換成「有javascript的照片」如是而已，並無太多文本本質上的變化。

　　如圖5-2般的「獨白式多媒體互動文本」，事實上是在初學數位互動文本寫作者上常看到的文章樣態；並不是寫作者不會使用互動技能，而是一開始無法走出傳統獨白式文章寫作的態度或習氣。這種狀況在image gallery這一互動工具／技能的使用上，也常看到。如下圖5-3：

圖5-3

這一篇有關展覽的報導。作者其實已用文字把展覽報導都寫得「很完整了」。正因如此，image gallery 這一互動機制／技巧其實只是傳統平面排版概念中的插圖概念的延伸，只是對文字的更豐富的「輔助說明」，文字

是主，圖像是輔，文字與圖像之間是主、從關係，而不是我們對互動文本所一再強調的：文字與圖像之間「對話」關係。

再來看另一篇學生的報導作品，如下圖5-4：

圖5-4

這是一篇數位新聞報導中的某一段落區塊，由三種不同媒材共同組構成而成。左邊是image gallery，右上半是文字，右下半是影音。文字中，主角大賢教練強調運動是教育「學習態度」的重要媒介。我們可以看到左半部的image gallery是由與學習態度有關的學生在場照片所組成，用image gallery的「圖像特色」來回應讀者可能會想提問的，在文字中寫得較「抽象的」「學習態度」。而右下方的影音，則是運用影音的「臨場特色」來展示大賢教練在教導運動的過程中，如何「應機的」、「當下的」提醒學生什麼是「學習態度」。文字、照片gallery、影音，三種媒材各自發揮媒材的陳述特色，但同時媒材陳述的內容彼此間既針對、平等又互補，構成強烈的文本對話性。

由獨白型寫作立場轉化為對話型寫作立場，是數位文本寫作學習過程最難克服的關卡。每一位學生從小開始就不斷的學習寫作獨白型文本，要從這種寫作立場轉移到對話型寫作立場，不但在觀念上要調整，更重要的是要擺脫獨白型的熟練技巧，那幾乎是一種某種程度的自我「解構」。要

放棄獨白式的寫作習氣談何容易！這不只是寫作者個人的寫作立場問題，同時也是整體社會的習慣問題！巴赫金在提出陀思妥耶夫斯基的複調小說這一特質時，即感嘆道：

> 複調小說對審美思維同樣提出了新的要求。審美思維由於受到獨白型藝術觀的薰陶和滲透，習慣於把獨白形式絕對化，看不到它們的侷限。
>
> 這就是為什麼時至今日，仍有一種強大的傾向，要把陀思妥耶斯基的小說獨白化。這種傾向表現為，在分析作品時，企圖給主人公做出完全論定的評價，表現為要找到作者某種獨白型的思想，表現為到處尋找膚淺的與生活形似的逼真，等等。人們忽視或否定陀思妥耶夫斯基藝術世界的本質所在——原則上的不可能完成論定，和對話的開放性。（巴赫金／白春仁、顧亞鈴譯，2009：357）

這一感嘆在今日對於對話型的數位多媒體互動文本依然適用。Sloane 在1996年論及「多媒體傳播（multimedia communication）」時，即說道：多媒體傳播的發展除了要克服技術上的困難外，還有挑戰是來自組織的、社會的面向，而更大的難題是來自人性的習慣面向（Sloane, 1996: 258）。

第 6 章 ▶▶▶

網路新聞寫作與「倒三角型」格式

一、數位新聞與新聞寫作格式

大約在1980年代初期，因個人電腦快速普及，使用電腦擺脫了必須受限大型電腦主機的羈絆，新聞、記者與電腦之間的關系圍繞著如何運用電腦資料庫此一軸線逐漸發展，此時關於新聞工作者如何運用電腦查詢資料的功能成為一教學領域，例如電腦輔助研究（computer-assisted research）等書籍或章節紛紛出現（Brooks, 1997；Kawamoto, 2003a）。

從電腦科技為承載新聞之媒介這一角度而言，雖然早至1970年代即有一些實驗性質的「電子新聞」（electronic news-papers）出現，但直至1993年Mosaic及其之後的Netscape瀏覽器出現，加上網際網路快速發展，使得以網站為介面（Web-based）的網路新聞（online newspapers）開始大量興起。至1997年，依美國狀況的統計，網路新聞已到達了創新擴散過程的臨界點（critical mass），到了2002年，網路新聞已成為最重要的新聞及訊息來源（Greer & Mensing, 2006: 13-14；Li, 2006: 1-2）。

初期網路新聞因受限於網站建置的軟硬體設備功能、網路頻寬以及多媒體技術的粗糙，往往以文字及少量圖像為表現主體，因之網路新聞和平面新聞之間的呈現差異並不太

大；除少數原生報外（例如最著名的帶頭者Wired News網站），大多數網路新聞網站內容都是平面媒體內容直接數位化上網。然而，短時間內，網站內容呈現技術的突破和成熟，頻寬加大，1995年後，一種新的網路新聞呈現意識興起，即「新形態新聞」（Way New Journalism）（Craig, 2005: 93）。新形態新聞強調新聞文本在網路媒介上的呈現上應和傳統新聞有所不同；雖沒有人知道它應是什麼樣子，但至少《紐約時報》（The New York Times）所告訴我們的「所有見報的新聞都是適合刊登的」（all the news that's fit to print），已過去了（Brill, 1997）。此後，關於平面新聞與網路新聞之間的差異成為一項重要的論點，電腦／網路科技特色對網路新聞產製及呈現的影響逐漸被勾勒出來：容量大、富有彈性、立即性、永久性、互動性、多媒體、資料庫，可搜尋性等等。透過這些電腦技術，網路新聞從早期平面新聞延伸到建立起自己特色，試圖在新聞內容結構及呈現方式上與平面新聞區隔開來（Chyi & Lasorsa, 2006; Greer & Mensing, 2006）。然而，電腦科技對於新聞可能產生的改變，在近幾年則又引發了一個關於「新聞」的更根本質疑：「這些是新聞嗎？有些是；有些則否，至少從傳統新聞學來看是如此。在網路上新聞會是何種樣貌？這可能是二十一世紀頭十年，新聞界必須回答的最大問題」（Stovall, 2004: 2）。

這一提問所針對的問題是直指：網路新聞的呈現形式；換言之，數位內容要如何呈現才能被稱之為「網路新聞」？或者說：數位編輯元素（文字、聲音、圖像、影音、可程式化變形）的資訊布局要如何安排，才能讓讀者對數位文本產生「新聞感」的肯定與信任？新聞感數位文本在此意指為讀者閱讀此種數位敘事文本時，可以快速將之歸類為「新聞類」的文本類型。這一問題隨著網路「上稿機制」的成熟和普遍，在諸如公民記者（citizen journalism）、參與式記者（participatory journalism）、P2P記者（P2P journalism）、互動式記者（interactive journalism）、部落格、新聞社群等等文稿上傳運動的風潮下（Bruns, 2005；Allan, 2006；Kolodzy, 2006；Rosales, 2006；Friend & Singer, 2007；），更顯得尖銳和重要。在

網路有眾多的敘事類文稿的狀況下，對專業新聞教育的挑戰而言則是，一位受過新聞科系（學程）訓練之網路記者和網路自由寫手在數位文本的表現上應有什麼不同？而這些不同與「新聞感」之間的關係為何？

　　數位科技對新聞產製影響的發展大約可劃分為三個時期：第一、將網際網路／網站當作是新聞傳播的另一管道，重點在網站建置，內容則是沿用傳統平面媒體的內容直接上網。第二、則是強調數位科技之於文體呈現形式的特色，諸如超連結性（hypertextuality）、互動性（interactivity）、非線性（nonlinearity）、多媒體性（multimedia）、整合性（convergence）、客製化與個人化（customization and personalization）（Kawamoto, 2003b: 4）。第三、正是本文所要去處理的，亦即上述的諸多數位性文本特色要如何來凸顯、呈現出網路文本的新聞感？就此，Stovall談道：「許多關於新聞的舊思維，例如新聞價值，將會轉移到網路新聞；但這些價值將會和某些激進的新觀念共治於一爐」，網路新聞是傳統新聞的「界線擴大」，而非改變定義（Stovall, 2004: 36）。換言之，就核心概念而言，「新聞仍就是新聞」，一位記者仍要去判斷事件重要性，收集資訊，檢查正確性，並以動人的、訊息性的方式來呈現；但網路新聞在新呈現科技的輔助下，要能跨越傳統平面新聞寫作、編輯的限制，「走出框外來思考」（thinking outside the box）（Craig, 2005: 26-27）。用Wilkinson等人的說法，一位記者的新聞專業從平面新聞開展到網路新聞，是從「報導通才與媒介專家」（story generalist and media specialist）到「報導專家與媒介通才」（story specialist and media generalist）式的專業技能轉換（Wilkinson, Grant, & Fisher, 2009: 7）。「報導專家」強調了對新聞這種報導文本的更專業化，「媒介通才」是指記者應能在各種媒體載具上呈現新聞，因之新聞文本在網路環境下的「新聞感」，事實上應更為突出與重要，正如同 2005年出版的 *Key concepts in journalism studies* 一書對Online journalism此一條目的解釋為：「刊載於網路上的高品質新聞及訊息」（quality news and information posted on the internet）（Franklin, Hamer, Hanna, Kinsey, & Richardson, 2005: 182）。

然而，就從事新聞寫作的教學／實務工作者而言，從「新聞感」的思考取徑出發，則意味著：網路新聞於新聞寫作格式與資訊呈現方式要如何布局才能結構出數位文本的「新聞感」？本文所採取的這樣一種研究視角是基於教學實踐中一項迫切的需要：愈來愈多傳播、新聞相關科技開設諸如「網路新聞寫作」的課程，但相較於傳統平面新聞寫作的教學課程而言，網路新聞教學工作者至今並沒有可供依循的「章法」以撐起教授網路新聞課程的內容，尤其是處理如何表現數位新聞文本當中的「新聞感」問題！然而從這一問題出發，另一個要先被提問的問題是：傳統平面新聞有關形成新聞感的諸多寫作原則，是否依然必須是形成網路寫作之「新聞感」的重要原則？如果是，那要如何轉化於數位新聞的寫作過程？

二、新聞文本與「新聞性」格式

　　美國芝加哥學派的報刊研究學者派克（Robert E. Park）強調：「報業自有一部歷史。但同樣的，它也有一部『自然演進史』。新聞業並非如某些道學家所相信的，是少數個人的意志所創造出來的產物。相反的，它是一個歷史過程的結果。許多個人參與了這個過程，但他們並無法預見自己所付出的努力，最終將產生何種成果」（Park，引自Roshco／姜雪影譯，1994：41）。換言之，如同Bernard Roshco所言：「今天大家所普遍接受的新聞報導模式，其實是由一連串為因應社會環境的變化，而不斷發展、創新出來的方式所演變而成的」（Roshco／姜雪影譯，1994：13，40）。Conboy對西方現代報刊的發展觀察道：西方現代新聞寫作的新聞典範是建立在其政黨報刊的經驗、傳統及商業化過程而發展出來（Conboy, 2002）。因之，目前我們所熟知的關於新聞寫作，是從西方新聞發展的過程與實踐；換言之，是從「十九世紀的政黨報刊到二十世紀的商業─專業報刊」的新聞歷程發展而來（Schudson, 1995: 9；Conboy, 2004）。

　　此一歷史進程所形成的標準新聞寫作，Svennik Hoyer & Horst Pottker稱之為現代新聞寫作的「新聞典範」（Hoyer & Pottker, 2005）。Svennik Høyer & Hörst Pottker於 *"Diffusion of the news paradigm"* 一書中說道：現代

新聞寫作的「新聞典範」（news paradigm）一詞包含了五種要項，「事件」（the event）、「新聞價值因素」（news value factors）、「採訪」（the news interview）、「客觀報導」（journalistic objectivity）、「倒三角型敘述」（the inverted pyramid）（Høyer & Pöttker, 2005）。同時對此一典範的追求，在新聞從業人員中發展出標誌其工作之專業的自我意識（self-conscious）；換言之，新聞從業人員是新聞的專家（experts），而不僅僅只是作者（authors）而已（Franklin, 2005; Barnhurst & Nerone, 2001）。

此一新聞寫作典範的五種要項，若從內容與形式來區分，前四種可歸屬於內容，而後一項則是形式；而內容必須以倒三角型的形式來呈現才能成為是一般社會組成者所熟悉的新聞文體，即具有「新聞感」的文本。換言之，新聞之所以不同於一般的文體，乃在於新聞的內容是以倒三角型的形式來組建；新聞從業人員之所以不僅僅是作者而已，乃在於能以倒三角型的文本樣態來書寫敘事內容。因之，在新聞寫作教學中往往所強調新聞寫作內容要將「事實」（facts）與「價值」（values）分離（Allan, 2004: 16），使得新聞的文本最好是呈現出「非人格性」（impersonal）的語調（Keeble, 1998: 97）；而組構新聞的內容在文本的形式上，最後總結於倒三角型的寫作格式（Grunwald, 2005: 63）。在新聞典範的標準書寫廣為使用之後，一些學者甚至更強調形式之於內容的重要性。例如Mindich：「倒三角型產生了『直寫』（straight）新聞的規範，並且導入了『客觀』新聞寫作的時代」（Mindich, 1998: 65）。Friend & Singer：「以倒三角型寫作的新聞記者將會被強迫決定，儘管是非有意的，事件的哪個部分要被寫入短故事的格式，以及故事的哪個成分要比其他的更重要」（Friend & Singer, 2007:7）。Kovach & Rosenstiel：「大部分當今的標準新聞倫理規範因之形成」（Kovach & Rosenstiel, 2001: 99）。

就網路新聞而言，Wulfemeyer在"*Online newswriting*"一書的開端即寫道：

高品質的網路新聞寫作是時效性的、訊息性的、娛樂性的、清晰、簡潔、精確、平衡以及公平。相較於其他的競爭媒體，網路新聞寫作所擁有的諸種優勢是持續性的即時更新能力；包含影音、聲音、圖表、照片的機會；更深入提供與報導議題及事件的背景資料；以及運用網路超連結幫助讀者自己從其他網站蒐集更多的訊息、文件及資料庫。（Wulfemeyer, 2006: 3）

我們可以看到一開始的時效性、平衡、公平等等諸種特色，即是所熟知傳統媒體對新聞寫作內容上的要求，之後再加上網路媒介的各種特性。然而，在數位寫作及閱讀的環境之下，組建傳統新聞的倒三角型寫作格式是否應「延續」至網路新聞當中呢？就目前網路新聞寫作教學的研究方向而言，答案是肯定的。如何將倒三角型的寫作格式及精神「延續」地運用於數位寫作及螢幕閱讀當中，是當前網路新聞在新聞感呈現方面的各式討論所共同思考的取徑。例如，Stovall說道：「當網路發展為成熟的新聞媒體之際，平面新聞結構中的倒三角型、標題、圖說這三種尤為重要」（Stovall, 2004: 73）。Kawamoto在論及數位寫作時強調：「who、what、when、where、why以及how等問題依然是重要的」（Kawamoto, 2003b: 25）。Craig在「網路文章的故事結構」一節中談到：「倒三角型是硬新聞（hard-news）強而有力的表現方式，對網路及其他的媒介亦然。它非常易於接近傳統新聞價值，同時在許多方面也理想地適合於網路媒介」（Craig, 2005: 126）。Quinn在論及數位編輯時亦提及：網路文本緊湊與簡單的寫作要求，使得「返回美好的、舊式的倒三角型格式成為一種必要，這使得在前三段中，故事得以被說明」（Quinn, 2001: 145）。要言之，正如同Hall所言，在網路新聞的寫作過程中，構成平面新聞的這些基本技巧「仍舊是最重要的基礎（foundation）」（Hall, 2001: 87）。

然而，如同Artwick所強調的：「數位記者在採用此種格式（倒三角型）時，並不是單純將報紙的故事倒進網站」（Artwick, 2004: 90，括弧內為筆者所加）；此種將平面報導內容直接「鏟出」（shoveling）的網路

新聞常被戲稱爲「內容鏟出」（shovelware）（Craig, 2005: 160）。數位環境與螢幕閱讀畢竟不同於報紙，如何將倒三角型格式的特色與精神有效地縫合於數位寫作與閱讀環境之下，是目前網路新聞寫作教學當中最大的挑戰。因之，當要拿捏新聞感與網路呈現特色兩者之間的運用時，是否有著可供思索及判斷的原則呢？就此，Craig談道：網路記者要牢記，在網路新聞中，運用數位科技呈現特色時，是爲了更能滿足讀者的興趣，讓讀者更深刻、更豐富地理解新聞，提供讀者更重要的背景知識，以更一步地探索新聞，而不是讓這些網路呈現特色轉移了讀者對新聞的焦點。網路科技是爲了增強新聞性，而不只是養眼（eye candy）而已。這不容易，但一定要做到（Craig, 2005: 174-176）。這亦如Pavlik所言：不管是否可以達成，客觀與眞實透過線上、多媒體及互動環境下的媒介要能更好地被表現出來（Pavlik, 2001: 25）。

因之Artwick再三提醒：新的數位寫作格式要如何「轉換」傳統新聞格式？基本上必須奠基於數位環境所帶來的媒介表現特色：互動性（Interactivity）、涉入性（Involvement）、立即性（Immediacy）、整合性（Integration）、深度性（In-Depth）五個I's。而所強調的五I's網路數位文本呈現特色，正是網路新聞企圖跨越傳統平面新聞，希望能夠讓讀者更深刻、更豐富地理解新聞（Artwick, 2004: 62）。然而在網路新聞寫作過程中，如何運用倒三角型來凸顯新聞文體在客觀、精確等「新聞感」上的要求，但同時又能吸納數位科技的呈現特色，以展現出網路新聞所能提供的「更多」呢？「更多」所指的不只是讀者對新聞的理解，同時也是強調網路記者藉著數位科技呈現特色，可以有著「更多」的觀點及角度來思考新聞要如何報導。透過「倒三角型」當作「傳統」及「創新」的思考軸線，此一嘗試期待數位新聞寫作在吸納傳統新聞寫作的過程，能有新聞感的「創造性轉化」，而不僅僅只是一般泛論的「混合式媒體文化」風潮而已（Bruns, 2005: 57）。

三、數位新聞文本組建的思考原則

那麼，要將傳統平面倒三角型的思考邏輯及寫作方式轉換成網路新聞的寫作，是否有著具體可行的寫作過程轉換步驟？如果我們以「敘事模型」的觀點來看待對事件描述的寫作方式（Taylor & Willis／吳靖、黃佩譯，2005），新聞此種文體基本上是以對「事件」（events）的敘事為該文體的功能與價值。平面新聞倒三角型寫作格式會要求記者再三地思考、推敲要報導的事件，並將核心重點及前後梗概，精練的寫成第一段導語（lead），隨後再依新聞的重要而加以選擇出的某些事件片段（包括採訪），依序堆疊架構出事件的敘事（Murdock, 1998）。Ward強調，此種敘事模型的寫作能力與技巧，同樣也是網路新聞寫作的核心能力與技巧，但是網路新聞在文本／內容呈現形式（如多媒體及互動）及閱讀習慣考量上要再重新調整；利用網路科技的特質，創造出網路新聞的特色，調整與修正的思考方向乃在於要正視網路新聞是為電腦螢幕閱讀環境而寫作（Ward, 2002: 29-66）。

「研究報告指出，從電腦螢幕上閱讀，大約比從報紙上閱讀慢25%」（Nielsen, 2000；轉引自Ward, 2002: 104）。「由於在顯示器上閱讀所固有的不適感，人們只能通過掃描，來搜尋他們想要的東西」（Wolk／彭蘭等譯，2003: 91）。「他們掃描文句，挑出關鍵字、句子以及感興趣的段落，跳過較不關心的部分。以掃描取代閱讀，是網路上的事實，並由許多使用性研究獲得證實。網路記者必須承認這項事實，並為掃描性而書寫」（Neilson, 1997；轉引自Stovall, 2004: 82）。因應電腦螢幕閱讀環境上的瀏覽特性，Stovall提醒網路記者要有「為視覺效果而寫作」的能力（Stovall, 2004: 82）；亦如Artwick所言，記者在構思新聞的結構時，要有「視覺化的思考」（thinking visually）（Artwick, 2004: 151）。為視覺效果而寫作，並不是強調圖片、影像等視覺元素而來弱化文字的表現，而是指「為網路寫作要求思考文章的樣貌，而不只是文章說什麼」（Stovall, 2004: 83）。

因之，就從平面寫作轉換至網路寫作，這一角度的具體落實而言，要適應螢幕閱讀的瀏覽特色，則是要將傳統平面新聞的「段落」概念轉換成「區塊」（chunks）概念；正如同Kolodzy所言：網路寫作要以區塊來組織（Kolodzy, 2006: 194）。「區塊」是網路閱讀的掃描單位，因之杜布建議「網上作者把文章分成更多區塊，要比報紙文章使用更多小標題或採條列式」（杜布；轉引自Potter／美國在臺協會文化新聞組譯，2008：41）。換言之，從平面新聞的段落寫作轉換成網路新聞寫作的過程當中，以「區塊」作為數位寫作時，組織新聞文本的思考軸線，是從平面轉移到數位的最重要「調整」。

　　就傳統新聞的倒三角型寫作模式而言，導語是最重要的敘述重心。當以區塊來組建倒三角型的網路新聞寫作模式時，第一區塊則將扮演傳統新聞導語的角色；其他的區塊再對新聞內容進行補充。然而，由段落所組成的傳統新聞，在對文章進行閱讀的過程中，往往必須由前往後依續著段落進行閱讀，這即是一般常談及的直線式文本結構。但網路文本是非線性的閱讀過程，讀者會在一個區塊、一個區塊之間遊走，並且遊走方向取決於讀者的決定。Stovall將適合非線性閱讀的數位文本內容結構稱之為「資訊分層」；他進一步解釋到：「大型藝術館是非線性的好例子，例如紐約市大都會博物館。在博物館內，沒有起點和終點。走進博物館時，你可以向右、向左、直走或上樓。首度造訪者會去拿樓層設置手冊，從中找尋自己想看的展品，然後朝向那個方向前進。在結束之前，他們可能選出數個想看的展區。做這些事的時候，他們為自己的參觀作線性規畫。這並不是強制性的要求」（Stovall, 2004:92）。此種非強制性要求的特性，要求讀者「主動重新建構文本」（施如齡、呂芸樺，2006）；這使得網路相較於電視、電影、報紙等其他大眾媒體，「能在更大的程度上將讀者捲入意義的產製過程」（Bolter, 2003: 27）。網路新聞讀者在控制閱讀動線上的自主權，是網路環境提供給讀者所異於平面閱讀環境的重要特色；明尼蘇達大學新媒體研究所主任Paul說：「只有在用戶具有某種程度的控制權時，才算是新的新聞形式」（Paul；轉引自Potter／美國在臺協會文化新聞組

譯，2008：40）。

但也因爲此種非強制性的特色，在非線性閱讀中，必須使用導覽系統來降低於閱讀過程之迷路問題（張智君，2001）；換言之，網路新聞的寫作者對讀者提供導覽服務成爲一種必要。就此Stovall強調：「在網路上，資訊可分成幾個區塊，經由合乎邏輯、明顯易見的導覽系統提供給讀者。讀者可自行創建連結，在資訊當中建立自己的線性路徑」（Stovall, 2004:93）。因之，在網路數位文本的閱讀環境下，網路新聞要能滿足網路閱讀非線性的特色，同時又要能以區塊來呈現新聞倒三角型的文本特徵，那麼網路新聞的第一區塊——筆者名之爲導塊（導言區塊）——在形式與內容的呈現上，就具有了關鍵性的地位。導塊在內容上要能如傳統新聞一樣將核心重點及前後梗概精練的寫成第一區塊；這是倒三角型文本樣態可以成形的基礎。在文本呈現的形式上，導塊必須要能提供關於組建新聞其他區塊的連結導覽系統，如此當讀者在瀏覽完導塊之後，才能透過導覽系統來爲自己建立閱讀路徑。換言之，導塊在內容及形式上要能具備上述的二項特色，即導言式的寫作內容及連結其他區塊的導覽系統，才能可能發展出適合螢幕閱讀的網路新聞，亦即以區塊爲寫作概念的倒三角型新聞文本。

在上述的基礎上，另一要往下追問的問題是：網路區塊的寫作和傳統段落寫作在內容上是否有所不同與差異？Bal強調網路文本的「超文本的組織使得它首先呈現爲一種文本形態。它是作爲根本上是創新的文本而存在的」（Bal／吳瓊譯，2005：135）。因之，如果這二者間的寫作概念和內容表現並無差異，那麼網路新聞只是傳統新聞的「數位再編輯」罷了，並無法確立網路新聞內容表現上的主體性。所謂的網路新聞記者充其量也只是優秀的數位編輯高手，只是一位能將傳統新聞內容以區塊來編輯，加上導覽列，再放到網路上的媒體工作者罷了。網路新聞在內容寫作表現上如不能有其獨特性，說到底，網路記者只是網路編輯，而所謂「網路新聞寫作」之類的課程設置是完全沒有意義的，唯一應開設的課程只是「數位編輯」的課程即夠了。

傳統的平面新聞是由段落所組成的線性文本，在文章的組構中，從導言一路往下閱讀，一段落與其上、下段落之間，具有敘事上意義的繫屬關係，基本上是無法在落段間進行跳躍性的選擇性閱讀。就網路新聞的「區塊」而言，爲適應跳躍式閱讀的環境，即非直線性的閱讀動線，讀者可能瀏覽完一區塊即跳走或是依其興趣再選擇其他區塊；換言之，此種閱讀上的跳躍式區塊選擇性，使得一「區塊」與其他區塊在意義繫屬上的關係並無產生次序性的必然性。因之一區塊在傳達文本意義上的完整度，必須盡可能的獨立與完整（make sure each individual chunk can 'stand alone'）（Ward, 2002: 127）。這是「區塊」與「段落」在意義傳達上的差異之處：每一區塊都有其意義上的完整度，但一篇網路新聞文本中的所有區塊總結而言，卻又必須要有繫屬性，能讓讀者從中理解出更爲完整、豐富和有深度的報導（Landow, 1992；Kolodzy, 2006: 194）。再者，正如同Kolodzy所言：網路記者在構思新聞時，要確保互動性及多媒體是其展列訊息時的緊要（vital）面向（Kolodzy, 2006:191）。Artwick亦強調的：「數位記者一開始著手報導，就必須思考多媒體與互動性」（Artwick, 2004: 143）。因之，從區塊出發來思考網路新聞寫作的獨特性時，區塊的內容除了意義展現上必須獨立與完整外，以「多媒體」及「互動」來寫作就是另一重點。換言之，意義的完整度與多媒體書寫是以區塊來書寫內文時，異於傳統平面新聞最大的差異面向。這是網路新聞寫作時，在內文組建的難處、挑戰處，但也是充滿創意及其表現主體性之處。面對此種寫作的處境，Ward說道：「網路記者及內容提供者要花更多的力氣，來思考如何結構及呈現他們的故事」（Ward, 2002: 122）。

　　「區塊」與「導引」之於網路新聞的文本組建而言，正如同「段落」之於平面新聞的文本組建；要言之，傳統倒三角型的教學章法可以依導塊及導引概念，有效的將區塊轉換爲視覺掃描概念下的倒三角型區塊結構。專業網路新聞正是透過此種區塊倒三角型的文本形式來和一般的部落格新聞文本進行區隔。Barlow觀察一般新聞部落格的寫作風格時認爲，往往毫無章法可言，只是寫出部落格作者們在寫作當時恰好（happens to）感受

到的有些什麼（whatever）（Barlow, 2007: 175-182）；這種部落格文本風格的問題，往往也是部落格新聞被認定為「非專業新聞」的最大原因。因之，透過區塊倒三角型文本格式來寫作數位新聞，不但能延續傳統對新聞認知上的「文本格式認知習慣」，同時也是專業數位新聞與部落格新聞形成區別、差異的重要文本結構。

在目前網路新聞寫作大都開在大二、大三的課程的情況下，學生在接觸網路新聞寫作之前，大概都有基本的傳統平面新聞寫作課程訓練，因之就課堂訓練角度而言，要讓已接受過平面新聞寫作訓練之學生轉化其能力來創作網路新聞，以下為筆者初步架構出的轉換步驟：

（1）先依傳統倒三角型的概念與架構，書寫出一則傳統新聞報導，透過此一寫作過程，依新聞性的要求來掌握構思方向及觀察面向。要求同學在採訪過程中盡可能收錄多媒體的寫作／編輯媒材，以避免不必要的事後補採訪。同時，多元的媒材能夠有效幫助寫作過程中，構思出更豐富的多媒體互動文本組構形式。

（2）進行導塊的寫作，同時要求將傳統「段落式導語」轉換成「摘要式導塊」的寫法。這是很關鍵的步驟，也是一開始，同學很不能適應的部分。導語是傳統倒三角型結構下最重要部分，在數位結構下，導塊依然是放在視覺設計上最重要的區塊，成為倒三角型區塊結構的基礎。但在數位形式下，導塊的內文要改以「摘要」概念來書寫，這一轉變的必要性在於「摘要」的寫法和「導語」稍有不同：導語是被賦予吸引讀者往下讀的責任，但摘要其本身是「意義具足」的精簡故事。因之要求轉換成摘要式寫法的意義在於：摘要式寫法可以具體而有效的使得導塊內容形成獨立與完整性。陳思齊在《超文本環境下敘事文本類型與結構對閱讀之影響》一書中亦強調：超文本環境下摘要式導言是最適合新聞敘事文本的寫作方法（陳思齊，2000）。就筆者的教學實踐經驗而言，在沒有提出「摘要」此一觀念與同學溝通之前，只是觀念性的要求區塊內容要能是獨立與完整，並無法使同學具體的掌握與落實。這一教學上的難題困擾筆者幾達二年之久。在反覆閱讀、實驗與思考之後，在課堂非常強調地提出「摘要」

這一觀念後，同學在區塊內文的寫作上很自然的趨向表達上的獨立與完整性（強烈建議有相關教學需求上的老師可以試試強調「摘要」這一寫作概念所帶來的效果）。導塊是第一個且最重要的區塊，也是倒三角型結構能成形的基礎，要能反映報導全貌同時凸顯新聞重點，同時要盡可能的有多媒體元素的配合。一旦學生對導塊的摘要式寫法可以領悟，其他的區塊寫作便得以平順進行，因為數位文本中的其他區塊，同樣也被要求具有最大可能的「獨立性與完整性」，以符合跳躍性閱讀的習慣。

（3）檢視其他段落，依分層文本的結構概念，再依區塊彼此之間的相關性，重新排列、組合其他區塊文本以建構成數位新聞；同時將可以運用的多媒體、互動（如image gallery）媒材適當組構入於文本區塊當中。雖然在網路文本中，讀者具有區塊閱讀順序上的選擇權，但網路記者依新聞面向的相關性來排列區塊（同時區塊的排列順序會呈現於導塊的導引列上），仍會對讀者具有適度的導引效果。這一過程可使倒三角型的結構與讀者選擇權之間取得一個平衡，兼顧了型塑新聞文本的文本結構與網路主動閱讀特色。將文本區塊依相關性進行排列調整，才能讓區塊與區塊之間因相關性而產生意義上的「針對性」，如此區塊與區塊之間才能創造出彼此間的「對話式」互文性。對話式互文性是數位文本區隔於傳統線性文本的最重要文本特質。

（4）在導塊的塊狀結構之內，依第三項的排列順序創製出「導引列」，導引列要能連結作用。同時在其他段落區塊也要提供適當的向上、向下或回歸到導塊的指引性連結點。

（5）最後加上資料來源／相關參考資料的連結點。

如此，依倒三角型新聞格式而寫成的平面新聞，即能在最短時間內以倒三角型區塊結構的形態來呈現數位新聞文本（即使只是純文字）；在凸顯適合網路閱讀環境的同時，又能保有新聞文本特徵。這樣，一個簡單的網路新聞寫作流程就完成了。在經過幾次練習，學生逐漸掌握以區塊來鋪陳報導技巧之後，就可以直接進行網路新聞寫作，而不用再先行以平面倒三角型的寫作格式來「打草稿」。

筆者有擔任大三網路新聞及大一數位編輯課程。在學期末時，曾將大三網路新聞的作品混以部落格內的新聞類作品讓學生來判別，看看哪幾篇文章最有「新聞的感覺」。大部分學生所指出的作品都是大三課程學生的習作，有一、二篇部落格的文章也被挑選了出來，但其文章的文本格式也是倒三角型的寫法。筆者有要求大一學生依樣畫葫蘆的習作網路新聞並將貼上於自己的部落格。之後一位大一學生興沖沖的跑來跟筆者說：一位網友有留言，問說她是在哪個學校的，數位編輯是怎麼教的，怎麼可以編出那麼像新聞的作品？這一次的實驗很有意思，因為學生對自己在新聞系所學的專業，再度的充滿信心，他們感覺到學校課程所教的新聞專業，不再只侷限於日漸萎縮的平面報刊，在網路世界中也可以有效的將新聞專業發揮出來。學生們有信心的臉龐是筆者提筆寫此文的最大動力。傳統新聞系所在網路世界的衝擊之下，學生們對未來其實充滿焦慮，在一堂大一的基礎新聞寫作課程中，就有學生當面問道：學這個可以用在網路上嗎？因之，一種可以延續傳統新聞寫作課程的數位新聞教程，就成為筆者一路思考的方向。

四、數位新聞的呈現特色與五I's的運用

藉由區塊的思考原則，透過上述的寫作轉換程序，一則數位新聞文基本上可以延續由傳統平面新聞所確立下來的、已社會規範化的「新聞感」格式，同時也能適合讀者從螢幕閱讀所習以為常的跳躍性閱讀方式。然而，數位新聞的組建不單只是要適合螢幕閱讀而已，正如同上述所言，更重要的是要能發揮數位科技的文本呈現特色，讓數位新聞相較於傳統平面新聞，可以使讀者更為深刻、豐富地解讀新聞文本，提供讀者更重要的背景知識進一步地探索新聞。這正是數位文本的互動性、涉入性、立即性、整合性及深度性五個I's科技特色所要發揮的力量。這五個I's若不能有效地組建入數位文本的表現結構上，那麼數位新聞就不能真正有效地展現出差異於平面新聞的新聞表現特色，也就無法確立出屬於自己的新聞表現特殊性。這一特殊性的發展，不將只是差異於平面新聞，同時也能有效地和

其他媒介的新聞呈現，例如電視新聞、廣播新聞，區別開來。

　　然而不管是在何種媒介所呈現的新聞文本，文本形貌與意義的形成基本上要受到：（1）新聞的產製流程；（2）新聞工作者對事件資料的觀察、思考及安排；（3）閱聽眾如何解讀，這三種面向的型塑。就數位新聞文本而言，數位科技所帶來的五I's在文本呈現上的特色，也正是要從這三面向來凸顯其特殊性：（1）立即性與涉入性是對新聞產製流程造成影響；（2）互動性、整合性則是強烈影響新聞工作者思考如何對數位文本安排資料內容及呈現形式；（3）深度性意義發生的可能性則必須是數位文本在其最後完成的文本中，爲閱聽眾敞開主動選擇及詮釋上的空間。

　　就新聞產製的面向而言，數位科技的「立即性」打破了之前新聞媒體新聞產製的週期性，例如報紙以一天爲單位、電視新聞以每小時爲單位等，理論上網路新聞的科技特色可以在任何時刻都將新聞上線，並不斷的發展和補充。當然要能充分的實踐此一特色，網路新聞的產製流程必須重新調整，此乃Boczkowski於Digitizing the news一再強調的（Boczkowski, 2005）；但此項不是此文的重點，在此不再深論。「涉入性」是指閱聽眾在閱聽新聞之後，能夠依自己的興趣與需求，再進一步的往下探索新聞。其他的新聞媒體受限於版面或是時間的限制，往往不能提供更多的相關資訊以利閱聽眾往下探索；對網路新聞而言，上述版面及時間的限制不但不存在，同時利用互連網的特色可以來提供向外延伸的多樣及豐富訊息。Conboy將具有此種表現特色的新聞稱之爲「開放性新聞」（open-ended journalism），同時認爲開放性新聞的呈現形式是網路科技影響下，就新聞史演進歷程而言，必然的發展（Conboy, 2004: 186）。此一網路科技的獨特性當然要納入數位新聞文本組建的必要部分，而這表現在上述網路新聞組建程序的第五項。

　　再者，就數位新聞工作者要如何組建其數位新聞文本此一面向而言，互動性、整合性則是數位新聞在其文本的「形式」及「內容」上要能展現的特點。互動性表現在數位文本「形式」的構成上如何思考「連結點（Click）」的安排；換言之，透過互動連結點的呈現，才能凸顯數位文

本互動性的獨特性。事實上，互動性早已被網路媒體出現之前的新聞媒體所重視，例如平面報紙、雜誌的讀者回應及電視、廣播的call-in（Brighton & Foy, 2007: 36-37）。此種互動性強調的是讀者對所接受訊息的回饋，此點網路媒體依然重視之，例如投票和閱後留言的機制。然對網路媒體的互動性而言，其獨有的特色在於讀者與文本的互動，此種互動並不在於閱後意見回饋的層面，而是在於閱讀過程中，讀者主動與文本互動的層面，此種從「被動接受改為主動重新建構文本」的閱讀模式，正是以線性呈現訊息的媒體所無法達成的」（施如齡、呂芸樺，2006）。這正如同讓─諾埃爾·讓納內於《西方媒介史》〈互聯網的闖入〉中談道：「網路的首要問題依然是在應用此種媒介過程中每個人所獲得的補充性自由」（讓─諾埃爾·讓納內／段慧敏譯，2005：330）。要能充分發揮此種網路文本的特性，就數位文本呈現的形式而言，則是要能提供具邏輯且明顯易見的導覽系統給讀者（Stovall，2004:93），亦即要能提供互動介面設計（Kolko, 2011）。這正是上述網路新聞組建程序的第四項：在摘要區塊之後，加上具有連結作用「導引列」；同時在其他段落區塊也要提供適當的向上、向下或回歸到首塊的指引性連結。

　　就傳統的平面報刊新聞寫作而言，在報刊寫作歷史演變過程中，倒三角型格式是文字模式下，所發展出對讀者進行最佳閱讀導引的文本格式，同時也在日後成為一種新聞寫作的專業標誌。從數位新聞寫作的角度而言，要將可以產生互動效果的導引連結列加入寫作的必要思考過程中，的確是一種全新的要求，但卻是專業線上記者必要的本職學能。Brighton & Foy在論及二十一世紀的新聞時，即強調互動性將會成為重要的新聞價值指標（Brighton & Foy, 2007: 43）。因之，學會思考、運用互動連結點而來的導引列連結格式，相信會在日後成為一位專業線上記者區別於一般網路草根記者的重要專業式標誌，正如同倒三角型寫作格式是一位平面記者專業上的標誌一樣。事實上，導引列連結格式只是互動技能中最普遍形式之一，數位資訊科技的發展，諸如Flash、Javascript、HTML5等，都為數位記者提供數位文本互動呈現上的更多思考可能性，例如運用image

& video gallery這種互動呈現形式。導覽列的使用，是互動文本的基礎機制，但卻是最重要的起步。

　　整合性則是寫作數位文本「內容」時，在寫作元素上的考量，此即是多媒體元素，諸如文字、聲音、影像、影音、可程式化文字等這些寫作資料要進行整併，以形成多媒體的文本表現。「這種新的樣式可能會為受眾提供新聞報導和事件的綜合視角，這會比任何單一視角提供更多的理解脈絡」（Pavlik, 2001：24）。因之，Wolk強調：「多媒體是未來新聞和信息報導的最重要特徵」，他接著談到：「但是，一開始，它卻是一個讓人困惑的問題」（Wolk／彭蘭等譯，2003：12）。就筆者的教學實踐而言，多媒體整合性的書寫，的確是網路新聞教學中最具挑戰的部分，也是學生最難掌握的部分。原因在於上述的諸種網路文本特色，例如互動連結點的安排，是因應網路文本表現而來的「新」技能，這可以在課堂中加以要求來學習。多媒體寫作的部分，則是要改變既有的寫作及思考習慣，改變舊習慣往往是最難的。因為這要求作者從早已習慣的「獨白式」寫作立場及思考方式，轉向為「對話式」的寫作立場及思考方式。這部分的克服將在下一篇再討論。

　　數位文本的互動性及多媒體性這種文本特質，如都能有效的展現，那麼數位新聞文本的深度性就等待著讀者去完成。對數位新聞而言，深度性的意義要能對讀者展現，首先就其文本內容上，要能提供反應新聞深度的內容、訊息媒材，但同時也要思考如何透過互動的布局安排在形式上為讀者敞開主動性選擇的閱讀空間。文本形式與內容的安排讓閱聽眾容易主動來建構對文本意義的解讀，是數位文本異於其他媒介來展現其深度性的獨特可能性，這種獨特深度性的文本理解模式是一種互文式性的綜合式理解。Artwick就數位媒體的深度報導這一課題強調：網路新聞的深度性特色呈現在於讓讀者對文本進行操控和探索，以獲得對文本內容的最大意義（Artwick, 2004: 77）。換言之，透過「讓讀者來展現他們自己想要看的」的這種方式來形成數位文本內容的深度性，Wilkinson, Grant, & Fisher說道，正是其他媒體所無法達到的（Wilkinson et al., 2009: 148）。

五、文、圖、影音的整合書寫是最大初學挑戰

Howells在《視覺文化》一書中，從視覺歷史的大脈絡中強調：數位新媒體文本的特色是「將視覺藝術和語言結合，以便表達多層次的訊息」（Howells／葛紅兵等譯，2007：4）。從網路記者寫作的角度而言，多媒體的文本表現即是整合文字、語音、圖像、影音、甚至是動畫等元素來書寫報導。然而，從教學實踐的立場而言，要「如何來結合、整合」便是一個難題。將一篇傳統文字稿的新聞，再加上更多的照片，或者再補上語音及影音等等元素，就可以稱之為是多媒體新聞呢？還是說多媒體新聞應有一套有關文字、語音、圖像、影音等等內文元素之間關係上的不同思考原則以及寫作原則？如果有，那又應是什麼呢？大多數有關數位新聞寫作的書籍、文章都強調要能有創意的整合這些內文元素，以形成多媒體新聞寫作的特色，同時能與其他媒體諸如報紙、電視等區隔開來；如Quinn所談的多媒體思維取向（the multi-media mindset）（Quinn, 2005: 86）。但要如何才能算是有創意的整合以形成多媒體文本的特殊性，則大都語焉不詳。例如Wolk即說道：「首先，多媒體報導不同於你以前採訪、編輯與製作過的任何報導。一開始你必須考慮報紙、雜誌、電視和廣播會如何來做這個報導，但隨後又要把這些媒體的做法拋在一邊。你必須用一種全新的、開放的觀念來設計自己的報導，不要有任何侷限性，也不要指望有任何先例」（Wolk／彭蘭等譯，2003：12-13）。或如Kolodzy所言：「要能發揮這些網路要素要求著對新聞寫作過程有不同的思考概念，但多媒體寫作的思考概念卻也正在探索的過程當中」（Kolodzy, 2006:188）。

從教學的立場而言，這卻是一個要講開的問題；換言之，要能有一套多媒體書寫的理論原則，讓學生有所依循，以書寫出有其自身文本特色的多媒體新聞，而不是如同Brusn所提醒的，僅僅只是成為一種「混合式媒體」文本而已（Bruns, 2005: 57）。關於多媒體文本的寫作，大多數的作者都是以技巧、提示類的方法來表示。但就教學的立場而言，必須要能從這些技巧、提示當中綜合出多媒體寫作的理論原則。數位文本的多媒材

的寫作，不同於傳統文本中以某一單一媒材為主導優勢、其他媒材為輔助角色的文本組構原則。相反的，數位文本的多媒材寫作原則在於強調各個媒材之間要以平等、互補的概念來思考文本的組構，此即是Kress & Leeuwen所強調的多重形構式文本寫作（Kress & Leeuwen／桑尼譯，1999）。

多重形構文本強調組構成文本的各種媒材首先並不重複彼此的資料內容（Kress & Leeuwen／桑尼譯，1999：156），各個媒材是「多重形構化」文本所構成內容的一部分，其意義的展現模式是各媒材間的交互作用，其中各媒材扮演了定義明確且同樣重要的角色。（Kress & Leeuwen／桑尼譯，1999：160）。Kress & Leeuwen強調：「多重形構（multi-modality）不論是在教育界、語言學理論或一般人的共識上一直被嚴重忽略。在現今這個『多媒體』的時代，頓時被再次察覺」（Kress & Leeuwen／桑尼譯，1999：60）。Harris & Lester則用視覺記者（visual journalist）來稱呼那些可以將文、圖（動、靜態）從平等合夥（equal partnership）的角度來運用以進行寫作的記者，同時強調數位整合時代是視覺記者的時代（Harris & Lester, 2002: 1-5）。Lester在《視覺傳播》的〈互聯網〉一章中也強調：「只有當文字和圖像位居同等重要的位置時，互聯網才能成為真正的社會力量」（Lester／霍文利等譯，2003：439）。

從多媒體寫作的角度而言，多重形構的書寫概念是數位文本的各種媒材，諸如文字、語音、圖像、影音、甚至是動畫等諸種媒材，都是必須是平等、互補的共構成文本的互文性意義呈現；正如Craig所言：「每一元素必須互補（complement）於其他元素」（Craig, 2005: 169）。因之，在思考多媒體的寫作表現時，所選定內文元素的表現意義都要有其他元素所無法表現的部分，來形成互補性的作用。例如以文、圖兩者的互補性舉例來說，兩者內容之間要有一些相同關係，可以使兩者之間聯繫起來，但彼此之間又要能展現不同媒介的意義呈現特色，來補充對方所無法表達的部分。Wolk在提及「為網路而寫作」的寫作技巧時，針對「讓圖片與新聞掛上鉤」說道：「如果有照片之類的東西，就需要在新聞中以某種方式提及，並使讀者把兩者聯繫起來。如果不想在圖片下面加上長的圖片說明或

圖片說明區，那就應該在正文中提及圖片」（Wolk／彭蘭等譯，2003：92）。

同樣的影音與文字之間，也必須以互補性的概念來處理；Wilkinson, Grant & Fisher強調這是網路影音的特色。因之，就製作網路影音而言，他們強調：因為解析度的關係，網路影音的鏡頭要緊一點（tighter shots），同時避免在內容呈現太多的細節，以防止影像本身因過多的細節而產生了獨立性；否則影音很容易被視為僅僅是附加於報導而已（Wilkinson et al., 2009: 178-179）。語音的互補性使用，Artwick則舉了一個寫作實例來說明。他假設發生了一場示威遊行，但卻嚴重妨礙交通。一位網路記者在文字的內容中要能提到行人及駕駛有不滿的抱怨，之後則要能補上行人及駕駛的抱怨內容錄音。如此，語音檔可以互補性地豐富文字內容，同時也能為讀者帶來臨場感（Artwick, 2004: 99-100）。多媒體互補性的寫作是不易的，Harris & Lester以及N. Chapman & J. Chapman為網路新聞互補性寫作方法提示了概念性原則：網路新聞的多媒體內文元素要能一起合作，使讀者從報導中獲得最多的意義，而不是彼此競爭來搶奪讀者的注意力（Chapman & Chapman, 2000: 527; Harris & Lester, 2002: 36）。

此種互補性的寫作模式，往往是一般受過傳統平面新聞寫作訓練的學生很難掌握的。傳統平面的新聞寫法是以文字將內文形成完整的新聞表達，圖片只是插圖、註解或是創意雕琢的作用而已，並未能明確提供文字所沒有表達的部分；換言之，並沒有互補性的寫作概念。因之，即使在課堂習作中，學生已有準備了圖像、語音、影音等多種內文元素，最常看到的文本表現形式是文字構成一區塊，而圖像、語音或影音等又獨自的被放到一個區塊。不同的內文元素不能互補性的形成更為豐富的意義，反而彼此競爭注意力。在課堂中透過對互補性寫作的強調，打散學生以單一內文元素構成文本完整意義的傳統習慣，逐漸的就能看到學生可以在寫作的某一段落中將多媒體元素有效地整合在一起。從課堂的教學過程得來的經驗是：只有要求學生不要將欲表達的部分用文字「寫滿」，甚至（故意）要

求要表達的有所不足（這是對學生和老師都折磨的事），其他內文表現元素的互補性力量往往才能被學生體會出來。一旦學生能清晰的感受到此種體會，學生在採訪的過程中，自然而然的會去產製各式多媒體的可能寫作材料。各式多媒體寫作元素準備得愈多，學生則更能稱心的完成多媒體報導的寫作。

　　然而，在此或許我們可以反問一個問題：網路新聞一定要用多媒體寫作嗎？未必！每一文本表現媒介都有其特色及善於表現的長處。例如文字的寫作就更能傳達深入分析及思辨。事實上，就筆者的課堂實踐而言，就有一篇是要求在倒三角型區塊的原則下，用純文字來習作。當同學的新聞習作是偏向深入分析的報導時，純文字反而可以表現得更好。因之，對於組成網路新聞內容的表現媒材之選擇，其實也是對寫者的一種考驗；作者要能知道如何運用最恰當的表現媒材來呈現自己的想法。但對此種課程而言，經驗過多媒體寫作的難度及感受多媒體文本可以表現的特長，是必要的過程。只有經驗過之後，才有信心依自己寫作的思考及其想要的表現來恰當的選用媒材，並有勇氣來捨棄某些花了很多力氣才取得的媒材。有時，捨棄比選用更為困難。

　　對社會組成者的一般認知而言，新聞代表一種具有特定社會認知意義的文本內容，這些意義包括時效、平衡、公平、客觀等等。在新聞演進的過程中，最後發展出以倒三角型的寫作格式來做為承載這些意義的文本形式。數位新聞要能從廣泛的數位內容中凸顯出其內容的新聞感，也必須要形成某種數位文本寫作格式，來當作一般社會組成者快速辨識出具有新聞意義內容的文本形式。正因此，絕大部分研究網路新聞寫作的學者，仍從已為社會所接受的倒三角型寫作格式來著手處理此一議題。然而以數位科技為表現媒介的網路新聞，必須要能展現出數位科技之於新聞內容的特殊性，如此才不會只成為其他已成熟新聞媒介的數位通路而已。

下 篇

數位寫作技能

第 1 章 ▶▶▶

數位文本的寫作章法及技能

一、多媒體互動新聞寫作的章法

正如同本文一再強調的，多媒體新聞並不是試圖在傳統線性文本形式、具有封閉性意義結局的新聞文本之外，再多加上多媒體媒材而已，而是要以非線性形式、開放性意義結尾的書寫概念來表現新聞事件的敘事。多媒體寫作的困難，除了說這是在我們所受的傳統書寫教育經驗值之外，更重要的是從文本理論而言，一旦寫作文本缺乏單一主導性的寫作媒介元素，多媒體媒材彼此之間的角色平等關係，很容易讓文本閱讀陷入強烈的互文循環。而這正是Eagleton在《二十世紀西方文學理論》一書中強調的後結構／解構文本理論特質：「能指與所指之間並沒有任何固定的區別。……而是循環的：能指不斷變成所指，所指又不斷地變成能指，而你永遠不會達到一個本身不是能指的終極所指」（Eagleton／伍曉明譯，2007：126）；從而造成「文本意義完全可能是相互矛盾的」（Phelan／陳永國譯，2002：14），進而形成受眾對文本進行綜合解讀的困難或不可能。

在傳統以某一媒材為主導敘述的新聞文本，新聞敘事開展及意義呈現是由單一主導媒材以線性方式來進行。因之，在一文本中，若要有其他輔助性媒材的增益或補充，在選擇、使用、裁切以及編輯輔助性媒材的考量上，都必須配合

文本主導性媒介元素的敘述策略，以求取線性敘事的連貫及意義呈現的完整。這是傳統新聞敘事在媒材選擇、處理上的章法。在多重形構的多媒體文本中，如何讓各種地位平等的媒材形成意義連構上的最大可能性，以求取在綜合式解讀下意義的形成，便是多媒體寫作最重要的「章法」。這是因為某一媒材在其內容呈現上的不同選擇考量，就會強烈改變多媒體文本所可能被綜合出的意義表達；例如在一段落區塊中的多媒體文本，以一幅全景深圖片或是以一幅淺景深強烈凸顯畫面主體的圖片，即使搭配者相同的文字，就會產生對文本進行綜合解讀上意義的轉變。

　　因之，如何考量不同媒材在意義上的「展現度」，就成為多媒體寫作「章法」當中最重要的「寫作技巧」。這一多媒體寫作技巧的難度在於：（1）不同媒材的「意義展現度」既不能讓某一媒材在意義呈現上過於完整成為強勢的主導媒材，進而使其他媒材成為配合式的輔助說明配角；這裡正是多重形構寫作上對媒材角色「平等」關係的要求。（2）同時更要留意不同媒材在意義呈現上要有一定的彼此關聯度，使不同媒材在意義的綜合上成為可能，而不至於讓媒材各說各話，導致「多媒體文章」不見了，而成為「多媒體資料庫」；這裡正是多重形構寫作下媒材「互補」的概念。從較為實際的寫作經驗來談，例如Marsh, Guth, & Short說道：圖像以及動態圖像，僅僅在能與文字訊息共鳴時，才要被置入（Marsh, Guth & Short, 2009: 101）。Wilkinson、Grant、Fisher則強調：因為解析度的關係，網路影音的鏡頭要緊一點（tighter shots），同時避免在內容呈現太多的細節，以防止影像本身因過多的細節而產生了獨立性；否則影音很容易被視為僅僅是附加於報導而已（Wilkinson, Grant & Fisher, 2009: 178-179）。

　　從理論上而言，這不難理解。但從實際的教學實務而言，要讓學生以多重形構的概念來組構多媒體新聞文本，卻非易事，因為這種寫作概念是在傳統寫作教育的經驗值之外，也不是傳統新聞理論及新聞寫作課程所注意的範圍。筆者在論及網路新聞教學實務經驗中談到，多媒材的互補寫作往往是學生最難掌握的概念，其所論及的「教學經驗」是：「只有要求

學生不要將欲表達的部分用文字『寫滿』，甚至（故意）要求要表達的有所不足（這是對學生和老師都折磨的事），其他內文表現元素的互補力量往往才能被學生體會出來」（李明哲，2010：181）。這一教學經驗值如予以概念化的說明，正是多媒體寫作過程所面臨的：如何處理「媒材意義展現度」這一新挑戰。傳統新聞教學的寫作媒材策略是讓某一媒材盡其可能的做最大意義的展現，求取意義的完整度，其他媒材僅為這已固定意義的輔助式補充。和傳統新聞寫作過程相較而言，多媒體新聞寫作要面對媒材「意義展現度」考量上的新要求和新挑戰，不同於傳統新聞之處在於，在呈現某一媒材時，其意義既不能「獨大」於其他媒材，同時也不能「獨立」於其他媒材。換言之，不同媒材「意義呈現度」之間的平衡及拿捏，使其在關係上既是平等又是互補，決定了多媒體新聞的成敗與好壞。

如果各式媒材「意義展現度」對多媒體寫作有強烈的影響，那麼掌握各種處理媒材的能力以精準呈現各式媒材的意義展現度，就是多媒體寫作在技巧面上的要求。就一般的新聞教育而言，掌握文字這種媒材意義呈現度的能力是較沒問題的，但對影像這一媒材而言，就較有問題。通常學生可能學會如何有效操作攝、錄影器材，拍攝出還原新聞現場的影像，但卻不一定有能力來處理影像媒材如何呈現意義以及意義呈現度的問題。例如一般的學生可能無法運用「對焦點」及「景深」的技巧來處理畫面中「主體」的選擇，以呈現不同的畫面意義及意義呈現度，即使是在相同的畫面場景。換言之，「視覺素養」（visual literacy）的能力是多媒體寫作必要的本職學能。

從「視覺素養」的研究出發，Ausburn & Ausburn、Kress & Leeuwen 強調視覺傳達與語言傳達一樣，一直是有規範的，因之圖像有其自身的字彙、文法、架構；具有視覺寫讀者應能讀、寫視覺語言，並成功地對視覺訊息解碼及編譯有意義的視覺訊息（Ausburn & Ausburn, 1978; Kress & Leeuwen／桑尼譯，1999）。在圖像所扮演角色更為吃重的網路時代，Muller更進一步強調應在視覺素養（visual literacy）的理論基礎上，再進一步強化對圖像的寫讀和分析能力，並以visual competence來稱呼此一

進階的圖像寫讀能力（Muller, 2008）。因之從多媒體實務教學的立場而言，影像構圖的專業學習必須是整體課程規劃中的一部分。正如同Clements & Rosenfeld強調透過攝影構圖的訓練，「攝影者可以闡明他的訊息，並將觀賞者的注意力導向那些他認為最重要、最具趣味性的物體上去」（Clements & Rosenfeld／塗紹基譯，1983：18）。

　　從教學實務的立場出發，多重形構概念下的多媒體寫作所面臨的另一重大挑戰，是一般通稱下的「排版」問題。傳統新聞產製區分為「前製」和「後製」，這對應於「內容」與「形式」的傳統二分法；在新聞教育規劃上，往往也以「寫作」類和「排版」類的課程對應於「內容」（前製）與「形式」（後製）的區分。但在多媒體寫作中，內容與形式是二合一的，形式（排版）不再只是對內容的增益手法，而是多媒體文本綜合性解讀得以形成的必要寫作思考面向。例如Schnotz（2005）從實證取徑的研究指出，多媒體文本的媒材布局，不同媒材在組構上要考量相關性（coherence）及鄰近性（contiguity）原則，才能有優於單一媒材的學習效果。「相關性」指的是媒材意義呈現度上的互補性，而「鄰近性」是媒材安排上的位置關係，這即是傳統概念下「排版」或「版面」的問題；換言之，「形式（版型）」的思考是多媒體新聞意義呈現上的必要因素。因而，對數位新聞寫者而言，寫作的視野必須是在內容與形式兩者並存、共構的情況下，安排新聞的敘述過程。

　　如果說對於習慣「內容」與「形式」二分概念的同學而言，所謂「內容與形式的二合一」是一種難掌握的思路，那麼文學理論中，克服內容與形式二分的論述取徑是值得借鏡的：不應把作品劃分為「形式—內容」兩部分，而應是首先想到「素材」，然後是「形式」，是形式把它的素材組織在一起，素材完全被同化到形式之中（汪正龍，2006：34-35），此亦即「材料如何被形式化的問題」（李廣倉，2006：35）。對多媒體寫作而言，這即是多種媒材如何被形式化的問題。

　　舉例而言，Image gallery這種圖像的呈現形式已逐漸在螢幕媒介上被採用。Image gallery的媒材組成可以包含影像、影音、聲音、互動點、互動形式、展示時間，而這些媒材以不同形式組織起來，其意義解讀上是有

所不同的。換言之，就Image gallery的呈現而言，其本身就是內容與形式二合一的密不可分；而就多媒體文本寫作而言，Image gallery又只是媒材之一，還要考慮與其他媒材之間的組構關係與形式。

一般而言，image gallery本身，從照片1一路往後的「照片」及「圖說文字」安排，事實上是具「敘事」的邏輯；換言之，image gallery本身照片的形式安排就具有圖、文整合下敘事能力的文本呈現；同時image gallery這一「文本媒材單元」，又須被整併入一則網路新聞中。換言之，要安排上例這則有敘事能力image gallery 的圖像排列，是要與主文的敘事發展搭配起來思考的。又例如下例圖7-1學生作品的部分：

圖7-1　學生作品image gallery的使用

資料來源：《小世界網路組》(2012)，〈店訪女巫店〉。上網日期：2012年11月20日，取自：http://newsweek.shu.edu.tw/public/view.php?id=1010。

這是一家餐廳的報導。圖7-1是對店內陳設報導區塊中所選用的image gallery。基本上這並不是複雜的敘事報導，image gallery內的照片是隨機排列，並沒有特定的敘事邏輯，因之與該段落區塊內的其他文字媒材在整併搭配上，並不那麼的費力。但是，對於餐廳介紹這樣的報導而言，以image gallery來處理店內裝置特色、菜色等等大量豐富資料，是數位文本對報導媒材選用考量上的好的選擇。

然而，「素材─形式」的文本思考取徑，並不是一般傳統新聞教育中對新聞文本的分析思考取徑。就多媒體新聞實務教學而言，以「素材─形式」的取徑來帶領學生對多媒體文本進行分析和寫作思考，至為關鍵，因為愈來愈多數位科技所帶來的文本新呈現可能性，已不是傳統「內容─形式」的文本框架所能勝任解析的。透過「素材─形式」的概念，才能讓學生開展出思考空間，以開創更多的多重形構文本呈現方式。例如下例的學生多媒體新聞報導，標題為「景美醫院逕拆消防門把　遭罰六萬元」。該報導以四個段落區塊組成，分別為「醫院消防問題　顯規章準則不一」、「院方重視防火保障民眾安全」、「李慶元：應對醫院做徹底調查」、「醫院遇火難搶救　列重點區塊」。圖7-2及圖7-3是報導中「李慶元：應對醫院做徹底調查」區塊段落。

圖7-2

資料來源：《小世界網路組》（2012），〈景美醫院逕拆消防門把　遭罰六萬元〉。上網日期：2012年11月20日，取自：http://newsweek.shu.edu.tw/public/view.php?id=1009。

多媒體互動新聞寫作：理論與實務

圖7-3

資料來源：《小世界網路組》 (2012)，〈景美醫院遭拆消防門把　遭罰六萬元〉。
上網日期：2012年11月20日，取自：http://newsweek.shu.edu.tw/
public/view.php?id=1009。

　　我們可以看到，影音、照片及文字三種媒材組構了這一文本區塊；大
照片說明了訪問現場，文字快速呈現訪談者所談重點，如果讀者對這部分
有興趣，則可以往下再看訪問影音。圖7-2畫面中有「觀看影片」的指示
符號（橢圓框圈起處），滑鼠移到影片處，整個訪問影音即會自動彈出，
如圖7-3。因之，影片是由互動機制來啓動，而不是靜態的與圖、文併
呈。這一互動功能的設置，學生談到，是希望能讓受眾清楚感受到採訪現
場狀況，因之以互動機制將影片先收縮起來，讓照片有最大的視覺呈現；
學生覺得，訪問現場的整體臨場感應，更能吸引受眾觀看影片的意願。上
例這一多重形構文本呈現的構思，形式與內容是無法對立二分的；換言
之，在課堂討論這樣的作品，以「媒材如何被整併、同化到形式」的觀點
來進行討論，是較易引發學生創作的新思維。

　　最後容再次的強調，上述這些章法及教學挑戰，是建立在多重形構
文本概念下的多媒體新聞敘事而來。如果對多媒體新聞的認知，只是單一
媒材爲主導的傳統線性文本，再增加一些「多媒體」媒材，亦即前文所言

的「再編輯鑲入式」數位新聞，上述所言的多媒體文本寫作章法及教學挑戰，可謂是無的放矢。那麼我們所存在的現代社會需要一種被「綜合」式理解的多媒體新聞嗎？在前文已從「部落格體」進行部分論述。在此，需要再說明的是本文中的「多重形構」所指的並不是著重於受眾主體閱聽實證研究式的一種「理解程度較高」的文本方式，而毋寧是更強調指向一種回應於「後現代社會」的新聞文本形式。用伊格爾頓的話來說：「我們就能夠以一種實踐的而不是學院主義的方式看到，什麼可以算做做出決定、進行確定、進行說服、確定性、說真話和說假話等等，而且也會進一步看到，還有那些語言自身之外的東西也被包含在這些決定之中」（Eagleton／伍曉明譯，2007：144）。如果在現代社會，對新聞事件理解的可能性追求也包含了傳統新聞文本之外的東西，那麼亦正如同伊格爾頓在《理論之後》所談的：「這同樣也不僅僅只是生產新文學或新哲學這樣的問題而已，而是要發明一種全新的寫作方式。諸如海德格、阿多諾與德希達的哲學家，他們只有藉由創造出新的文類、打破詩與哲學的界線，才能真正地表達出他們所要講的話」（Eagleton／李尚遠譯，2005：93）。

二、多媒體互動新聞寫作需要那些數位技能

正如同上文所談的，數位新聞基本上是以一種全新的新聞之姿來挑戰傳統的新聞。數位新聞的挑戰，在文本層面挑戰著傳統新聞的呈現形式，在受眾層面挑戰著受眾如何理解新聞，在產製層面挑戰著作者如何構思、組構新聞；用一種更為寬廣的視野來講，新聞與社會的各種關係，這些關係型塑著我們傳統上來決定「什麼是新聞」的界限，挑戰著我們要對以往的新聞概念重新思考，而且還要挑戰著我們對自身進行反思。換言之，數位新聞挑戰著我們的傳統新聞經驗。

數位新聞的挑戰，從最根本的寫作過程而言，在於新媒材的使用。正如同約翰‧凱奇在音樂領域對於30年代電子樂器出現後的使用預見：音樂的表現形式將從現存樂器的專制下獲得解放；我們可以譜寫和演奏以轟鳴的馬達聲、風聲、心跳聲和山崩地裂聲組成的四重奏（Russell／常寧生

等譯，2003：427）。以螢幕爲呈現媒介的數位新聞，擴大了我們對於組構新聞文本媒材概念，使得我們從諸如文字、聲音、影像、影音等組構傳統新聞文本的「有形的媒材」解放出來，一些「無形的」媒材，諸如超連結、互動、click位置、flash、javascript等，也成爲了我們組構數位新聞的必要「媒材」。正是這些新媒材的出現，使得「多重形構」這種文本呈現觀念與「新聞」這種文體有了「產生關係」上的可能。

　　正如同之前所談的，多重形構並非是數位時代才被「發明」出來的文本結構概念，在漫畫、童書、流行性雜誌、甚至報紙副刊中的流行性產品專題，都有著多重形構文體的展現。然而在所謂的傳統標準新聞呈現中，多重形構與新聞是兩個不相干的世界，直到「數位新聞」開始透過各種螢幕媒介對社會起著告知新聞事件的重要性後，多重形構如何與新聞結合就成爲學術上、實務上的重要討論與實驗議題。在傳統的線性新聞敘事呈現思維下，數位科技所帶出來種種「有形的」、「無形的」新素材，是無法走入新聞的組構過程，即使使用了，了不起也只是一種陪襯性的角色而已。換言之，如果要讓數位科技所帶來的各種新媒材也能擔綱敘述「新聞事件」重要角色，那麼多重形構至少是一種具有高度可實踐性的嘗試，它能讓新媒材成爲構思新聞文本的必要角色。當然這並不是說多重形構就一定成爲數位新聞的標準文本體例，或許人類在與數位科技磨合的過程中，會實踐出更好的文本體例來滿足社會與新聞之間彼此的需求關係，正如同J.J.德盧西奧——邁耶所言：「所有時代的實驗總將導致新的思想方式和新的創作方法產生」（德盧西奧——邁耶／李瑋、周水濤譯，1993：183）。但就目前而言，以多重形構文本概念來思考數位新聞組構過成中媒材如何被安排，是我們走出傳統新聞文本的專制，是我們邁向探索數位新聞的可行下手處。

　　多重形構在寫作思考上對於媒材的運用，有二種巧技是不同於傳統線性新聞文本的寫作。如上所言，其一是媒材「意義展現度」呈現上的拿捏，再來是「如何把素材整併成某種形式」的問題。這是數位文本寫作的「物質基楚」。這種數位新聞文本寫作的物質基礎是異於傳統新聞文本寫

作的物質基礎；換言之，數位新聞寫作有其在數位科技的條件下，新的寫作「生產方式」與「生產關係」，因之數位文本在傳達「新聞事件」上就有其新的新聞報導「生產力」。掌握數位新聞寫作的物質基礎，就需要處理各種素材的技巧與寫「程式」的功力。這是「基本功」，是無法迴避的。在本書中，一些必學的數位寫作「物質基礎」，即一般而言的數位技能，我們先羅列如下，如表7-1：

表7-1 多媒體新聞寫作基礎技能項目

基礎HTML語法	HTML文本架構與語法結構
	檔案內外及多媒介元素的超連結
	語法寫作與編輯器寫作
文字、表格	文字與段落的變化（含顏色）
	表格基礎語法
	文字及其他元素的表格呈現運用（用表格進行簡易排版）
動、靜態圖像	圖像攝取器材的基本使用、操作動作以及轉檔
	圖像意義的呈現（基礎構圖）：主體、景深、對焦、群化等。
	靜態圖像基礎後製處理：曝光調整、大小改變、剪裁、拼貼
	動態影音的後製處理：切割、合併、字幕、配音
聲音	攝取、後製、與其他媒介的配合
互動型元素	互動型元素的基礎運作概念（以flash為例）
	簡易互動文本寫作訓練（以powerpoint為軟體再轉成flash）
	簡易image gallery軟體使用
	HTML互動：scrollbar，文本內外超連結
綜合使用訓練	超媒體新聞文本的寫作練習

　　這樣的一個列表項目會嚇到你嗎？真的不要怕，沒有你想像中的那麼難。在本書中，將以文字、影像及影音等媒材綜合運用的方式，來帶領讀者一步步「上手」這些寫作技能。

　　用「上手」這個字眼，而不是用「學會」，並不是作者在此故意掉書袋，而是試著借用海德格的術語來表達對於「要學到什麼程度」這一

問題的看法。「上手」、「上手性」、「上手狀態」是海德格（Martin Heidegger）討論「技術問題」的切入視角。海德格在《存在與時間》一書中，以對「錘子」的「打交道」過程來談「上手」：「這樣的打交道，例如用錘子來錘，並不把這個存在者（**即錘子**）當成擺在那裡的物，進行專題把握」；而是，「對錘子這物愈少瞠目凝視，用它用得愈起勁，對它的關係也就變得愈原始，它也就愈發昭然若揭地作為它所是的東西來照面。」「我們稱用具的這種存在方式為上手狀態。只因為用具有這樣一種『自在』而不僅僅是擺在那裡的，它才是最廣泛意義上的稱手和可用的」（海德格／王慶節、陳嘉映譯，2002：101；括弧內**粗體字**為筆者所加）。從對「用具」使用得「上手」這一角度來談，包國光說道：「就要求著使上手得以實行的技術」；換言之，「上手性得到揭示的條件，即是技術形成的條件」（包國光，2010）。那麼，對本書而言，「數位技術（巧）要學到什麼程度才算可以」這一問題，就不是從「學了多少數量的數位技術」這一觀點來看，而是說在使用數位文本寫作時，「要使用什樣的數位技術」才能「自在」、「上手」的表達想法。

　　舉「錘子」的例子來說，當想用錘子「上手地」把鐵釘敲進一塊木板，這一過程裡面有一種「技術」在。但因為使用得上手，用它用得愈起勁，這一「自在」的過程反而不會被意識到「有使用技術」，這正如同海德格所言：「切近的上手者的特性就在於：它在其上手狀態中，就彷彿抽身而去，為的恰恰是能本真地上手」（海德格／王慶節、陳嘉映譯，2002：101-102）。然而，一但想把上述「用錘子狀況的技術」拿來做一件鐵工工藝品，例如檯燈好了，這一過程顯然就無法那麼「上手」、那麼「自在」；於是「技術方面」的問題和不足，被意識到了。如果想把鐵工工藝品完成，那就必須一直去學某些「新技術」，直到「鐵工工藝品的想法」可以「上手、自在」的被實踐出來為止；這時，「有技術問題」的意識，自然會消失無蹤。這一例子的說明，是想破除一種關於學習「數位技能」的迷思。這一迷思一般認為可能有某些固定數量的「數位技能項目」在那裡，只要盡可能把那些數量的數位技能學會了，就會處理數位文本，

就會寫作數位新聞。這裡想強調的，關於「要學會多少數位技能」這一問題，並不是從「數量」的觀點來看待，而應是這樣的一種觀點：當想用數位文本表達想法或敘事時，如果有「不上手」、「不自在」的過程，那麼哪些數位技能可以幫我克服這一處境？

要用哪些數位技能來克服「不上手」的處境呢？這裡並沒有固定的選擇標準。數位媒介呈現科技的進展，日新月益，「新的技術」不斷推陳出新。然而當「舊的技術」得以讓概念、想法「上手的、自在的」以數位文本形式被呈現來，所謂的「新技術」是沒有使用上的意義。但是，當概念、想法透過數位文本呈現的過程中，「舊技術」在寫作實踐過程有著「上手性」的阻礙，那麼尋求可能「新技術」以克服「上手性」的障礙，就是一自然而然的與數位文本「操作著打交道」的「行動」過程。換言之，數位文本創作過程中與「何種數位技術」之間的關係，並不是一種「理論上的」僵化關係，「只是對物作『理論上的』觀看的那種眼光缺乏對上手狀態的領會。使用者操作著打交道不是盲目的，它有它自己的視之方式，這種視之方式引導著操作」（海德格／王慶節、陳嘉映譯，2002：101）。因之，從操作者打交道的實踐視角——即「它自己的視之方式」——來看待數位文本與數位技術之間的關係，讓我們借用海德格的語言來表述，應是數位技術「以最恰當不過的方式占著這一用具（數位文本）」（海德格著，王慶節、陳嘉映譯，2002：101；括弧內爲筆者所加）。換言之，技術問題的產生是伴隨著內容以數位文本呈現的實踐過程而來的依附關係，而非一種獨立之姿的「現成在手的東西」，非一種「被規定」的「純粹的物」。

以操作過程的「上手性」來思考「數位文本創作與選用何種數位技術」這一問題，事實上是更貼近於數位文本創作過程中所常見的「跨專業匯流溝通」的產製模式。數位媒介呈現科技的進展，用眼花撩亂來形容也不爲過。要求一位數位文本創作者對各種數位媒介呈現新技術都熟練的操作、使用，那是一種苛求；事實上即使要能「與時俱進」地大致理解各種新數位科技的呈現特色，也不是件易事。就目前數位文本產製發展趨勢

而言，Glassner說道：「沒有一個人可以獨立完成全部的工作」（Glassner／關帝丰譯，2006：52）；Garrand則強調：「不管一位創作者能如何的多技能（multiskilled），他或她通常只是團隊中的一員」（Garrand, 2001: 37）。換言之，數位文本產製過程中的「專業分工」是一種必然的趨勢，那麼如何與專業的工作團隊夥伴進行溝通，使得「最恰當的」而非「最新」的數位技術，得以讓觀念、想法或敘事「自在的」於數位文本形式中呈現，仍然也是對於數位技術使用上的「上手」。換言之，在這裡，我們談數位文本創作者對數位技術的上手操作，其能力展現不必然是某種傳統「軟體」觀念下的「很會用軟體」或「很會寫程式」；能與工作團隊有效溝通，在更專業工作夥伴的協助之下，盡可能達到創作者對數位文本呈現上的企圖，也是創作者對「數位技能」上手操作的一種能力展現。這種能力，正是我們在之前所強調的「匯流溝通」能力；或著用Wilber & Miller 的在《當代媒體寫作》（*Modern media writing*）一書語有關〈網路篇〉的術語，即是「匯流合作」（convergence partnerships）能力（Wilber & Miller, 2003: 211）。

「匯流溝通」的能力而不是「用軟體、寫程式」的能力，對於著眼於使用數位文本來呈現想法、概念和敘事的「作品創作者」而言，是更為重要和關鍵的。數位文本作品創作者，其心力應聚焦於整體數位文本如何呈現出意義，「要能瞭解使用不同形態媒介結合的優點，來更有效的述說故事。我們不需要他們來寫程式」（Paul, 2006: 118）。用本書所強調的數位文本特質而言，要花心思的是如何以多重形構的文本概念帶給受眾綜合式閱讀經驗，使受眾透過數位文本有更深刻的意義感受。一旦數位作品創作者的心力被轉移至特定的技術，忙於「寫程式」，很容易陷入Rieder所言的：「頭腦裡沒有具體的設計方案時，容易出現自戀的情況」（Rieder／彭蘭譯，2003：179）。

對一位有志有於數位新聞的創作者而言，打破學習數位新聞等同於「學軟體」、「寫程式」的迷思是非常重要。傳統媒體的新聞文本在表現形式上大致已經定形，但數位新聞的呈現可能性正在發展、嘗試和實驗之

中。因之，對數位新聞創作者而言，更重要的是觀察各種不同的數位文本在形式、媒材及互動上的呈現，再不斷的去思考著：「新聞敘事能借用這些數位文本呈現嗎？這些數位文本呈現能為理解新聞事件帶來何種不同於傳統新聞媒介的新聞經驗呢？」在這種觀察的反思中，自然會進一步思考：「什麼樣的數位技術才能達到這種數位文本呈現呢？」透過對數位文本呈現的觀察，再進一步思考數位技術問題，這樣才能逐步的建立對數位技能所要學習的程度及範圍，也才能對數位媒介呈現科技的各種新發展保持著一分敏感的好奇心。數位文本呈現上的「想像」和「想像被真正呈現」的狀況，有時難免會有「落差」。帶著這份「落差感」在心中，有時某一新科技的推出，恰恰能有效的填平「想像」與「實踐」之間的「落差」，那麼「新技術」與數位作品創件者之間，才能真正建立「上手性」的連結。

數位作品創作者與數位技術建立「上手性」的連結，真的至關重大。以筆者自身的經驗為例。當我在網路上發現image gallery這種表現形式開始在網路中普遍了起來，「image gallery如何與新聞敘事結合起來」便不斷在腦袋中被盤算著。很快的，我知道flash和javascript是可以創作image gallery的軟體、程式，但學了一陣子就放棄了，因為我知那不是短期內可以學會的。不過我並沒有放棄「image gallery與新聞敘事結合」的想法。之後，我發現有一些專門的套裝軟體可以簡單的讓使用者創作出flash或javascrip的image gallery，透過簡單的套裝軟體使用操作，image gallery與新聞敘事之間的關係被建立了起來。換言之，對我而言，即使是透過簡單操作的image gallery套裝軟體，數位新聞與image gallery、flash、javascript這些數位呈現技術，已形成數位文本創作過程的「上手狀態」。

在有了初步的實踐經驗值之後，對於image gallery要如何呈現才能與新聞敘事有更好的結合，我有了更多的想像。但簡單的image gallery套裝軟體所能提供的呈現形式，已無法填補「想像」與「實踐」之間的「落差」。之後我發現一些朋友是flash和javascript的高手。藉助於之前的實踐經驗，使我有一定的能力與這些朋友們進行「匯流溝通」；在與「程式專

業者」的溝通、合作之下，「想像」與「實踐」之間的「落差矛盾」再一次的被超越。因之，學「數位技能」就是學特定軟體（如flash、photoshop、dreamweaver、premiere等）或是學程式（如javascript）的習慣性觀念，是一種太過狹隘的「意識型態」；從上例而言，找到特定功能的簡單套裝軟體以及溝通匯流這二種能力，也可以是數位文本創作過程中的「數位技能」。事實上，如從數位文本產製逐漸的趨於專業分工化的發展而言，後兩者這種「數位技能」是相形重要的，但卻是在目前數位文本、新聞教育體系中較少被注意的地方。數位文本、數位新聞的教育，往往還停留在「教軟體」、「教程式」的思維，而不是從數位文本、新聞如何呈現的角度來規劃「數位技能」的學習內容。

　　就專業分工的角度而言，一位數位作品創作者要多花心思的地方在於對數位文本呈現的觀察。然而，這一觀察不應只侷限於網路世界，正如同在一開始我們所談的，在計程車後座前的小螢幕，在大樓電梯門旁的小螢幕，麥當勞、7-Eleven店裡的電視螢幕，電子書、平板電腦、智慧型手機等等，都是要觀察的對象。這些都是數位文本、新聞呈現的媒介，而且有愈來愈多的數位作品、文宣及新聞逐漸透過這些「非傳統媒體概念下的媒介」來流通。在此，本書將這些非傳統「媒體」概念下的螢幕媒介，稱之為「螢幕媒介通路」。那麼，這些大大小小螢幕媒介通路的新聞內容要從哪裡來？在媒體內容專業分工的趨勢下，這些新聞內容也必然會由「數位內容、新聞生產組織」來供應。正如同在傳統新聞產製的流程中，美聯社、路透社和法新社等這些通訊社是「新聞生產組織」，它們生產新聞以供應各媒體。要能滿足在社會生活周遭各種觸目可及的大、小螢幕媒介通路所播出的新聞或內容，必然需要有專業的「數位內容、新聞生產單位」來供應。這種螢幕媒介通路的內容供應單位，可以是獨立的公司，也可以是新聞媒體大編輯臺概念下的附屬機構，但重要的是它們所提供的內容、新聞是：要能為不同螢幕媒介通路特性而製作，而這正是在本章一開始，我們所談的跨螢幕的「媒介重製」能力。

　　跨螢幕的「媒介重製」能力與「匯流溝通」能力，是數位內容、新聞

的「數位文本呈現」能力與「數位產製技術」能力。不管是數位文本呈現能力，還是數位產製技術能力，都是以針對「數位呈現科技」加以應用而來的能力；換言之，就是要能將數位科技所帶來的呈現特色，諸如超連結性、互動性、非線性、多媒體性、整合性等等，帶入以多重形構為章法的媒材布局思考、應用，「上手的」將數位作品呈現於各式螢幕媒介通路。因之，某些最基本「數位科技」的學習和掌握就是不可迴避的，如此才有能力理解、體會、思考數位科技的新呈現特色，同時也才有能力與其他數位科技專業者進行匯流溝通。正如同Brownlow在《當代媒體寫作》一書中的訪談所言：「我們不是HTML程式寫作員，但我們知道如何將各種媒材一起放到網頁上。我們使用特定套裝軟體來完成部分工作，但學會一些基本HTML仍是重要的」（Wilber & Miller, 2003: 216）。在上文的「多媒體寫作基礎技能項目」列表，就是本書所要開展的技能面的教學項目。這些是「蹲馬步」、是「基本功」，是數位寫作能力養成過程中，不可迴避的學習過程。

然而，媒介重製與匯流溝通的能力最後所完成的數位作品，終究是在「螢幕」上呈現，那麼「螢幕閱讀」的閱讀特性就必須進入數位作品產製過程的思索一環。如果之前所談的各種觀點都是偏重於數位產製者「生產面」的探討，那麼「螢幕閱讀」是受眾的閱讀經驗、閱讀情境等「閱讀面」的特色。數位新聞並不是數位藝術。藝術可以曲高和寡，可以強調藝術文本的「特異性」（如俄國形式主義者所強調），可以指向對「烏托邦」的想像（如阿多諾的美學所言），但新聞所要的是對其社會的影響力，要產生社會影響力，就要有足夠的受眾願意來閱讀。那麼數位新聞創作者在運用數位科技表現敘事於螢幕時，就要必須要謹慎考量一般受眾的「螢幕閱讀」習慣。

08

第 8 章▶▶▶

認識HTML

一、誰怕HTML

很人多一聽說要學什麼HTML，就開始對學習數位文本寫作打退堂鼓。這樣吧！讓我們先打一個比喻說：HTML的功能概念之於數位文本，大約是等同於我們使用中文寫作時的「標點符號系統」。當我們愈能清楚明瞭每個不同標點符號的功能性質，當我們愈能熟練的使用標點符號時，我們就愈能在中文書寫的形式中，透過標點符號系統的運用，更清楚表達我們的想法。我想，大家應該都會有這樣的經驗值：同樣的文字內容，經由不同標點符號的使用，可以讓文章有新的風貌，甚至改頭換面。一個常用的好笑範例，是以下兩組對比句子：

・行人等，不得在此大小便。
・行人：等不得，在此大小便。

同樣的，對HTML愈能清楚的理解與掌握，就愈能透過數位文本的呈現形式更清楚、更精準的表達我們想法。

我們將HTML的作用比喻爲中文的「標點符號系統」，系統兩字是我們所要強調的。「，」、「。」、「；」、

「：」、「──」、「？」……等等，是構成標點符號系統中的各個不同標點符號，共15個。對整套系統掌握得愈好，愈能搭配不同的標點符號，愈能發揮標點符號整體系統的威力。同樣的，我們也可以將HTML理解為一套系統，這套系統關連著文字、聲音、影像、影音、互動、排版等6個組構數位文本的面向；對HTML系統掌握得愈純熟，當然愈能發揮數位文本的特色和威力。而之所以要大費周章從標點符號系統來談論HTML，是要處理目前在數位文本（內容）教學研究中所熱門討論的一個議題：在網頁編輯軟體、套裝程式不斷進步之下，到底數位文本（內容）學習者還需不需要學習HTML呢？

愈是早期的相關書籍，通常會強調學習以HTML語法寫作的必要性。Ward在2003年版的《網路新聞》（*Journalism Online*）一書中，在有關HTML章節，其章名就稱之為「誰怕HTML？」（Ward, 2003: 150）。愈晚出版的書，則逐漸強調可以不用那麼「精於」HTML語法寫作，但對HTML的運作，則要有大概的理解，因為已有更多的網頁寫作套裝程式或軟體可以使用。那麼此書是如何看待學習數位新聞寫作與學習HTML之間的關係呢？

正如同我們之前所舉的「標點符號」的例子，標點符號是一套符號系統，透過這套符號系統，可以讓我們對「中文」這種媒材，進行意義表達上的控制，當然也可以讓我們對中文媒材進行意義呈現上的最大創造。控制與創造，這是一體兩面的。換言之，標點符號是一套可以幫助我們「思考」如何運用中文來表達內心概念、想法的符號系統。在目前的電腦使用環境中，有著太多好用的「文書處理」軟體──如Word等，文書處理軟體可以幫助我們更方便的使用標點符號，以利在電腦中用中文寫作，但無法代替我們「思考」如何選用最恰當的標點符號，以創造中文在意義表現上的最佳可能。同樣的，HTML是一套控制數位媒材呈現的符號系統，理解與使用這套符號系統，可以讓我們「思考」如何以數位文本呈現的特性來獲取意義表達上的最大可能性。理解得愈多、使用得愈熟稔，我們將會有更大的「思考力」來創造數位文本與意義表達之間的各種可能呈現樣

態。網頁寫作的套裝程式或軟體——如Dreamweaver、Kompozer等，可以「便利」HTML的寫作過程；換言之，是執行我們思考的有效工具，但無法幫我們「思考」。

因之，有關學習HTML的問題，並不是「要不要」或「學多少」的問題，而是你對數位文本的呈現是否有著「思考上」的什麼樣企圖心、野心或是某種驅力。當你愈是有著強烈企圖心或是某種驅力，需要不斷「思考」數位文本呈現與意義表達之間的各種「新」可能性，就愈需要回歸到HTML的理解和使用。相反的，如果你對數位文本的使用上比較沒有「思考上」的驅策力，因為可能的使用狀況只是必須不斷重複某種已固定的表現格式或樣態，那麼網頁寫作套裝程式、軟體，或許才是更好的選擇。換言之，學習HTML不是「要不要」、「對不對」那種二分法樣態的問題，而是你有多麼的想去「思考」數位文本呈現和意義表達之間的可能性，並實踐之。

至於你如何才會有動力想去「思考」數位文本的呈現問題，每個人被「激活」出的狀況不同。筆者還挺欣賞《法華經‧藥草喻品》的說法：每個人因其個性上的特殊性，對於感受某種「熱情」的途徑是大不相同的。對數位文本的「熱情」亦然。有些人可以直接面對HTML，並產生興趣；而有些人則是先從網頁寫作套裝程式或軟體入手，再逐漸對HTML感興趣。但總而言之，一旦你被激活出某種對數位文本的寫作熱情，你可能經常不知不覺的思索、思考著某個想法、概念或是敘事要如何用數位文本呈現，那麼在那種情境下，HTML就會是寶藏，而不是障礙。

二、HTML基本概念及語法結構

如果你完全沒有任何數位文本寫作經驗，在往下閱讀過程，請先觀看書中所圖示的教學影片，影片可以在隨書所附的光碟中找到，並跟著實作一次。擁有某種程度的數位文本寫作經驗值，對於閱讀教材、理解教材是非常重要的。再者，如果讀者是透過「閱讀多媒材」的過程而理解、掌握某種知識內容，那麼讀者才會有勇氣打破一條幽暗隱匿於內心角落的

「意識型態」：文字的、線性的、邏輯式的文本呈現形態才是「再現」知識內容的唯一合法文本形式。這一條像孫悟空的緊箍圈一樣緊緊箍在心靈的「意識型態」，才是數位文本寫作的最大障礙，而不是HTML。一旦讀者自身是經由「閱讀多媒材」的非線性解讀過程，來掌握對數位文本的理解，那麼這一「意識型態」將會隨之而瓦解；而這「切身體會」的非線性式理解經驗值，在不斷累積與反省之後，就會成為數位文本寫作／創作的最大動力與思考泉源。真實經驗往往是對治抽象意識型態的最好利器；所以阿多諾（Theodor W. Adorno）在對「啓蒙理性」批判之後，最後的歸宿是「美學」，因為審美經驗是「人們於直覺經驗範疇中的眞正喜悅感」（Adorno／王柯平譯，1998：23），「只有當經驗充滿思想時，它才能理解藝術現象」（Adorno／王柯平譯，1998：587）。

　　首先讓我們以最快、最簡單的方式，來對HTML有第一次的親身經驗。

【video：30秒學會HTML】（光碟：ch8／001.mp4）

影片內容注意事項：

1. 要使用「記事本」純文字編輯器來進行實作。

2. 儲存檔案時，請選擇存放在「桌面」上，以利找到檔案。

3. 〔重點！〕存檔時，副檔名一定要是「.html」，本例是 test.html，才行。

4. 請對桌面上 test.html 檔案圖示，按滑鼠二下，資料將呈現於瀏覽器上。

　　這樣，你也會HTML了。難嗎？再來的學習只是不斷對內容呈現的深化和複雜化。HTML英文全名是：HyperText Markup Language，維基百科繁體中文譯為「超文件標示語言」，這是為「網頁建立和其他可在網頁瀏覽器中看到的訊息」而設計的一種標示語言，由全球資訊網協會（W3C；http://www.w3.org／）維護。目前推薦的標準版本為HTML4.01版，對多媒體及互動功能有更好表現力的HTML5，目前雖然為草案，但已被全球資訊網協會所接納（維基百科，2012：網頁）。數位文本，一如書中所一

再強調，相較於其他傳統媒介在呈現樣態上最大的特色就在於「多媒體」和「互動」。HTML5在多媒體及互動功能呈現上的全力支援，從大歷史發展視角而言，可謂是大策略上的正確。因之，HTML5引發了一陣熱潮，對HTML5全力支援的Google Chrome瀏覽器，目前也高居瀏覽器市占率的第一名。

好，那麼什麼是「超文件標示語言」呢？如同本章節一開始的標點符號舉例，HTML是一套「標示語言」，亦即是一套符號系統，該系統用來控制各種數位媒材在網頁上的呈現及安排。例如「測試文字」這四個字。當我們在「記事本」等純文字編輯軟體中為「測試文字」這四個字加入HTML，即「<u>測試文字</u>」，在網頁上會呈現為「測試文字」，亦即為這四個字多加入了底線。好，讓我們再來觀看一段教學影片，並跟著實作來經驗一下HTML能變的花樣：

【video：HTML對網頁內容的變！變！變！】（光碟：ch8／002. mp4）

HTML是「標示語言」，是符號系統，那麼在使用上就會有語法要求，亦即有「結構」上的限制。HTML要網頁上呈現文本有一最基本的結構：

```
<html>
<head>
<meta content="text/html; charset=big5" http-equiv="content-type">
<title>教學範例</title>
</head>
<body>
 這是網頁內容<br>
所要呈現部分<br>
</body>
</html>
```

HTML文本的整個語法架構由<html>xxx</html>、<head>xxx</head>

以及<body>xxx</body>這三個部分組成。我們可以想像成<html>是一個人，<head>代表頭部，<body>代表身體。「人」由「頭」和「身體」構成。

【video：HTML語法基本架構】（光碟：ch8 / 003.mp4）

影片內容說明事項：

1. 絕大部分的語法標籤都是「成對」的，亦即有開始碼與和結束碼。例如<html>是開始碼，而</html>是結束碼。結束碼是在開始碼的「<」之後加上「/」。

2. <html>向電腦宣告要去處理一個網路文本了，而</html>告訴電腦說：「ok，可以結束這個網頁文本了」。

3. <head>xxx</head>是頭部，所以在裡面要處理的都是一些「幕後」的「控制部分」，例如語言編碼啦、檔案標題（如上例<title>教學範例</title>）等等這些不是直接可以在網頁頁面看到的東西。

4. <body>xxx</body>是身體，所以裡面出現的東西往往就是要在網頁頁面呈現的數位文本。所以一般而言，數位文本的內容大都是寫在<body>和</body>之間。如果有某些控制是要針對全部的數位文本，控制的語法標籤往往會是<body xxx>；換言之，會在「<body」和「>」的中間。例如<body bgcolor=「red」>，就是把整個網頁頁面底色變成「紅色」這種顏色。

再來另一個跟HTML語法結構面有關的部分，就是要對一媒材進行多重控制時，要如何來安排這些語法標籤。例如，想讓「測試」兩字呈現為居中、斜體及加底線，如下例：

測試

要如何來安排居中、斜體及加底線這三種不同的HTML語法標籤呢？既是「語法」，那就有規則可循。如下圖8-1：

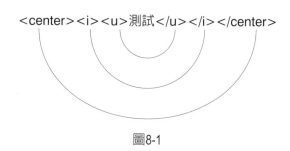

<center><i><u>測試</u></i></center>

圖8-1

<center></center>是居中語法標籤，<i></i>是斜體語法標籤，<u></u>是加底線語法標籤。可以看到，以「測試」兩字爲中心，不同語法標籤的開始碼和結束碼形成一種同心圓的樣態。只要是不同的語法標籤在安排上形成同心圓的樣態，即可，不同語法標籤的前、後位置，是沒有影響的。例如是<center><i><u>，或是<i><u><center>，這種前後位置的變化是無妨的。事實上，一旦讀者開始嘗試HTML語法寫作，就會發現這樣的語法規則安排其實是非常合乎寫作的習慣：

　　【video：多重控制的語法標籤安排】（光碟：ch8 / 004.mp4）

三、使用HTML來變化文字

　　HTML能帶給我們「驚奇」的體驗，往往是從對文字的變化進行控制開始。這通常也是學習HTML的第一步，更是數位多媒體文本寫作的基礎能力。這部分一旦上手，對HTML語法就再也不會怕了。

　　來，就先看下面的表格內容，直覺的感受一下什麼是HTML的功效：

原始文字	加上字型語法	呈現效果
標題文字	<h3>標題文字</h3>	標題文字
粗體文字	<b>粗體文字</b>	**粗體文字**
斜體文字	<i>斜體文字</i>	*斜體文字*
加底線文字	<u>加底線文字</u>	加底線文字
畫刪除線文字	<strike>畫刪除線文字</strike>	畫刪除線文字
文字上標	文字^{上標}	文字^{上標}

語法說明：

1. 要對文字進行變化，首先必須在想要變化的文字前、後加上控制變化的語法參數。以對「粗體文字」進行變化爲例，要在「粗體文字」之前加上\<b\>，在之後再加上\</b\>，於是就形成成「\<b\>粗體文字\</b\>」這樣的形式。\<b\>是文字變化的起始參數，而\</b\>是結束參數。這告訴電腦要從哪裡開始變化，而又在哪裡結束。一般而言，結束的參數往往是起始的參數再加上「/」這一符號。

2. 除了少數的例外，HTML的語法參數往往是「起始」與「結束」成對。這是很重要的HTML語法概念。這不只是對文字變化而已，而是大部分的HTML語法均如此。

3. 文字變化的語法還有很多，上面只是常用的例子。有興趣進一步學習的同學，可以在網路上找到更多的文字變化語法參數。

【video：HTML文字的變化】（光碟：ch8 / 005.mp4）

有時HTML往往會用不同的語法參數來形成類似功能的變化。以文字大小變化這一功能爲例，就可以用\<hx\>xxx\</hx\>、\<font size=「數字」\>xxx\</font\>、\<small\>xxx\</small\>這三種不同的控制參數來進行文字大小的變化。

請看\<hx\>xxx\</hx\>範例：

原始文字	\<hx\>字型語法\</hx\>	呈現效果
標題文字	\<h1\>標題文字\</h1\>	標題文字
標題文字	\<h2\>標題文字\</h2\>	標題文字
標題文字	\<h3\>標題文字\</h3\>	標題文字
標題文字	\<h4\>標題文字\</h4\>	標題文字
標題文字	\<h5\>標題文字\</h5\>	標題文字
標題文字	\<h6\>標題文字\</h6\>	標題文字

語法說明：

1. 通常\<hx\>xxx\</hx\>這一文字變化語法形式被稱之爲「標題語法」。從h1到h6共有六組。數字愈小，標題愈大。

2. 之所以稱之爲標題語法，是因爲在結束參數\</hx\>之後，瀏覽器會自動斷行，並增加一行空白列。這很適合文章中標題的版面使用。

再來，請看\<font size="數字"\>xxx\</font\>及\>以及\<small\>xxx\</small\>語法。

語法說明：

1. 先來看\<font size="數字"\>xxx\</font\>這一語法參數。控制文字大小的數字是「1」到「7」，共七個級距。如果沒有對文字的大小進行控制的話，那一般呈現的大小是「3」；換言之，3是預設的文字大小。

2. \<big\>xxx\</big\>是指將字從預設大小增大一級，即第「4」級。所以上表可以看到，\<big\>xxx\</big\>的文字大小和\<font size="4"\>xxx\</font\>的文字大小是一樣的。而\<small\>xxx\</font\>是

指將文字從預設小大降一級。

對上面的文字變化語法有一些認識後，相信文字顏色的語法就讓人覺得相對簡單了。文字顏色語法標籤：

文字顏色語法：	呈現效果：
<font color=「#ff0000」>文字顏色</font>	文字顏色

語法說明：

1. 相信各位現在可以感受到，html的語法結構有著相似性。文字顏色的語法<font color="#xxxxxx">xxx</font>和文字大小的語法<font size="x">xxx</font> 就差別在「color="#ff0000"」這一參數。

2. 「#ff0000」是紅色的顏色代碼。更完整的顏色代碼表，請參考相關網站。

文字顏色使用上的注意事項：

1. 文字是要傳達想法和概念的，因之文字的顏色和背景顏色最好有明顯的對比，也就是說文字要能清晰而明顯的呈現出來。換言之，憑直覺的閱讀而言，文字在閱讀上不能有吃力的感覺。因為沒有讀者喜歡花力氣去辨識出一個一個字。

2. 一般而言，一份網頁文本內的文字顏色不要太多，最好不要超過五種不同的顏色。因為花花綠綠的顏色往往會搶掉讀者對文字意義本身的理解。

3. 對顏色有進一步興趣的同學，最好再去理解一下色彩學中不同顏色之間的「對比」性質或是「類似」性質。亦即什麼是對比色，什麼是類似色。這樣才能創造最好的數位閱讀環境。

再來是，寫出空白的半形字元。先看下面的例子：

二個空白的空格之後	再跑字出來。

這在HTML語法中，是長這樣的：

二個空白的空格之後   再跑字出來。

語法說明：

1. 在利用純文字編輯器時，如果真的要出現空白字元，就要打上「 」，電腦才會知道你要空白字元。這是英文半形的空白字元，但因網頁的設定不同，空白的小大有時不同。試試幾次就知要放幾個。

2. 直接在網頁編輯器作業，例如Dreamweaver、Kompozer，就不用擔心這問題。不管是中文全形或英文半形空白，直接打空白下去就對了。不然為什麼要用網頁編輯器呢？但同學仍要瞭解這一狀況，才不會在看原始碼時看不懂。

【**video**：文字的大小、顏色及空白字元】（光碟：**ch8 / 006.mp4**）

四、HTML的靜態圖像語法

要使用HTML語法標籤把靜態圖像嵌入到網頁中，讓我們先來看看嵌入圖像的基本語法：

<img src=「圖像所在的位置網址」>

好，先來運用一下這個基本圖像嵌入語法：

<img src="http://link.photo.pchome.com.tw/s11/lmcsilver3118/53/133465196278/">

圖片呈現的語法效果：

語法使用說明：

1. 首先要能找出存放在網路空間中，圖檔的位置網址。同學請一定要留意：圖檔只是放在你／妳的個人電腦中是沒有用的。圖檔首先要存放到網路空間，例如此例是被放置在PC home的相簿中。讀者可以先將圖檔上傳到PC home相簿、Flickr、Picasa、Facebook等圖像儲存／分享網站，或是上傳到Ftp server（即檔案存放伺服器）。再把圖像檔案位置的網址找出來。

2. 在HTML語法的寫作模式下，寫入圖像嵌入語法：<img src="">。然後把圖像位置網址放入到「src="　"」的「"　"」中。此例中，圖像的位置網址就是「http://link.photo.pchome.com.tw/s11/lmcsilver3118/53/133465196278/」。

在嵌入圖像時，找出圖像在網路空間的位置網址，就非常重要。請參看這一部分的影音教學。

　　【video：圖像語法基本概念】（光碟：ch8／007.mp4）

　　對基本圖像嵌入語法有認識之後，則可以進一步談進階圖像嵌入語法使用。從基本的語法中，可以發展出更多對圖像呈現的控制參數，這使得

多媒體寫作者可以在網頁中，對圖像進行編輯創作。請看下列語法：

```
<img src="http://link.photo.pchome.com.tw/s11/lmcsilver3118/53/1334651962
78/" border="1" width="320" height="240">
```

語法效果：

進階HTML圖像語法標籤說明：

1. border="1"。border是指圖像的框線，border="1"是指1像素單位的框線，可以填入2、3、4、…等。如果「 」填入0，那就是取消框線。

2. width="320"，是指設定圖像的寬度為320像素。height="240"，是指設定圖像的高度為240像素。如果只設定寬度width="xx"，而沒有設定高度height="xx"，電腦會依寬度來自動設定高度。

3. 整個圖像語法的控制參數還有更多，有興趣的同學可以自行在網路中找到更多相關資料。跟著控數參數練習一遍，就可以瞭解了。這並不難。

【video：靜態圖像語法練習】（光碟：ch8 / 008.mp4）

五、HTML基本排版語法

（一）把文字斷行的語法

　　任何文本總要有適當的排版，才能讓「資料」形成可讀性的內容。HTML提供了不少排版用的語法，而\
是最重要的。因為這是把文字斷行的最常用語法。先看以下範例：

記事本的內容	語法呈現效果
文字 斷行	文字　斷行
文字\ 斷行	文字 斷行
文字 \<p>斷行\</p> 第二行	文字 斷行 第二行

斷行語法標籤說明：

1. 在我們常使用的寫作軟體「Word」中，要斷行很簡單，只要按一下「Enter」鍵就可以了。這個習慣，我們往往也會帶到一般的HTML寫作軟體，如「記事本」。但在「記事本」內按「Enter」形成斷行，在網頁的呈現上是沒有作用的。

2. 要讓文字在網頁內斷行，就要在想斷行的地方下語法\
，電腦才能知道你的想法。\
是少數可以單獨使用，不必有成對之結束碼的語法參數。

3. 我們也可以使用\<p>xxx\</p>這一成對的語法來形成斷行效果。\<p>xxx\</p>和\
的不同之處在於，\
就是很單純的進行斷行作用，而起始碼\<p>和結束碼\</p>會在形成斷行作用之際，再多加上一行空白。也因為這個特性，一般「內文」的斷行，往往使用\
，而「段落」的斷行，會使用\<p>xxx\</p>（段落Para-

graph）。這樣段落就可以形成上、下的空白行。

【**video**：文字分行】（光碟：**ch8 / 009.mp4**）

（二）文字的位置：靠左、居中、靠右

以下有三種不同的語法參數，都可以來控制文字在網頁中的位置，請看範例：

文字位置語法	呈現效果
<center>文字居中< /center>	文字居中
<p align="left">文字靠左</p> <p align="center">文字居中</p> <p align="right">文字靠右</p>	文字靠左 文字居中 　　　　　文字靠右
<div align="left">文字靠左</div> <div align="center">文字居中</div> <div align="right">文字靠右</div>	文字靠左 文字居中 　　　　　文字靠右

文字位置語法標籤說明：

1. <center>xxx</center>是最簡單控制文字位置的標籤。很單純把<center>以及</center>之間的所有寫作元素，都將之居中。

2. <p align="xxx">xxx</p>標籤，同前面所看到的<p>xxx</p>文字斷行標籤是一樣的，只是在<p>之內多增加了「align="xxx"」這一參數。"xxx"的xxx可以填入「left」（左）、「center」（中）、「right」（右）。一般我們會把xxx稱之為align這一參數的參數值。所以align這一參數的參數值可以是left、center、right。我們同時可以看到，<p>這標籤都會自動增加一空白行。

3. <div align="xxx">xxx</div>這一標籤如同<p>一樣，只是它不會多增加一空白行。如果我們把<p>和</p>之間當作一個段落來看，所以會自動增加一空行；那麼我們就可以把<div>和</div>之間視之為一個「區域」，一個可以進行各種控制變化的區域。

<center>、<p>、<div>這三個標籤都可以再做更多的參數設定。我們舉二例補充說明，有興趣進一步研究的同學，可自行到網路中搜尋各種更多的控制參數。

　　<center>標籤的語法參數範例：

語法	<center title="這是用Center的範例"style="width:300px;background:#FFDAB9;"> 這是CENTER標籤的示範語法 文字會在水平中央 一個很常用的語法標籤！好用哦！ </center>
效果	這是CENTER標籤的示範語法 文字會在水平中央 一個很常用的語法標籤！好用哦！

　　語法說明：

1. title="xxx"，這一參數是指滑鼠移到裡面時，會跳出xxx說明文字。

2. style="width:300px; background:#FFDAB9;" width:300px是將段落的寬度設定為300像素，background:#FFDAB9是設定段落內的背景顏色。

　　<div>標籤語法的參數範例：

語法	<div align="center" title="這是用div的使用範例" style="border: 1px solid #ff7f00; width: 320px;"> 這是DIV標籤的示範語法 文字在水平中央 寬度是320像素， 有加上邊線！ </div>
效果	這是DIV標籤的示範語法 文字在水平中央 寬度是320像素，有加上邊線！

語法說明：

1. align="center"，是指<div>xxx</div>內的所有內容，都以居中方式排列。

2. "border:1px solid #ff7f00"，是指border邊線寬1像素，solid是實心線，#ff7f00是邊線顏色。

【**video**圖示：文字靠齊位置】（光碟：**ch8 / 010.mp4**）

（三）劃出一條分隔線

在網頁的排版中，常常要利用分隔線來告訴讀者文章的某一部分在此停止。分隔線的標籤很簡單：

<hr>

效果：

_____

分隔線更多控制參數的應用：

<hr width="50%" color="#ff7f00" size="3" align="center">

效果：

_____

語法說明：

1. <hr>也是少數不用成對的語法標籤。width="50%"是指頁的一半寬度，也可以寫成width="200"，是指定寬度200像素。

2. color="#xxxxxx"是指定線的顏色。

3. size="3"線的高度是3像素。

4. align="center"是指分隔線居中，align="xxx"的參數值還可以是left靠左、right靠右。

好，以上這些和「排版」有關的語法，我們有一綜合影音教學。請參
看：

【video：分隔線】（光碟：ch8 / 011.mp4）

六、HTML基礎文本互動語法

網路文本的最大特色之一，就在於文本的互動性，這是其他傳統媒介
所無法展現的。這裡所指的互動，並不是如同我們所熟悉的諸如報紙「讀
者來函」，或是電視、廣播「call in」，而是指「數位文本」媒介本身在
閱讀過程中的「文本互文性」。

什麼是數位文本媒介的「文本互文性」？就是以非線性的閱讀方式，
即時的透過另一種資料來解釋目前可能要被解釋的材料。沒關係！先看下
面的例子：

閱讀這一教學網站時，可以同時參閱「我的影像blogger」。有更多……

閱讀上面的文字時，如果讀者沒有「我的影像blogger」的背景知
識，可以馬上的用滑鼠按下「我的影像blogger」，就會跑到「我的影像
blogger」頁面，這時即可以透過被連結的頁面迅速進行某種程度的理
解。這就是「文本互文性」。在數位文本中，上述功能稱之「超連結」，
這是數位文本互文寫作的最基本技能。

（一）外部超連結

超連結的功能中，外部超連結是最常用的。先看用文字超連結的
HTML寫法：

請到<a href="http://lmcsilver.blogspot.tw/">我的影像blogger</a>看例子。

呈現效果：

請到我的影像blogger看例子。

語法說明：

1. 首先可以看到，「我的影像blogger」是想被超連結的文字，所以要在「我的影像blogger」之前加上起始碼「<a href="http://lmcsilver.blogspot.tw/">，在其後加上結束碼</a>。

2. 之後，可以進行超連結作用的文字，一般而言都會被預設設定成變了顏色，表示是有超連作用的。

3. <a href="xxx">中的xxx是指要連結出去的網頁，請書寫完整，最好從瀏覽器的網址列copy。詳細操作請看下面的影音教學。

同樣的語法，我們來看看用圖像如何超連結。圖像超連結的HTML寫法：

```
我的<a href="http://www.youtube.com/user/lmcsilver?feature=guide"><img
src="https://dl.dropbox.com/u/53607335/images/9182_1255013662F4F1.jpg"
width="50"></a>影音教學。
```

呈現效果：

我的 You Tube 影音教學。

語法說明：

1. 紅色字<img xxx>是嵌入圖像的語法。所以我們在<img xxx>之前加上超連結的起始碼<a href="xxx">，在其後加上結束碼</a>。這樣一用滑鼠按圖片，就會連結出去。

2. 不管是文字或圖像，超連結的語法標籤是相同的，都是<a href="xxx">「要被連結之物」</a>。<a href="xxx">中的xxx就是要連出去的網頁網址。

【video圖示：外部超連結】（光碟：**ch8 / 012.mp4**）

（二）用超連結下載檔案

超連結語法不但可以外連到某一網頁，也可以用來下載某一檔案。下載的HTML語法：

```
我要<a href="https://dl.dropbox.com/u/53607335/docs/CSJ146.pdf">下載pdf</
a>檔案。
```

呈現效果：

```
我要下載pdf檔案
```

語法說明：

1. 同樣的，在「下載pdf」這幾個要被按下去的字之前加入起始碼<a
   href="xxx">，及在其後加入結束碼</a>，這樣就可以下載了。<a
   href="xxx">中的xxx是指檔案所在網路空間位置網址。

2. 正如同學可以看到的，一旦按下下載之後，瀏覽器常常會自動打開
   所下載的檔案。如果同學一定要出現下載後的選擇視窗畫面，請把
   檔案壓縮成壓縮檔，下載壓縮檔時，就會出現下載選擇的選項。

   【video圖示：用超連結下載檔案】（光碟：ch8 / 013.mp4）

（三）網頁內部的超連結

超連結所呈現的互文性，不只是連結到外部資料，也可以是內部同一
文本的相互參照。這就是網頁內部超連結要派上場的時候了。先按看看網
頁內部超連的呈現效果：

```
按下Top，跳到頁首。
```

HTML內部連結語法：

```
按下<a href="#a1">Top</a>，跳到頁首。      >>按下去要跳的地方
<a name="a1">〔頁首跳回點〕</a>            >>所要跳到的目的地
```

語法說明：

1. 這範例的功能是按下「Top」，網頁就會自動跑到最上面有著
   「〔頁首跳回點〕」的地方。這就是網頁內部連結。

2. 電腦會從 <a href="#a1">Top</a>裡的#a1為判斷符號，然後找到有著<a name="a1">的地方停止下來。換言之，從a1對到a1。

3. a1是筆者自己設的，各位可以自行設定符號，要注意的是，如果是設定# b2，那電腦就會在<a name="b2">的地方停下來。換言之，電腦會自動尋找<a href="#xx">和<a name="xx">這xx是相同的符號之地而停下來。

4. 這一部分的設定較為麻煩，請看影音教學。

【video：網頁內部超連結】（光碟：ch8 / 014.mp4）

七、網頁中嵌入影音、聲音、Pdf、Flash等多媒體素材

要把影音、聲音、Flash以及PDF檔嵌入網頁中，embed是通用的語法標籤。通用語法格式如下：

```
<embed src="檔案位置網址" width="寬度" height="高度"></embed>
```

再來，因為不同的寫作元素，如影音、聲音、Flash，都有各自表現上的特色。所以會在上面的基本語法中，再加入不同的控制項。

（一）嵌入聲音檔

我們先以聲音的嵌入語法為例，讓同學有一個基本印象。聲音檔嵌入語法：

```
<embed src="http://newsweek.shu.edu.tw/~student/lmcsilver/001/
SS_Travel_Music.mp3" width="200" height="40" type="audio/mpeg"
autostart="false" loop="false" ></embed>
```

語法效果：

語法說明：

1. src="http://xxx" 就是聲音檔在網路空間位置網址。autostart="true" 要自動播放；autostart="false" 不要自動播放。loop="false"不要重複音樂；loop="true"要重複音樂；loop="2" 重複2次。type="xx" 指定播放的音樂檔案類型，本例為mp3，代碼是audio/mpeg。

2. 我們可以看到，這是在embed基本語法中，再加入更多控制項。上述的三個都是和控制聲音檔的播放有關。

【video：嵌入聲音檔】（光碟：ch8 / 015.mp4）

（二）嵌入影音檔

再來是影音檔嵌入語法：

```
<embed src="http://newsweek.shu.edu.tw/~student/lmcsilver/20120609/201107
.wmv"  width="320" height="266" type="application/x-ms-wmp" autostart="false"
loop="false" showtracker="false"></embed>
```

語法效果：

語法說明：

1. 我們可以看到，影音的嵌入語法大致和聲音嵌入語法差不多。差

異之處在於，1. type="application/x-ms-wmp"是指定用windows media player來播放。2. 多增加了showtracker="false"這一控制參數，這是對播放器底下影音操控欄的細部控制。

2. 語法中的高度height="266"，是指影片的高度加上播放器底下影音操控欄的高度。例如影片的高度是320x240，即寬320、高240，再加上影音控制欄的高度26像素，所以是240+26=266。

3. 這些效果有時也會因電腦內部設定及軟體選擇及版本新舊，會有影響。基本上在此，我們並不要求同學去細究這些參數選項的功能。同學只要大致理解這些嵌入語法基本的樣態就可以了。

【video：嵌入影音檔】（光碟：ch8 / 016.mp4）

（三）嵌入Pdf檔

Pdf很常用，尤其Pdf檔的功能愈來愈強，很適合當多媒體的素材選擇。嵌入Pdf檔的語法和上面是相同的。語法：

```
<embed src="http://newsweek.shu.edu.tw:8080/lmcsilver20121007/pdf201210/
CSJ14-06_6oct_6.pdf" height="400" width="560"></embed>
```

語法效果：

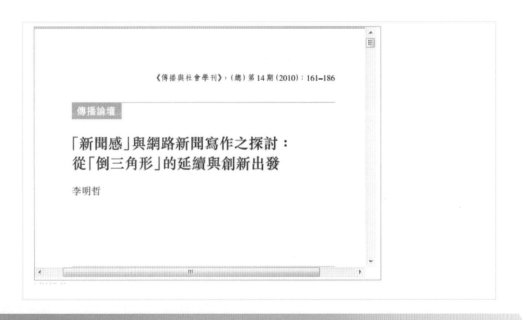

語法說明：

1. 嵌入Pdf檔的語法簡單，沒有太多控制變項。src="xxx"中，把檔案
網址位置填入xxx中。寬度和高度要注意一下。

【**video：嵌入PDF檔**】（光碟：**ch8 / 017.mp4**）

（四）Flash**的嵌入語法**

請直接看語法：

```
<embed base="." height="400" loop="true" menu="true" play="true"
src="http://newsweek.shu.edu.tw/userfiles/lmcsilver/postcard0528/viewer.swf"
type="application/x-shockwave-flash" width="580" wmode="transparent"></
embed>
```

語法效果：

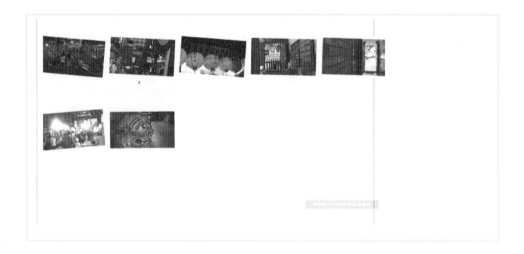

語法說明：

1. 我們看到，和音樂播放的語法比較起來，又有一些不同控制參
數。同時可以看到控制參數的前後順序並不會對語法的執行有影
響。

2. 再來，base="." 是要求當Flash檔案和HTML檔案不在同一目錄下，
可以去尋找外部的Flash檔案。wmode="transparent" 是指將Flash的

背景變爲透明。

3. 【video：嵌入flash檔】（光碟：**ch8 / 018.mp4**）

（五）embed語法學習總說明

1. 在這一部分，同學主要是能大概掌握各式多媒體寫作元素的嵌入語法形態就可以了；換言之，在看HTML原始碼時，能看得出這是嵌入的語法即成。

2. 不管是聲音、影音或是Flash，在控制參數上都還有各自更多的參數選項。在此無法一一列舉。有興趣進一步研究的同學，可以在網路上找到更多參考資料。在這裡選用的參數是在做數位內容時，常用的參數選項。

3. 各種控制參數常常因爲使用者電腦軟、硬體的配備和設置，或是使用的軟體不同（如用IE或Chrome等）以及版本的新舊，有時會有失效的狀況。

4. 本書的教學內容所著重的在於使不同寫作元素來寫作數位多媒體文本，整體而言的教學訓練重心在於運用多媒體來表達想法；換言之，如何把想法以「多媒介」的形式來呈現。因之，並不會特別著力於各種控制參數的介紹。

5. 目前的許多影音／影音網站，都能主動提供嵌入語法的使用，例如用Youtube影片所提供分享／嵌入功能項下所提供的影音嵌入語法，以及一些提供聲音檔嵌入語法標籤的語法產生器，都能能減少同學在「語法」方面所可能碰到困難，將更多心力投注在數位多媒體文本寫作上的思考。

6. 在Kompozer的寫作排版中，<embed xxx></embed>這一語法的作用並不會在Kompozer編輯器中呈現，雖然存檔後會在瀏覽器出現。這對排版寫作的過程並不方便，所以在用Kompozer寫作時，請於<embed xxx></embed>的前後，再加上<object> xxx </object>這一語法標籤，形式<object><embed xxx></embed></object>，這可以讓Kompozer的寫作更爲直覺便利。

【video：使用kompozer嵌入多媒體】。（**ch8 / 019.mp4**）

八、排版之母：表格的使用

　　表格，用排版之母來稱呼，這意味著網頁上的許多版面視覺其實是用表格「堆出來」的，再把表格的格線取消而已。表格，當然可以用來做行事曆、功課表之類的實用性「表格」功能，但那不是我們學習表格的用心之所在。學習表格語法的著眼點在於運用表格達成排版的效果，因為在網頁寫作／編輯中，表格是創造排版視覺的最基本功。

　　透過表格，我們把文字、聲音、影像等不同媒介，串構成一組可以被互文性理解的文本區塊。在螢幕閱讀中，區塊是閱讀的基本單位，正如同一般文字稿中的段落一樣。在數位文本的區塊內，多媒體串構起一種理解的樣態，這樣的文本表現模式才是多媒體文本的特色。而表格是串連起多媒介形成一個閱讀單位的基本寫作／編輯能力。正如同以下，我所寫的一個區塊段落：

多種媒材同時展現同一區塊，以形成多媒材的互文性閱讀／理解，這正是多媒體文本的重要特色之一；而表格是組構多媒體素材的重要構思取徑。

　　如果我們將上圖的圖文區塊還原回表格的結構，那麼表格的組構樣態如下：

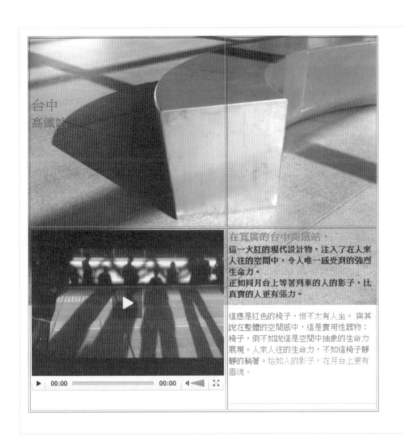

數位文本的表格組構說明：

1. 首先將圖上方紅色椅子的圖片放進整個表格當背景圖。

2. 在左下方的儲存格，放進了影片；而文字就寫入下方右邊的儲存格。這樣，很簡單的多媒材互構文本的「數位多媒體文章」就完成了。

3. 最後把表格格線設為「0」，格線就消失不見了。這正是網頁排版中，表格運用上的特色。

（一）HTML基本表格語法

表格由列與欄組成，表格中的空格稱之為儲存格。我們先來看下面的圖例：

再來是HTML表格語法：

```
<table>
  <tr>  <td>儲存格A</td><td>儲存格B</td>  </tr>
  <tr>  <td>儲存格C</td><td>儲存格D</td>  </tr>
</table>
```

語法說明：

1. `<table></table>`、`<tr></tr>`、`<td></td>`是三個最主要的表格語法標籤。瀏覽器讀到`<table>`時，會知道要處理表格了，而讀到`</table>`時，則是知道表格結束。也就是說`<table>`是表格的起始碼，而`</table>`是表格的結束碼。

2. `<tr>xxx</tr>`是一列，而裡面的xxx是儲存格。`<td>xxx</td>`是指一個儲存格，而xxx是儲存格的內容。如上表，`<tr>  <td>A</td><td>B</td>  </tr>`，這是指一列中有二個儲存格，`<td>儲存格A</td>`以及`<td>儲存格B</td>`，其內容分別是「儲存格A」以及「儲存格B」。

（二）進階表格語法標籤控制參數

對表格進一步控制有幾個重要的參數。同學要注意的是控制參數如果是放在<table>裡，是指控制表格全部，如放在<td>裡面，則只是控制單一儲存格。表格範例：

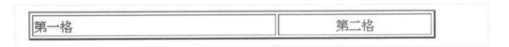

語法呈現：

```
<table bgcolor="#ffffcc" border="2">
<tr>
<td align="left" width="240">第一格<br></td>
<td align="center" width="150">第二格<br></td>
</tr>
</table>
```

語法說明：

1. 在<table xxx>裡面的，是指控制整個表格，bgcolor="#ffffcc"是指表格的背景顏色，border="2"是指表格的框線寬度為2px。如果border="0"就會取消格線，那麼看起來就好像是排版一樣，是我們常運用表格來排版的技巧。

2. <td xxx>是指對單一儲存格進行控制。就第一格而言，align="left"是指文字靠左，width="240"是指第一格寬度為240像素。第二格，align="center"是指文字居中，width="150" 指寬度150像素。

（三）整個表格的靠左、居中及靠右

如果我們想要把整個表格居中或靠右時，要如何來做呢？

方法一是在<table>內加入align="xxx"，如<table align="center">。xxx可以是center（中）、left（左）、right（右）。

方法二是用之前教過的<div></div>來對表格進行控制。<div>表格控制範例：

語法呈現：

```
<div align="center" style="background-color: #ccffff; width:560px;">
<table border="1" cellpadding="2" cellspacing="2" width="420">
<tr>
<td  width="280">第一格</td><td >第二格</td>
</tr>
</table>
</div>
```

語法說明：

1. 首先可以看到第一行<div xxx>及最後一行</div>，這向電腦宣告我們要一個區域是被我們控制的，這一受控制區域的HTML語法就是用<div>xxx</div>來表示。xxx是這一區域內的內容。在上面的「<div>表格控制範例」中，整個<div>xxx</div>範圍就是顏色色塊部分。

2. 在<div>xxx</div>之範圍內，裡面有<table xxx>xxx</table>，這是表格的語法。換言之，用<div>把表格（<table>）包起來，再對<div>進行控制。

3. <div align="center" style="background-color: #ffffcc; width:560px;">是<div>內的控制參數。align="center"就是指<div>內的元素都居中，因之裡面的表格當然也就居中了。style="background-color:#ccffff; width:560px;"是指<div>範圍內的背景顏色（background-color）為#ccffff，然後這一<div>區塊範圍的寬度（width）為560像素。

【video：表格語法】（光碟：ch8 / 020.mp4）

（四）多媒體文本寫作與表格運用

讓我們先來看多媒體文本範例一：

範例一（取消表格框線）

以上範列一是一個簡單的多媒體文本。這一例中有圖像、文字、聲音等三種寫作元素。多媒體寫作的另一挑戰是，不同的想法想表達時，同時也要去思考用什麼樣的元素來串構，更能恰當的展現心中的意像。這往往是對多媒體寫作者更大的考驗，因為這考驗著作者對多媒體的各種寫作元素，是否能夠有著足夠的掌握能力。並非多媒體素材用得「多」，就是好的多媒體文本，而是要將素材選用得「恰當」，精準的呈現作者的意圖和想法。換句話說，「問問自己到底要『做什麼』？一旦知道要做什麼，便可以考慮要表達什麼、要用何種概念來表達，用哪些元素如字型、圖像等，表達概念所需的一切，接著將它們組合在一起，完成最後的成品」（McWade／吳國慶譯，2010：v）。而表格是把各種多媒體寫作元素有效的串構在一起的思維概念和技巧。

同樣是談小提琴，在以下的範例二，筆者的思維不同，對寫作元素的運用思考也就不同。

範例二（呈現表格框線）

　　筆者所想談的是滑動的手指；一般而言，一段有關手指滑動的影片，就更能恰當的相應於整個段落區塊的構思。對多媒體寫作元素的選擇，展現著多媒體寫作者的文筆功力，但這對多媒體寫作者所帶來的另一個更重大的挑戰是：如果想表現對滑動手指的意念，但寫作者是否有能力拍出一段手指滑動的影片呢？而這影片同時也要能有構圖上的思維。例如，在上例影片中，拍攝時，片中的手指是被置於一般而言的「井字型構圖法」的左側1/3線條處。就構圖的概念而言，這個位置是最容易被注視到的位置。因之，對多媒體寫作者而言，圖像的攝製能力和文字的寫作能力，是同等重要。

　　【video：表格運用】（光碟：ch8 / 021.mp4）

九、免費網路空間使用教學

　　在上文的HTML過程中，照片、影音及Flash要被置放入網路空間才能嵌入於網頁。如果讀者本身沒有網路空間或FTP，那可以使用免費網路空間Dropbox。

　　Dropbox網址：https://www.dropbox.com/

　　【video：Dropbox使用操作】（光碟：ch8 / 022.mp4）

　　Dropbox使用操作重點要項：

　　1. 要分享連結出去的檔案，例如我們常用的Flash及多媒體寫作各種

技巧，請一定要放在「public」這個資料夾之下，不然會連不出去。如下圖8-2：

圖8-2

2. 如果你安裝之後找不到Public folder，那麼可以手動調整，請到 https://www.dropbox.com/enable_public_folder調整。

第 9 章▶▶▶

圖像媒材的攝取、後製與版型

一、多重形構下的圖像思考

數位文本，很重要的一項文本特色，在於多媒材的同時使用以表達某一想法或觀點。這多媒材的使用下，幾乎無可避免的要使用到影像此種媒材。

圖像，一般而言常與文字對立起來稱之為二種「異質性」的媒材。這種對立發生於對這二種媒材理解過程的不同，通常的說法會說文字的理解是邏輯的，而對圖像的理解是直覺的；而Winters則依索緒爾的語言學概念，將文字的理解稱之為是由線性所支持的橫組合向度，圖像的理解則是一種縱聚合向度的聯想關係（Winters／李本正譯，2009：60）。因之在傳統的媒體中，總是以文字或圖像兩者之一的某種媒材為敘事的主導優勢，因之只要決定了哪一種媒材是敘事中的主導優勢媒材，再來的問題是盡可能讓此種主導優勢媒材發揮其意義呈現的特色，另一種不同性格的媒材則是屬於附加的補充說明角色。在數位文本中，如同之前所言，文本的特色之一是媒材的共構關係，即多重形構的文本特色；換言之，兩種異質性的媒材往往要同時呈現並且要能創造出意義的呈現。在這種異質媒材共構意義的情況下，即圖像要能與文字、影像或其他媒材並列共同創造意義的呈

現，而不是搶奪讀者對其他媒材的注意力（Marsh, Guth, & Short, 2009: 100）。這種要求決定了本書在這一章節相關內容的考量。換言之，我們是在思考如何寫作「多重形構」此種數位文本重要的文本特質下，來探討圖像攝取與後製所需要的技能。

　　一般而言，圖像的攝取有一定的章法，即「構圖」的概念。談構圖，一般而言的幾個原則是：統一、群組、分割、主體、節奏、重複、平衡、對比、配色等等。但這些構圖原則所塑造出來的圖像，基本上是為了成就單一圖像本身自身的審美要求；換言之，這些構圖（審美）原則所創造出來的圖像，是為了將圖像的意義封閉在其自身之內，形成自律的審美單元，正如同Adorno所強調的：「藝術只有拒絕與溝通或交際隨波逐流才能保持自己的完整性」（Adorno／王柯平譯，1998：540）。然而，正如同我們所一再強調的，數位文本中一項重要的文本特質是異質媒材共構之下的多重形構意義展現。多重形構的文本原則在於不同媒材之間必須是以「平等、互補」的立場來進行互文的理解。「平等」，這是指同時並列的不同媒材的彼此關係沒有主、從之分；「互補」，則是強調不同媒材之間在內容主題上，要有彼此間的某種共同性以形成「互補」作用的依據。如同我們上述常提及的巴赫金對話理論，亦即不同對話者之間要有主題的「針對性」，才能形成內容上「應答」。換言之，不同媒材，如果其意義是自我封閉在其自身之內，其意義在主題上是彼此不交涉，那麼即使不同媒體同時被並置於同一區塊，亦無法形成意義上的綜合式理解。

　　舉例來說，如果以文、圖兩種媒材彼此之間互補性呈現而言，兩者在內容之間要有一些相同部分，可以使兩者之間形成意義上的聯繫，但兩者自身又要能依不同媒材的意義呈現特色，表現出對方在內容上所無的部分。Wolk在提及「為網路而寫作」的寫作技巧時，針對「讓圖片與新聞掛上鉤」說道：「如果有照片之類的東西，就需要在新聞中以某種方式提及，並使讀者把兩者聯繫起來。如果不想在圖片下面加上長的圖片說明或圖片說明區，那就應該在正文中提及圖片。……。如果圖像與文字不吻合，大腦會自動地選擇圖像而拒絕文字。但這樣令人費解，從而會導致新

聞報導的失敗（Wolk／彭蘭等譯，2003：92）。因之，在數位文本中對圖像的攝取和後製，圖像就應以扮演「互補」性的媒材作用來思考，而不是如同傳統的攝影「構圖」，企圖將圖像的意義封閉在獨立、自律的單一審美單元之中。換言之，如依Winters的說法，數位文本中的圖像應是「視覺文化」概念下的「文化物品」，而非「美學」概念下的「藝術作品」（Winters／李本正譯，2009）。

以「互補性」的媒材作用來思考圖像的攝取和後製，並不意味著要放棄上述傳統的「攝影構圖」基本原則。多重形構的媒材是既要互補，但也要平等；這意味著相互意義共構的媒材，其意義雖不能自我封閉於自身單元之內，要向外與其他媒材產生聯繫，但也要有其「高度的自律性」。因之，當圖像是以數位文本的媒材需要──而非單一的攝影藝術作品──而被攝取或後製時，傳統攝影構圖概念在其不可偏廢的狀況下，需要有一些重點式的調整，以滿足圖像在數位文本中「互補性」作用功能上的要求。這一調整的重心在於讓傳統構圖概念下的圖像「主體」或「主題」稍凸顯出於整體圖像畫面。主體或主題的凸顯，有助於在圖像的畫面呈現中，快速的形成某種具有「針對性的」意義凸出，而這一圖像中的「針對性意義凸出」是與其他媒材形成互補性作用的重要參照點；如此互文性地綜合式、對話式的意義理解過程，才能有效的被形成。

換句話說，如果在對數位文本的圖像攝取與後製的過程中，不能有效的將圖像中的主體或主題呈現出來，仍是用傳統構圖概念下，將圖像視之為某一意義封閉於其自身之內的審美單元，而進行攝取、後製，那麼此種圖像與其他媒材之間互補性互文作用將會延緩、不確定，甚至消失，這將造成數位文本閱讀的障礙。此至，數位文本圖像媒材攝取、後製的一個重點是主體的凸顯。對一位熟悉攝影、理解構圖的人而言，這並不難達到。諸如對焦、景深、對比、視覺動線、群聚作用等等構圖原則，適當的運用都可以有效的創造出主體、主題在影像中的凸顯。但對本書而言，以下所有的原則是針對沒有受過圖像攝取、後製專業訓練者所提出的簡單入手原則；換言之，是針對「圖像初階者」而來的，並且是針對數位文本在創作

多重形構文案時所需要的影像媒材，所提出的「影像寫讀」原則。

二、井字型構圖法與版型寫作概念

首先，我們以傳統攝影構圖中的「井字型構圖法」為畫面物件元件的安排原則，再依（一）視覺焦點、（二）主體呈現、（三）背景搭配，這三步驟思考流程，來安排影像內容的呈現：

（一）視覺焦點

是指當受眾接觸到圖像後，視覺會在圖像上所停止的位置，然後再從此位置開始對圖像的內容及意義進行深一層的理解。一般而言，如果畫面沒有特別的設計有意將受眾的視線特定引導到畫面某一「定點」，那麼受眾會依由左而右、由上而下的次序，掃描井字型的四個交叉點區域，再判定要停在哪區域，即視覺焦點，並進行圖像的理解和解讀。因此，影像媒材的創作者，最好將能凸顯出「針對性」意義的物件元素放在井字型的四個交叉點區域。

（二）主體呈現

依上述，被放置在井字型四交叉點附近區域的物件元素，是為了讓讀者可以快速理解出圖像內具有「針對性」的意義，以與其他媒材進行互文性的理解。因之，這「物件元素」應是能讓受眾從畫面中形成主體或主題判斷的「重要關係物件」。

（三）背景搭配

在畫面中，被判斷成「主體」或「主題」物件元素之外的其他部分，就是背景區域。背景區域會烘托或襯托主體的意義深度或複雜度。圖像的背景會對圖像與其他媒材形成共構式互文作用解讀時，產生更為豐富的意義添加。

我們以下列兩張圖片為例，進一步說明，讓大家理解：

照片#1 照片#2

這兩張照片的內容元素基本上是一樣的，比較大的構圖上差異是那一枝「乾掉的小樹枝」。照片#1和照片#2相較起來，照片#1的樹枝明顯較大，但其右端的位於圖像的中間附近；照片#2的樹枝較小，但其右端接近於井字交叉點的左下點。如果影像數位媒材的創作者對此一圖像有一種想凸顯「樹枝」的「針對性」意圖，那麼第二張照片的樹枝右端因其接近井字形構圖法的左下交叉點；換言之，即接近「視覺焦點」，樹枝的小大雖是較小，但在圖像中有關「樹枝」的「針對性」意義卻反而是強的。相反的，照片#1中，樹枝雖有較大的視覺面積，但因脫離視覺焦點，樹枝像是整體草堆中的一部分而已。就草堆而言，樹枝是凸顯的。但若就整張照片而言，呈現出來的卻是「草堆」這一「針對性」意涵，而非「樹枝」，樹枝看來只是草堆的一部分。這即是前一章節所談的媒材「意義展現度」的問題，照片#1的「樹枝」是有在圖像中呈現，但其意義展現度卻是不夠強、不夠凸顯，而被「草堆」的圖像意涵給掩蓋住了。

如果在上一章節我們非常強調：掌握不同媒材在意義上的「展現度」，是多媒體寫作「章法」當中的最重要「寫作技巧」。那麼，如依上述所談的圖像媒材攝取、後製原理，我們就可以對照片#1進行「針對性」意義的圖像編輯，強化、凸顯影像#1中「樹枝」的意義展現度，即圖像的「樹枝」針對性。如下圖照片#3：

照片#3

可以看到，當我們在裁剪影像時把「樹枝」的右端推移到井字型構圖法右上交叉點附近，即接近「（一）視覺焦點」位置；從這裡，視覺活動將「樹枝」這一「（二）主體呈現」有效辨識出來，亦即「樹枝」在整體圖像中有「針對性」意涵的凸顯。而「（三）背景搭配」的問題，則可以看到，原本照片#1中的「草堆」是「主體」，到照片#3時，恰成為「背景」。這樣，在圖像中，針對性意義的轉移及變化，就已編輯完成。

在多重形構文本中，圖像中的針對性意義凸顯具重要性，亦即圖像媒材意義展現度的重要性，我們再舉下列圖文整合的例子來說明：

照片#4

這是車用吸塵器在產品盒子外面的圖文整合式使用介紹文案。直接看到照片時，最接近井字型構圖法視覺焦點處的影像畫面元素，是右上方的手及握把，因之很容易在解讀影像時，理解為圖像應是「針對」手及握把之間的關係之意義。然而，一旦轉看文字，文字重點所強調的是這車用吸塵器所附的小工具，以便利於打掃難以清理的裂縫處。圖像與文字在這裡形成了某種互文理解上的意義不聯繫，需要讀者進行某種圖文整合理解上的意義再詮釋。這一文字重點的影像畫面其實是位於照片的左下方處，但因「工具與裂縫」畫面與「手及握把」畫面相較起來，「手及握把」畫面較為接近於井字型構圖法視覺焦點處，易成為照片的「針對性」意義，這導致形成圖、文互文性綜合理解上的某些障礙。這例子所強調的正是異質媒材共構式的多重形構文本，不同媒材在意義展現度上的「呈現」要能彼此形成彼此間的「針對性」，如此互文、綜合、對話式的理解過程才能開展。

　　正如同我們在前章節已有提及的，多重形構式的文本表現在傳統平面媒介上早有被運用，例如漫畫、兒童圖畫書以及對圖片表現及圖片豐富量較為重視的雜誌類文本。然而，平面媒體對圖、文二種媒材之間如何形成多重形構式的意義開展，雖早已重視，但對這方面的探討往往集中於「編輯」、「版面設計」、「平面設計」等這些領域。White在一本旨在提供完整圖片編輯解析的《創意編輯》一書中說道：「他們最重要的職務是妥善組合所有素材，使他人的意義能具體呈現出來（White／沈怡譯，1991：2），因之「良好的版面規劃——把文字和圖片妥善地安排在紙面上——才能構成一篇整體性的報導，這二者是無法分割的」（White／沈怡譯，1991：3）。在其書中的具體討論項次，例如思考編輯圖片的大小時，考慮的「另一項要素是『命中故事重心』」（White／沈怡譯，1991：113），轉換成本書的語言，這即是要考量圖像的意義呈現度與針對性；如此一來，在照片與文字的關係上，「雙方的溝通愈有效」（White／沈怡譯，1991：115）。

　　Landa在《平面設計的成功之鑰》中亦強調：「設計是設法把元件組合成一個完整的合體。平面設計者將這些元件——文字、圖形和其他平

面設計元素，組合成一個完整的傳達形式」（Landa／王桂沰譯，1996：5）；在圖、文之間的關係上創造出「有意義或協調性的關係」（Landa／王桂沰譯，1996：53）。換言之，在本書中所強調的數位文本各種媒材之間應是「平等、互補、針對、應答」的概念，我們可以在傳統平面媒體關於「編輯」、「設計」、「排版」方面的文、圖關係論述中，看到非常接近的概念和說法。例如一本非常實用操作取向「平面設計」的書《160個平面設計疑問解答！》在提及「整理內文」時就強調：「當照片與段落編排在一區塊，就能創造出該區塊的整體性」（SE編輯部／許郁文譯，2012：35）。又如另一本通俗的設計書籍《設計原點》中強調：好設計中的元素，「它們彼此相似又互為差異，但合成一體的方式能清晰展現意圖」（Faimon & Weigand／洪慧芳譯，2009：27）。用本書的理路而言，可說：當不同異質媒材編排在同一區塊，而不是某種階層文本式的排列，彼此間的針對性就又有可能創造媒材互文效果的整體性，這同時符合螢幕閱讀的塊狀掃描原則。

　　如果說在數位文本中，多媒材的同時呈現是重要的文本意義形構特色之一，那麼媒材之間的「編輯」、「排版」、「設計」因素就會對「多媒體文本」是否能真正成為「多重形構文本」，產生強大的影響。正如上引Schnotz（2005）從實證取徑研究所言：多媒體文本的媒材布局，在組構上要考量相關性（coherence）及鄰近性（contiguity）原則，才能有優於單一媒材的學習效果。Grear在《編排設計的構成與形式》一書中亦強調：「總而言之，編排設計中，一則考慮形式及意義，二則是空間配置的效果及圖、文之間相互的關聯性，才能達到盡善盡美的視讀效果」（Grear／呂靜修譯，1997：269）。Kress & Leeuwen則說道：「空間性構成的元素相愈相連，就愈能將它們表現成資料的同一單位」（Kress & Leeuwen／桑尼譯，1999：285）。因之，從這一角度而言，數位文本的寫作是一種「有版型概念下的寫作」；換言之，在下筆之前，即要構思區塊文本之內異質媒材之間的「排版」關係。數位文本創作者，用傳統的平面術語而言，應是作者、文編和美編的三合一。這並不是媒體競爭環境中，對工

多媒體互動新聞寫作：理論與實務

184

作人員精簡需求下而來的工作者「多技能」要求，而是數位多媒材文本多重形構寫作概念下的「必要寫作技能」。容或許數位文本創作者對這三者不能樣樣精通，但應要有一些基本的認識和理解，至少在寫作時，能在心中為版型「打草稿」，因為這會深刻影響對媒材的構思、攝取、編輯等方面的選擇和進行。換言之，在有「打草稿版型」的概念下，數位創作者才能真正讓數位文本所需的媒材充分到位；如果就專業分工而言，需要再進一步進行數位編輯，那至少美編與數位作者之間的距離會是最小的。

正如同在許多有關數位文本／新聞的書籍或研究報告中，所一再指出的：網路文本要重視「視覺性」，或者說網路新聞的記者要有「為視覺效果而寫作」的能力（Stovall, 2004: 82），如同Artwick所言，記者在構思新聞的結構時，要有「視覺化的思考」（thinking visually）（Artwick, 2004: 151）。強調「視覺化」指的是要重視數位文本的「呈現樣態」，用傳統平面的術語，亦即是要重視「版型」，而並不是要多用圖像或是濫用圖像，這是一般所常被（學生）誤解的。因之，容或許我們於此再強調一遍，視覺化寫作並不是要多用「圖像（images）」以取代文字來進行文本的組構。用傳統平面的術語來講，視覺化寫作即是強調寫作者本身要在寫作內容時，心中即要有「版型」的概念，而不是內容歸內容、排版歸排版；用Marsh、Guth以及Short的講法：在網路寫作中，「寫作與設計是手牽手併行（go hand in hand）」的（Marsh, Guth & Short, 2009: 101）。換言之，數位文本寫作者的寫作創思和過程，往往是內容和版型二合一的併行思考，此亦即前文所提的「素材──形式」的思考取徑，是「材料如何被形式化的問題」（李廣倉，2006：35）。

在螢幕閱讀的狀況下，對文本視覺化的強調是容易被理解的，因為螢幕閱讀是一種掃描式的閱讀行為，要能快速掃描並迅速掌握重點，當然要對文本的呈現樣態有所著意的安排，這其實也是傳統平面「排版」概念所強調的「排版功能」。正如同White在《創意編輯》一書中所強調的：「成功的版面能使一篇故事鮮活起來、易懂、有趣，也容易被記住」。「為什麼要這麼辛苦？理由至為簡單，因為在今日忙碌匆促的世界，這是

唯一可以創作出一件令人留下深刻印象作品的方式，使人能於匆匆一讀之下，便能吸收」（White／沈怡譯，1991：2-3）。因之，視覺化寫作所強調的，即是「版型」的概念對創作者在寫作過程所提出的新要求；如果在螢幕閱讀中，掃描是最重要的閱讀行為，因而文本的視覺化的呈現安排是此種閱讀行為下的必然要求，那麼「版型」之於數位文本的創作，在重要性上就更勝於在其他媒介之上。這是因為，Kress & Leeuwen強調：版面「是一種有結構的符號語言單位，不是透過語言，而是透過視覺構成的原則」（Kress & Leeuwen／桑尼譯，1999：246）。

在談多重形構這一概念時，我們曾引Kress & Leeuwen說道：「多重形構不論是在教育界、語言學理論或一般人的共識上，一直被嚴重忽略。在現今這個『多媒體』的時代，頓時被再次察覺」（Kress & Leeuwen／桑尼譯，1999：60）。借用Kress & Leeuwn的語勢，我們也引用Wroblewski（2002）的觀察：數位文本版型概念在傳統靜態（static）HTML語法時代一直被嚴重忽略，在現今動態（dynamic）HTML以及CSS語法成為普遍之際，頓時重要了起來。依Wroblewski的觀察，初始HTML的創建是為了分享資訊，HTML設計的原始精神在於標記「文本的內容是什麼」，而不是「文本看起來應如何」（Wroblewski, 2002: 292）；再加上初期網路頻寬的限制，圖像、影像並不被鼓勵在網頁上呈現，網頁的媒材重心在於文字，而網頁文本呈現特質往往被侷限於「超連結」這一特色。隨著網路的普及，頻寬的加大，多媒體成了網頁的特色，同時更多人透過網頁來直接閱讀訊息，承載媒材的版型概念逐漸被強調；這並不只是為了網頁內容的「可讀性」以及「易掃描性」而已，同時也是為了滿足多媒體文本在呈現上需求。換言之，網頁寫作在於達成多媒材「有結合力的」（cohesive）整體性配置（layout）呈現，而不再只是想要凸顯內容而已（Wroblewski, 2002: 293）。

事實上，上一章節所談的標點符號也是一種為文字而進行排版概念下的「符號工具系統」。早期的中文字並沒有標點符號，所以常常被誤讀。例如我們在讀起沒有現代化標點過的古文（文言文），就常常會不知從何

多媒體互動新聞寫作：理論與實務

斷句起，除非你有受過嚴格的古文閱讀訓練。標點符號讓文字這種媒材在可讀性上變得清晰，變容易被理解，因之換個角度來說，標點符號是給純文字的使用的排版技能。而現代平面媒體的排版、設計等技能及觀念的發展，是圍繞著「圖像」這一媒材而開展出來。

任何一本和版面設計相關的書籍，雖也會談到「文字內容的處理」，例如「像段落中的小標題、引言、方塊文字、圖說和內文字，設計者應該將這些文字整理出它的視覺層次」（Landa／王桂沰譯，1996：91），但更多的部分在於論述「影像的處理」，這可能是影像的編輯或是圖文之間的關係。換言之，現代排版、設計基本上，很大一部分是在為圖像找到「意義呈現」的規則以及與文字媒材之間的處理關係。這些經驗值對數位文本呈現上思考，當然有絕大的助益。正如同我們之前談過的，數位文本與傳統文本之間的關係是一種辯證式的關係，而不是「取代」的關係；數位文本理應把傳統文本所思考過、所實證過的各種媒材呈現的經驗值，有效的納入對「多媒體」媒材如何呈現的思考、創新過程。這並不容易，這是歷史所給予我們的任務，因為在「螢幕閱讀」的這一閱讀物質基礎條件之下，我們首次面臨到多媒材──文字、聲音、影像、影音、動畫、可互動式包裹媒材（image gallery）、可程式化媒材變化（flash、javascript）等等──在呈現過程彼此之間的關係以及整體數位文本的調性，這些以前所沒有碰到的「新變局」。

挑戰如此之複雜，那下手處應在哪裡？文字，一般而言，我們已經有較多、較長的處理經驗，因之在思考數位文本寫作時，圖像的思考與處理是值得我們花力氣的下手處；同時這也因為其他的媒材，例如影音、動畫、image gallery等等，或多或少都要以圖像為重要基礎，再者我們可以借助現代排、版設計在圖像處理上的思考成果與經驗值，當作「下手處」的基石。那麼，圖像處理的「下手處」又在哪裡呢？就傳統的平面設計、排版的觀念而言，Dahner以照片為例，談圖像編輯時說到：「要如同它們被拍攝下來的樣子，忠實使用照片是很困難的。……照片包含許多細節，可能會分散了對主要目標的注意力，所以必須更要重視照片的裁

第九章　圖像媒材的攝取、後製與版型

切（Dahner／普保羅譯，2003：78）。Heibert亦言：「影像是由非常抽象的結構所形成。……為了清楚傳達一個形式，需要先劃除不必要的訊息。『省略』可以比『全部展現』來得有趣且清晰。」（Hiebert／王桂沰譯，2002：32）。這一圖像編輯概念，就數位文本寫作而言，不但亦同適用，或許更需被強調；這是因為數位文本如要展現多重形構的文本特色，要有異質性媒材的同時展列，這通常會包含有圖像的媒材；而圖像媒材必須要能呈現出具有某種「針對性」的意涵，不同媒材之間才能形成互文性關係，才能開展對話性的意義呈現。這一圖像「針對性」意涵的凸顯，就圖像編輯而言，要靠「裁切」來達成。

三、圖像裁切

對本書而言，裁切圖像的目的在於創製出適合數位文本多重形構文本的圖像素材。因之，對圖像進行裁切是在數位文本寫作脈絡下的一種「寫作思考過程」，而非是對圖像「審美觀照」下的編輯行為；換言之，圖像在此是數位文本寫作的媒材，而不是一種要被審美觀照的「藝術品」。既然對圖像素材的裁切處理是要形成具有「針對性」意涵的圖像，以供多重形構的寫作之用，在裁切方法上就可以運用上述的「（一）視覺焦點、（二）主體呈現、（三）背景搭配」圖像視讀三步驟。

讓我們先看下圖：

這是一張影像畫面內容上非常豐富的照片；畫面的構圖結構也算完整，沒有特別礙眼之處。但也正因如此，這張圖像的解讀過程往往會充滿「歧義性」，至少椅子所代表的「休閒」與打掃工具所象徵的「工作」，這二種在一般社會組成者的習慣想法中是衝突對立概念組，在此勢均力敵的展現。這會讓受眾無法快速形成對圖像的「針對性理解」，因之可能會進行「觀照」、「沈思」。

如果這張照片是以獨立姿態的審美觀照物件而出場，圖像中呈現元素（椅子 v.s. 打掃工具）的「衝突性」意義特色，可以是這圖像物件的重要「審美元素」，可能讓人「凝神觀照」，從而凸顯圖像物件將意義封閉於自身「運動之中」的「藝術性」（Adorno／王柯平，1998：143）。一旦圖像在意義解讀的呈現上是趨於「自我封閉性」，即使圖像旁邊有著再補充說明的「文字圖說」，這種圖文型文案的文本特色還是我們之前所談的「有著某一優勢主導媒材」的文本結構。這回，圖像是主導的優勢媒材，而文字對之進行補充說明；換言之，文字會被圖像吸入，而無法形成異質媒材平等立場下的互補性多重形構文本。在此情況之下，如果數位文品創作者是要寫作「多重形構」文本特色的某一「文本區塊」，那麼就需要對圖像進行裁剪，以利凸顯出圖像的針對性。

透過上述「（一）視覺焦點、（二）主體呈現、（三）背景搭配」圖像視讀三步驟，我們分別以「椅子」和「打掃工具」為圖像中針對性意義的凸出，裁剪出下列二張圖：

左圖

右圖

左圖，可以看到椅子位於井字型構圖法的左下方視覺焦點，而打掃工具並沒有位於井字型構圖法的視覺焦點處，同時打掃工具的畫面完整性也被裁切破壞。椅子所凸顯出的針對性意含在左圖中就顯得強烈。右圖，原理相同，裁剪後，圖像中打掃工具的針對性意涵就強烈的凸顯。

這樣，基本上我們就可以對圖像的畫面進行「編輯」，精準的表現出圖像含意的「針對性」。以下是對圖像進行裁剪的教學影音：

（1）教學軟體：photoshop CS5.1。

（2）練習圖檔：圖檔目錄ch9 / pic01。

【video：圖像裁剪】（光碟：ch9 / 001.mp4）

教學影音內容注意事項：

（1）存檔時，請用「另存新檔」這一功能選項，這樣完成好的裁切圖會另存成一圖像檔案，才不會把原來的圖檔取代掉。這樣，原圖檔才能進行多次的裁切。

上述的方法是針對多重形構文本圖文互文需求下的「一種」基本圖像裁切方法，而不是「唯一」的方法，這一方法是以井字型構圖法為塑造視覺焦點為重要思考原則的影像裁切方式。事實上，如就創造焦點來形造圖像的意涵的針對性，方法可以很多，例如McWade在《解構設計》一書中就提出了八種方式來營造圖像的視覺焦點，如畫出輪廓、模糊背景、加入聚光燈等（McWade / 吳國慶譯，2010：2-16）。但這些方式往往是對圖像進行「畫面破壞式編輯」來創造視覺焦點。對新聞敘事，或是其他強調寫實的文本而言，以井字型構圖法的方式來對圖像進行裁切，才不至於對圖像造成破壞式的改變。

四、改變圖像大小

改變圖像檔案的大小，同時把圖像裁切成某種固定長寬，如640x280等等，是數位文本寫作時，必要的圖像技能之一。現代數位圖像攝取器具讓圖像攝取變得容易，但同時圖像的檔案也很大，遠遠超出一般螢幕閱讀瀏覽掃描時所需的圖檔大小。一般而言，先對圖像進行某種固定長寬的裁

切並進行檔案大小的改變，有利於圖像的傳輸速度。

改變圖像大小的操作較爲簡單，請看教學影音。

（1）教學軟體：photoshop CS5.1。

（2）練習圖檔：圖檔目錄ch9 / pic01。

【video：直接改變圖像大小】（光碟：ch9 /002.mp4）

【video：裁圖並改變圖像大小】（光碟：ch9 /003.mp4）

裁切操作重點要項：

（1）改變影像檔案大小：影像〉影像尺寸。

（2）剪裁：視窗左側工具盒〉裁切工具。

（3）存檔時，請用「另存新檔」這一功能選項，這樣，原圖檔才能被保存。

五、影像去背

「去背」是將一特定的視覺元素切斷與其整體圖像的背景意義脈絡，從而將此一特定視覺元素「單獨」凸顯出來。因之，「去背」是一種「破壞式」的圖像編輯操作；從「新聞」或「紀實敘事」的觀點而言，這是一種對圖像有著去脈絡化的強烈意識型態意義操控。但就整體數位文本的分層結構而言，去背狀況下的視覺元素可以成爲一種工具性的、具有導引作用的圖像指標，以增強文本互動機制的串連強度。再者，若是數位文本在創作上並沒有「紀實」概念下的負擔，以去背爲手法的圖像編輯，可以明顯創造圖像中的主題印象，亦即圖像意涵的針對性可以非常明顯凸出，相當有助於媒材之間互文性的理解形成。例如上述McWade在《解構設計》一書中談及創造「圖像焦點」時；換言之，「我們要如何才能保證讀者的視線停留在我們想要的地方？」，去背就是各種方法中所常用到的技能之一（McWade / 吳國慶譯，2010：2-16）。

去背的操作過程較爲複雜，手法也各異。以下是筆者常用方法的影音教學：

（1）教學軟體：photoshop CS5.1。

（2）練習圖檔：圖檔目錄ch9 / pic02。

【video：圖像去背】（光碟：**ch9 /004.mp4**）

去背操作重點要項：

（1）複製圖層：圖層〉複製圖層。

（2）圈選：視窗左側工具盒〉套索工具。

（3）反轉圈選：選取〉反轉。

（4）去背：按〔Del〕。

（5）存檔：檔案〉另存新檔〉*.GIF檔格式。

（6）去背圖，一般而言，通常可以用二種格式來儲存，一是*.PNG檔，一是*.Gif檔。像常用的*.JPG檔，就不能儲存去背圖。

六、影像拼貼

一旦會裁剪具有意義聚焦式的影像，同時也會處理影像去背的手法，那麼就可以對所處理過的影像進行拼貼，以創造出依創作者的意圖而呈現出來的影像畫面。這對非「紀實性」的數位文本、要求「創意表現」的文本，是非常重要的影像編輯技能。圖像愈能精準的呈現創作者的意圖，這一圖像媒材愈能被有效的與其他媒材進行多重形構式的文本寫作。

影像拼貼的技能影音教學：

（1）教學軟體：photoshop CS5.1。

（2）練習圖檔：圖檔目錄ch9 / pic03。

【video：圖像拼貼】（光碟：**ch9 / 005.mp4**）

圖像拼貼操作重點要項：

（1）圖像排列位置：首先要去思考各式圖像所要擺放的位置。

（2）計算合成圖的長寬：經過計算來決定合成圖所要的長寬。

（3）開新檔案：檔案〉開新檔案。

（4）拼湊各圖：視窗左側工具盒〉移動工具。

（5）平面化：圖層〉影像平面化。

（6）存檔：檔案〉另存新檔（常用*.JPG檔）。

第10章▶▶▶
影音媒材的攝取與後製

一、多重形構下的影音思考

影音當然是構成數位文本「多媒體性格」的媒材元素要角。在不久以前，影音作品的產製往往被視之為是專業人士的範疇；這原因有一半是因為昂貴的攝影器材，使得影音的製作不能被普及化，再來當然是影音的後製往往也要投入昂貴的設備，最後才是對影音敘事的某種專業媒體呈現技能的掌握。

數位資訊科技的進展，使得影音攝製無法普及化的各種障礙，幾乎都消失了。對數位文本而言，限於螢幕閱讀解析度的關係，即使目前的智慧型手機都可以成為適用的攝影器材，更遑論大部分單眼／傻瓜相機都具備了對螢幕閱讀而言夠用的攝影品質。後製的軟體也相對的易於操作和便宜，對數位文本的寫作而言，諸如movie maker等作業系統所附屬的簡易影音後製軟體，其實也夠用了。這些條件下，以影音來呈現敘事、或表達想法，幾乎成為一種人人會用的表達模式（先不論好壞），這從youtube中各式各樣的影音，即可略見一二。然而，如果說「電影一向是為大銀幕放映所拍攝，而錄影工作者，則多半為滿足家用螢幕而努力」（Armes／唐維敏譯，1994：223）；那麼此處所指的影音是指以更小可視面

積在螢幕上某區域呈現的影音,我們以線上影音或網路影音來稱之。

　　影音攝取門檻大量的降低,這使得數位文本寫作過程中,影音媒材的獲得相對容易,影音在數位文本多媒體呈現的文本模式中,愈來愈扮演吃重的角色。但對本文而言,一個要提出的問題是:數位文本中的影音攝取,只是傳統電影、電視的拍攝概念、技巧的簡單版或簡單化而已,還是說就數位文本的影音媒材而言,對影音的攝取有其數位文本對影音需求上拍攝的考量呢?Jarvis在論及線上影音時強調:不用試著去模仿傳統電視的格式;相反的,要去再發明屬於網路媒介的影音呈現形式」(Bull,2010: 306)。然而,如果不再以電視為師,那麼數位文本影音的拍攝原則何在呢?Jarvis並沒有回答這一問題。

　　對本書而言,這一問題的思考,其實是相近於上一章節靜態影像與數位文本之間的關係;換言之,影音是以一種在意義上獨立自足的作品而進行拍攝,還是以一種要與其他媒材進行互文、對話的影音媒材角色而來進行拍攝。這一區分決定了本章節有關數位文本寫作中,影音拍攝及後製技巧的原則及學習內容考量。

　　在傳統的影音拍攝概念下,亦即將影音作品視之為一種內容意義獨立自足於本身之內的概念下,要處理好一個影音作品要考量諸多因素。陳清河在《電視攝錄影實務》一書中,將諸多因素劃分為如下要被考量的部分:企畫與劇本的思考;畫面的構圖、運動、照明、拍攝角度、聲音、取景的類型;機具的配合;後期剪輯處理以及映演的情境等(陳清河,2003: 5)。對數位文本而言,如依上述的製作劃分,最大的差異在於第一部分「企畫與劇本的思考」。這是因為數位文本的影音是一種媒材的考量,亦即多重形構文本寫作下的所要運用的諸多媒材之一而已,最重要的考量是影音內容如何與其他媒材互搭而成就互文性的文本解讀,產生對話性的意義呈現。在第一部分這裡,並不是劇本的考量,因為劇本是一種意義在其自身之內自足的作品概念,而是影音內容的組構如何具有意義上的「針對性」與其他媒材連構成意義上的聯繫,但同時又能補充其他媒材所無法呈現的意義;此亦即多重形構下,媒材之間平等、互補的關係,正如

同上一章節我們所一再強調的圖、文關係。

正是在數位文本中，影音往往要與其他媒材共同成就意義上的互補性，這會影響到攝影時，對構圖畫面的選擇；正如同前引Wilkinson、Grant、Fisher 所強調的：因為解析度的關係，網路影音的鏡頭要緊一點（tighter shots），同時避免在內容呈現太多的細節，以防止影像本身因過多的細節而產生了獨立性（Wilkinson, Grant, & Fisher, 2009: 178-179）。在此，重點在於防止影音媒材產生了獨立性，因為這會妨礙與其他媒介之間意義互補性的形成，至於技巧是否一定是要用畫面上「緊一點」的鏡頭，則未必是一種通則。

就一般的攝錄影而言，畫面的景別（shot size）上常大約被劃分為：遠景（long shot）、中景（medium shot）和近景（close shot），這一劃分若是用來形容拍攝人物，則也常被稱之為全身景（full shot）、胸上（bust shot）以及頭部特寫（close up）（陳清河，2003：5；丘錦榮，2008；Katz／井迎兆譯，2009：151；Thompson & Bowen, 2009: 14）。Katz在論及對景別使用的發展時說道：在電視開始強調特寫和大特寫的使用前，中景是整個有聲片階段對話場面最主要的形式。在電視興起之後，為了彌補電視螢幕的渺小，電視已大大地增加特寫的使用，特寫可以把我們與動作的距離接近。在特寫中，喜歡使用景別較緊的鏡頭，因為它們的燈光比較好打，而且很容易同其他鏡頭相連。因為有愈來愈多從電視領域畢業的導演進入電影界工作，使得他們對特寫鏡頭的喜愛，已逐漸被帶入了電影（Katz／井迎兆譯，2009：152）。從Katz對景別的論述，我們可以得知特寫這種鏡頭是更適合電視小螢幕的畫面表現；但是「一個特寫通常都需要其他的特寫、中景或全景的搭配，來完成場景敘事的目的」（Katz／井迎兆譯，2009：159），但這也意味著特寫畫面也容易與其他鏡頭產生意義上的相連。相反的，Katz強調：中景和遠景在一個場景中，可以獨自交待動作，而不需要求助於其他的鏡頭，來完成敘事目的。尤其是全景，全景會把所有說話者涵蓋在畫面內，使得在中景和特寫間互切的剪接模式變得不必要（Katz／井迎兆譯，2009：159）。

因之，若從畫面本身「意義是否具足地封閉於自身之內」這一角度來看待不同的景別畫面，可以說影音畫面意義的本身具足性依全景、中景、近景、特寫而逐漸遞減。從這個視角而言，一旦我們所考慮的影音是多重形構文本下的媒材；換言之，影音媒材在意義上必須與其他媒材有意義上的繫屬性而不是在意義上追求自身意義的完整性和封閉性，那麼對畫面景別的選擇就必須是少用意義具足性強烈的景別，例如全景。

事實上，許多有關網路影音製作的書籍也都一再強調對全影的使用要非常謹慎，如果非得必要使用，也要盡可能簡短（Verdi & Hodson, 2006: 74）。但採取這一考量與電視較多採用特寫的原因是相同的，這是基於較小螢幕的考慮。例如Verdi & Hodson就強調，基於網路影音更小的可視範圍，對畫面主體的鏡頭要拉得更近，同時影音的時間也要簡短，最好不要超過三分鐘（Verdi & Hodson, 2006: 63-76）。然而，如果我們在拍攝網路影音時，對網路影音作品的認知態度是如同電視影音節目一樣，將之視為一意義完整具足於自身的影音作品，那麼為了交待整體影音敘事的完整性，遠景、中景、近景、特寫的交互使用勢不可免；同時除非拍攝者是非常精於影像敘事，否則為交待敘事完整，往往使得影音長度愈加愈長。相反的，一旦我們將所要拍攝的網路影音視之為數位文本多重形構下的一種媒材，那麼數位文本整體結構中已有其他媒材可以交待部分敘事內容，網路影音媒材只須承擔要與其媒材互補的部分內容；換言之，此時網路影音並不要求其自己意義上的完整度，因之即使全部使用近景及特色的鏡頭以及較短的影音時間，也容易創製出多重形構文本性質要求下的網路影音作品。

換言之，當網路影音是以數位文本的媒材之一來思考時，要以大量的近景及特寫鏡頭來完成較短時間的作品，是容易的，因為一旦在整體的數位文本中影音所承載的內容意義分量太大時，是可以將影音部分內容意義以其他的媒材來代敘（尤其是遠、中景部分），影音只要專心承擔其他「輕量媒材諸如圖像、照片、文字不可能或不易表達出的部分」（Barfield, 2004: 141），這易於以大量的近景及特寫鏡頭來完成此項文本

功能，從而影音作品就能符合較小可視範圍的網路影音觀看上要求，並同時將網路影音的內容「精簡」以適合掃描性閱讀與形成互補性。Bryant在談論拍攝網路影音說道：「想要以一段網路影音來包含數個想法，往往是非常誘人的」；作者非常強調：一段網路影音最好只表現一個簡單的概念，如果網路影音中包含太多想法，最好將之拆成數個影音片段（Bryant, 2006: 194）。因之，當拍攝網路影音時，如果影音本身要承擔完整的敘事，如同電視、電影作品，那麼為了完整交待情節發展而使用的遠景、中景，這不利於較小可視區網路影音作品在螢幕閱讀上的觀看；同時以較長的作品時間來敘事，也會讓網路影音作品的內容、概念趨於複雜，這亦不利網路影音的觀看。

　　我們舉例來說明。例如我們想報導因為學校運動競賽的即將舉行，同學假日自動來校訓練的熱鬧景象。如要以單一網路影音本身來交待完整故事，那麼我們可能要使用上遠景、中景和近景及特寫，才能有效的交待一報導的完整，例如以下的分鏡片段：

遠景　　　　　　　　　　中景

近景　　　　　　　　　　特寫

　　然而，如果是在數位文本多重形構的文本狀況下，我們可以用文字以及（或是）更大的照片來交待故事場景，這可以避掉可視面積較小的網路

影音使用遠景的敘事必要，因為全景恰恰是網路影音的最大弱點；同時讓
網路影音更專心的處理近景及特寫部分，用近景及特寫影音來傳達文字及
靜態圖像所不足或無法呈現的豐富性意義。例如，我們就可以在網路影音
中，補充下列更為豐富的近景、特寫分鏡片段，讓整體數位文本敘事更為
豐富，更有廣度：

如此一來，數位文本的各種媒材不但可以形就多重形構的文本特色，同時也
可以盡可能的發揮該媒材在螢幕閱讀狀況下，最能表現意義的媒材特質。

　　選擇不同的媒材，運用不同媒材本身的意義呈現特質，再使得不同
媒材彼此之間形成平等、互補的互文性多重形構文本，是寫好數位文本的
另一重要關卡。正如同Bull在《多媒體新聞》一書中所強調的：文字、影
音、圖像以及聲音，各有其呈現意義的優勢和劣勢，例如文字適合解釋和
分析、而影音適合呈現事件的立即性等等。因之，多媒體文本作品寫作，
要考量作品本身所要展現的意義特色，同時瞭解手上掌握了什麼媒材，最
後讓各種媒材表現出其最大的媒材意義呈現特質，共同合作來把「故事說
到最好（tell a story to best advantage）」（Bull, 2010: 31-32）。

　　在此，我們還要再補充一個重要的考量，亦即在考量各種媒材於螢

幕閱讀狀況下，怎樣才能有效表現時，同時也要思考到分層文本結構的問題。正如同Marsh、Guth以及Short所強調的，網路寫作一定要考量文本分層的狀況：更深入的報導或是背景性的資料，要使用超連結導連至分層的後部頁面（Marsh, Guth & Short, 2009: 100）。換言之，雖然網路影音基本上是較不使用遠景，但如果數位文本作者覺得若要對整體文章有更為細緻、深入、臨場的理解，影音中的遠景這種表現模式是相當有助益時，那麼作者是可以透過超連結的互動作用，讓讀者連到某一頁面，這一頁面可以讓網路影音以更大的可視面積呈現，同時以更好的畫質來呈現。換言之，在分層文本的「淺」、「前」分層部分，遠景景別或許不適合快速掃描的要求，同時也不適合與其他媒材形成互補性；但如果受眾已對此報導感到興趣，願意再往下探究時，同時假如作者握有更助於深入理解整體文本的遠、中景影音，那就無妨在分層文本的「深」、「後」分層部，透過連結以專頁的方式來呈現較大可視面積、同時是高品質的影音。對願意一路連到此頁的受眾而言，此時深入理解的需求是遠遠大於快速、綜合的理解需求，因之上述網路影音遠景的「缺點」在此反而轉成「優點」了，更何況在目前數位資訊科技的進展下，要在網路上呈現高品質的大影音已是簡單之事。

　　這正如同在討論數位文本分層結構時所談的，在分層文本的「深」、「後」分層部，是無妨、甚至是可以直接以傳統單一媒材的表現方式（線性方式），來讓單一媒材呈現其最好的媒材意義表現特質，此時並沒有必要為多重形構而「妥協」單一媒材最佳表現可能性。願意連結至此的讀者，此時大致對此數位文本作品已有一定程度的理解，因之在後分層文本部的文本區塊（頁面），即使是以傳統的線性方式來表現，亦即是以某一媒材為主導性優勢的呈現模式，從「整體文本」的結構而言，也容易在對整體文本進行理解時形成「前」、「後」文本分層上的互補性綜合理解作用。至此，以網路影音的產製為例，我們可以再回到之前章節所談過的傳統文本與數位文本之間的「辯證關係」，這亦即我們不應用傳統文本與數位文本是「對立」的觀點來看彼此之間的關係，而是思考傳統文本如何被

採納入數位文本的整體架構下，共同辯證性創造更豐富意義展現的文本呈現。

　　因之，對本書而言，傳統給電視、電影的影音產製原理、原則，並無任何不重要之處；依此原理、原則所產製出的意義自足自身之內的影音作品，經過仔細的數位文本寫作構思，可以完整的被整合進入分層結構中的某一文本區塊內。然而一旦網路影音的使用是要被置放於以多重形構概念來寫作的某一文本區塊（這通常是在分層結構的前部位），網路影音的景別就需要謹慎選用；如前所言，在多媒材並呈的狀況下，近景和特寫這種景別是利於小可視面積的影音觀看，同時也易於與其他媒材產生意義上的互補關係以達成互文性意義呈現。然而，在此要再強調之處在於，要能與他媒材產生意義上的某種關聯以形成互補性，除了景別的考量外，如依上章節在討論靜態圖像的理論推演，影像畫面在構圖上是否能有針對性意義的呈現是至關重大的，那麼這一針對性的構圖原則對多重形構文本下的網路影音之拍攝，依然有著同等的重要性。換言之，（一）視覺焦點、（二）主體呈現、（三）背景搭配，這一創造畫面主體以形成圖像意義針對性的構圖步驟，對於要當作多重形構媒材的影音而已，依然是非常重要且適用的影音構圖原則。

　　先讓我們再回去看看，前面所提供的範例畫面中，近景、特寫畫面的視覺焦點，差不多是位於井字型構圖法的井字線上，這有利於畫面快速形成意義的針對性。Dawkins & Wynd在*Video production: Putting theory into practice*"一書中舉例強調（圖10-1），發展於繪畫的井字型構圖法，如今已被電影、影音的產製者及受眾所使用及接受，同時由於大量的普及使用，「當今的受眾會依此預測畫面的主體會在哪裡出現」（Dawkin & Wynd, 2010: 70）。當然，若從藝術的角度而言，亦即從意義自足於本身的作品而言，Ward批評道，這種過度被使用的技巧，會使作品本身會變得陳腐無奇（Ward, 2003: 124）。但對於初學多重形構文本寫作的影音媒材攝取而言，這反而能有效攝製出易於溶入多重形構文本寫作的影音媒材。

Figure 3.11   The rule of thirds

圖10-1

資料來源：*Video production* (p. 70), by S. Dawkin & A. I. Wynd, 2010, New York：
Palgrave Macmillan.

二、畫面的移動

　　最後，在進入實拍過程，還要考慮到鏡頭的運動或攝影機的移動，即運鏡。找一本關於電影、電視、影音（video）製作之類的書籍，都可以看到許多有關拍攝時，鏡頭如何運動的各種討論，例如固定鏡頭、推近、拉遠、左右橫搖、上下直搖、跟隨、平行移動、直線移動、弧形移動、升降移動、推軌鏡頭等等（Katz／井迎兆譯，2009；丘錦榮，2008）。對拍攝數位多重形構文本的影音媒材而言，固定鏡頭、左右橫搖、上下直搖這三種鏡頭的運動方式其實已夠用；這三種鏡頭移動使用一般自動數位相機的攝影功能或是智慧手機，都足以勝任，同時也是影音攝製初學者易於上手的鏡頭運動模式。

　　在許多影音製作書籍中所看到各種複雜的鏡頭運動模式，往往是為了成就線性的、以影像為主導優勢媒介的傳統影片表達模式。在數位文本多重形構的文本下，許多複雜的鏡頭運動模式所要傳達的敘事意義，

是可以用其他的媒材，諸如文字、照片、image gallery等方式，來表現。因之如上所論，網路影音基本上可以用近景、特寫這二種景別，再加上固定鏡頭、左右橫搖、上下直搖這三種鏡頭運動方式，就足以攝製。Katz認為搖鏡可以用來：（1）拍攝比定鏡更大的空間，（2）跟拍移動的動作，（3）藉著影像的外形，連接兩個或兩個以上的趣味焦點，（4）在兩個或更多的主體間，連接或暗示一個邏輯的關係（Katz／井迎兆譯，2009：347)。但從多重形構的文本角度而言，絕大部分的網路影音媒材往往用固定鏡頭，就足以表達出影音媒材所要擔任的意義呈現角色，即使是電視節目，固定鏡頭也「幾乎占了整部影片的70%的畫面」（丘錦榮，2008：4-19）。太多的移動畫面往往會妨礙影音媒材與他媒材之間形成互補性、互文性的文本意義呈現，需要搖鏡使用的往往只在於上述的（1）和（4）這兩種狀況；尤其是（4），適當的使用可以強化影音媒材的意義的針對性的凸顯，例如丘錦榮所舉的例子：「拍攝一群人下車然後將鏡頭搖攝到動物園的大門口，這鏡頭的意義很明顯的告訴我們，這群人要去動物園。所以也具有**視覺引導**的動作用」（丘錦榮，2008：4-13）。

　　實拍技巧及注意事項：

　　【video：固定及搖鏡拍攝】（光碟：**ch10／001.mp4**）

三、轉檔、剪輯及上傳

　　一旦拍攝完原始影音素材，就本書的數位文本寫作教程而言，轉檔、剪輯及將影音上傳到影音網站，是必備的影音後製處理技能。本書所建議使用的影音剪輯軟體window作業系統內附的movie maker；這對數位文本寫作的網路影音剪輯已足夠。但movie maker能處理的影音格式較為有限（這又跟每人電腦設置有關），一般而言，我們會建議先將影片轉成.wmv檔。轉檔完後再進行網路影音剪輯；剪輯後，再將影音上傳到影音網站。之後，就可以用利嵌入影音的語法，將影音嵌入到寫作的數位文本頁面。

（一）轉檔

（1）教學軟體：格式工廠（free）。

（2）下載點：官網http://www.pcfreetime.com/cn/index.html。。

（3）練習圖檔：圖檔目錄ch10 / video01。

【video：影音轉檔】（光碟：ch10 /002.mp4）

轉檔操作重點要項：

（1）還是提醒同學，最好把安裝軟體後的亂碼改成看得懂的字眼，這樣在工作時，心情會好一點。

（2）如果是用window 7的同學，因為是使用新版的movie maker，一般而言，AVI檔也是可以用的。同學也可以轉成AVI檔。

（二）剪輯

（1）教學軟體：movie maker（windows 作業系統附屬軟體）。

（2）練習圖檔：ch10 / video02

（3）下載點：官網（如果作業系統沒有，可免費下載）。

【video：影音剪輯】（光碟：ch10 /003.mp4）

剪輯操作重點要項：

（1）如果你的電腦讀不出你要剪輯的影音，請先用格式工廠轉成*.wmv檔。

（2）movie maker 內可以放入影音，也可以置入照片。

（3）編輯時，請留意一下，你所處理的片段是影音片段、還是聲音片段。

（三）影音上傳及嵌入網頁

（1）教學軟體：Youtube (free)。

【video：影音上傳及嵌入】（ch10 /004.mp4）

上傳、嵌入操作重點要項：

（1）請先開設你的youtube影音頻道。

（2）請到影片管理員 / 編輯 / 標題，寫上一個好的標題名稱，讓讀者可以判斷要不要往下觀看。

四、Image gallery安裝與使用

要調整寫作立場固然不易，但若沒有足夠的數位互動文本技能，在練習的過程依然要面對「巧婦難爲無米之炊」的窘境。因之，往下我們將學習simpleviewer這一系列的image gallery 套裝程式。將複雜的互動技能操作過程轉化爲某種套裝程式的簡易操作，會是數位文本寫作技術上的演化方向，simpleviewer即是這種演化方向的代表性作品。當數位文本創作者擁有更多的數位技能，將會愈有勇氣來創作對話型的數位文本。

聯合報項國寧社長在一場「數位匯流對新聞影響」的演講中談到：新科技讓記者增加說故事的方法；例如，Image gallery slideshow就是說故事的新方法，釋放了傳統媒體所不能做的事情，打破了傳統媒體的界限（李明哲，2012：網頁）。可見image gallery是一種正在被融入新聞報導的重要媒材表現形式，image gallery不但可以融合文字、影像、影音，同時也賦予了這些素材之間的互動功能；學會使用image gallery，是創作數位互動文本未來不可或缺的技能。

（一）使用軟體

使用軟體：

1. Photoshop cs 5.1（以上）

2. 下載 autoviewer（下載網址：http://www.simpleviewer.net/autoviewer/support/）

3. 下載 Notepad ++（下載網址：http://notepad-plus-plus.org/）

Q：爲什麼要使用Notepad++ 來取代常用的「記事本」，以進行語法編輯呢？

A：目前中文有二種常用編碼，Big5及UTF-8，「記事本」軟體太陽春，不會自動判斷編碼，常導致出現亂碼。用Notepad++則可解決這一問題。如以下教學範例，使用記事本會出現亂碼，使用Notepad++則不會。

（二）軟體下載及安裝

【video：下載及安裝】（ch10 /005.mp4）

下載及安裝操作重點要項：

1. autoviewer是photoshop的外掛擴充使用軟體，必須在使用photo-shop中，才能操作使用。

2. 安裝過程要有Adobe Extension Manager這一軟體來協助安裝，通常在CS套裝軟體內會有附，也可以免費下載。

（三）Autoviewer使用操作

練習圖檔：ch10 / video03

【video：Autoviewer使用操作】（ch10 /006.mp4）

Autoviewer使用操作重點要項：

1. 在使用Autoviewer之前，請先使用photoshop來檢查調整照片。

2. Autovierwer所產生的檔案夾，請要置入到可對外連結的網路空間或FTP。

（四）嵌入網頁：使用iframe語法

【video：嵌入網頁使用操作】（ch10 /007.mp4）

語法：

<iframe frameborder="0" height="570" scrolling="no" src="http://newsweek.shu.edu.tw:8080/lmcsilver20121007/gallery1026/20121122/index.html" width="430"></iframe>

嵌入網頁操作重點要項：

1. iframe 的寬度和高度要比你所設定的照片寬、高，都要大上一點才好。例如，範例中的照片高度373，寬度是560，所以我設iframe的寬度（width）是580，高度（height）是393，比照片各大上20px。

2. 把做好的 gallery 資料夾放到 FTP 或 Dropbox 後，請找出 index.html 這個檔案的位置網址，再放到 src="xxx"中，即紅色字體部分。 即可將整個語法嵌入網頁。

參考書目

英文部分

Allan, S. (2004). *News culture*. Buckingham: Open University Press.

Allan, S. (2006). *Online News: Journalism and the internet*. New York: Open University Press.

Allen, G. (2000). *Intertextuality*. London and New York: Routledge.

Amunwa, J. (2012.05.09). Long page scrolling designs that work. Retrieved October 16, 2012, from http://www.dtelepathy.com/blog/inspiration/long-page-scrolling-designs.

Apai, W. (2009.02.13). 10 writing tips for web designers. Retrieved October 16, 2012, from http://www.webdesignerdepot.com/2009/02/10-writing-tips-for-web-designers/.

Artwick, C. G. (2004). *Reporting and producing for digital media*. Iowa: Blackwell.

Ausburn, L., & Ausburn, F. (1978). Visual literacy: Background, theory and practice. *Programmed Learning & Educational Technology*, 15 (4), 291-297.

Barfield, L. (2004). *Design for new media*. London: Pearson.

Barlow, A. (2007). *The rise of the blogosphere*. London: Praeger.

Barnhurst, K. G., & Nerone, J. (2001). *The form of news*. New York: The Guilford Press.

Barta, P. I., Miller, P. A., Platter, C., & Shepherd, D. (2001). *Carnivalizing difference*. London and New York: Routledge.

Bennett, J. G. (2005). *Design fundamentals for new media*. Clifton Park, NY : Thomson/Delmar Learning.

Boczkowski, P. J. (2005). *Digitizing the news*. London: The MIT Press.

Bolter, J. D. (2003). Theory and practice in new media studies. In G. Liestøl, A. Morrison, & T. Rasmuseen (Eds.), *Digital media revisited: Theoretical and con-*

ceptual innovation in digital domains (pp. 15-33). London: The MIT Press.

Bradshaw, P. (2010). Blogging journalists: The writing on the wall. In S. Tunney & G. Monaghan (Eds.), *Web journalism://a new form of citizenship?* (pp. 97-106). Brighton: Sussex Academic Press.

Briggs, M. (2010). *Journalism next.* Washington, DC: CQ Press.

Brighton, P., & Foy, D. (2007). *News values.* London: Sage.

Brill, A. M. (1997). Way new journalism: How the pioneers are doing. *Communication Institute for online Scholarship, 7* (2). Retrieved September, 14, 2009, from http://www.cios.org/EJCPUBLIC/007/2/00729.HTML.

Brooks, B. S. (1997). Journalism in the information age. London: Allyn and Bacon.

Bruns, A. (2005). *Gatewatching: Collaborative online news production.* New York: Peter Lang.

Bull, A. (2010). *Multimedia journalism.* London: Routledge.

Bryant, S. C. (2006). *Videoblogging for dummies.* Hoboken, NJ : Wiley.

Chapman, N., & Chapman, J. (2000). *Digital multimedia.* New York: Wiley.

Chyi, H. I., & Lasorsa, D. L. (2006). The market relation between online and print newspapers: The case of Austin, Texas. In X. Li (Ed.), *Internet Newspapers: The making of a mainstream medium* (pp. 177-192). New Jersey: Lawrence Erlbaum Associates.

Cohen, S. (1987). *Folk devils and moral panics: The creation of the mods and rockers.* Oxford, UK: Blackwell.

Conboy, M. (2002). *The press and popular culture.* London: Sage.

Conboy, M. (2004). *Journalism: A critical history.* London: Sage.

Craig, D. A. (2011). *Excellence in online journalism.* Los Angeles: Sage.

Craig, R. (2005). *Online journalism: Reporting, writing and editing for new media.* Belmont: Thomson Wadsworth.

Cranny-Francis, A. (2005). *Multimedia.* London: Sage.

Dannenberg, R., & Blattner, M. (1992). Introduction: The trend toward multimedia interfaces. In M. M. Blattner & R. B. Dannenberg (Eds.), *Multimedia interface*

多媒體互動新聞寫作：理論與實務

desing (pp. xvii-xxv). New York, N.Y. : ACM Press.

Danow, K. K. (1991). *The thought of Mikhail Bakhtin*. New York: St. Martin's Press.

Dawkin,S., & Wynd, A. I. (2010). *Video production: Putting theory into practice*. New York : Palgrave Macmillan

DeStefano, D., & LeFevre, J. A. (2007). Cognitive load in hypertext reading: A review. *Computers in Human Behavior*, 23(3): 1616-1641.

Fahey, C. (2008.07.29). The Scrolling Experience and "The Fold". Retrieved October 16, 2012, from http://www.graphpaper.com/2008/07-29_the-scrolling-experience-and-the-fold.

Franklin, B., Hamer, M., Hanna, M., Kinsey, M., & Richardson, J. E. (2005). *Key concepts in journalism studies*. London: Sage.

Franklin, B. (2005). Yellow journalism. In B. Franklin, M. Hamer, M. Hanna, M. Kinsey & J. E. Richardson (Eds.), *Key concepts in journalism studies* (pp. 279-280). London: Sage.

Friend, C., & Singer, J. (2007). *Online journalism ethics*. Armonk NY: M. E. Sharpe.

Gade, P. J. & Lowrey, W. (2011). Reshaping the journalistic culture. In Lowrey, W. & Gade, P. J. (Eds.), *Changing the news: The forces shaping journalism in uncertain times* (pp. 22-42). New York and London: Routledge.

Gaggi, S. (1998). *From text to hypertext*. Philadelphia: University of Pennsylvania Press.

Gardiner, M. E. (2004). Wild publics and grotesque symposiums: Habermas and Bakhtin on dialogue, everyday life and the public sphere. In N. Crossley & J. M. Roberts (Eds.), *After Habermas: New perspectives on the public sphere* (pp. 28-48). Oxford: Blackwell.

Garrand, T. (2001). *Writing for multimedia and the web*. Boston: Focal Press.

Graham, L. (1999). *The principles of interactive desig*n. Albany, NY : Delmar Publishers.

Greer, J. D., & Mensing, D. (2006). The evolution of online newspapers: A longitudinal content analysis. In X. Li (Ed.), *Internet Newspapers: The making of a mainstream medium* (pp. 13-32). New Jersey: Lawrence Erlbaum Associates.

Grunwald, E. (2005). Narrative norms in written news. *Nordicom Review,* 26(1): 63-79.

Hall, J. (2001). *Online journalism: A critical primer*. London: Pluto Press.

Harris, C. R., & Lester, P. M. (2002). *Visual journalism*. London: Allyn and Bacon.

Hartley, J. (1996). *Popular Reality: Journalism, Modernity, Popular Culture*. London: Arnold.

Heller, A. (1982). Habermas and Marxism. In J. Thompson & D. Held (Eds.), *Habermas: Critical debates* (pp.21-41). Cambridge (MA): The MIT Press.

Hicks, W. (2008). *Writing for journalists*. London and New York: Routledge.

Hirschkop, K. (1999). *Mikhail Bakhtin: An aesthetic for democracy*. New York: Oxford University Press.

Hirschkop, K. (2004). Justice and drama: on Bakhtin as a complement to Habermas. In N. Crossley & J. M. Roberts (Eds.), *After Habermas: New perspectives on the public sphere* (pp. 49-66). Oxford: Blackwell.

Høyer, S., & Pöttker, H. (Eds.). (2005). *Diffusion of the news paradigm：1850-2000*. Göteborg: Nordicom.

Inglis, F. (1990). Media theory: An introduction. Oxford: Blackwell.

Jenkins, H. (2006). *Convergence culture: Here old and new media collide.* New York: New York University Press.

Jones, J. (2010). Changing auntie: A case study in managing and regulating user-generated news content at the BBC. In S. Tunney & G. Monaghan (Eds.), *Web journalism://a new form of citizenship?* (pp. 152-167). Brighton: Sussex Academic Press.

Kawamoto, K. (Ed.). (2003a). *Digital journalism*. New York: Rowman & Littlefield.

Kawamoto, K. (2003b). Digital journalism: Emerging media and the changing horizons of journalism. In K. Kawamoto (Ed.), *Digital journalism* (pp. 1-29). New York: Rowman & Littlefield.

Keeble, R. (1998). *The newspapers handbook*. London: Routledge.

Kolko, J. (2011). *Thoughts on interaction design*. Amsterdam : Morgan Kaufmann.

Kolodzy, J. (2006). *Convergence journalism: Writing and reporting across the news media.* New York: Rowman & Littlefield.

Kovach, B., & Rosenstiel, T. (2001). *The elements of journalism: What newspeople should know and the public should expect.* New York: Crown.

Kress, G. (2000). Text as the punctuation of semiosis: pulling at some of the threads. In U. H. Meinhof & J. Smith (Eds.), *Intertextuality and the media: From genre to everyday life* (pp. 132-154). Manchester, Manchester University Press.

Landow, G. P. (1992). *Hypertext: The convergence of contemporary critical theory and technology*. Baltimore: The Johns Hopkins University Press.

Landow, G.P. (2006). *Hypertext 3.0: critical theory and new media in an Era of Globalization*. Baltimore: Johns Hopkins University Press.

Leeuwen, T. V. (2008). New forms of writing, new visual competence. *Visual studies*, 23(2), 130-135.

Levinson, P. (2009). *New new meida*. Boston: Allyn & Bacon.

Lewis, D. (2001). *Reading contemporary picturebooks: Picturing text*. London: Routledge.

Li, X. (2006). Introduction. In X. Li (Ed.), *Internet Newspapers: The making of a mainstream medium* (pp. 1-9). New Jersey: Lawrence Erlbaum Associates.

LiestØl, G. (1994). Wittgenstein, Genette, and the reader's narrative in hypertext. In G. P. Landow (Ed.), *Hyper/Text/Theory* (pp. 87-120). Baltimore: The Johns Hopkins University Press.

Lowrey, W. (2006). Mapping the blogging-journalism relationship. *Journalism*, 7(4), 477-500.

Lynch, P. J., & Horton, S. (2002). "Chunking" information. Retrieved October 16,

2012, from http://webstyleguide.com/wsg2/site/chunk.html.

Marsh, C., Guth, D. W., & Short, B. P. (2009). *Strategic writing: Multimedia writing for public relations, advertising and more*. Boston: Pearson.

Martinec, R., & Leeuwen, T. V. (2009). The language of new media design: Theory and practice. London ; New York : Routledge.

Meinhof, U. H., & Leeuwen, T. V. (2000). Viewers' worlds: image, music, text and the Rock 'n' Roll Years. In U. H. Meinhof & J. Smith (Eds.), *Intertextuality and the media: from genre to everyday life* (pp. 61-75). Manchester, Manchester University Press.

Meinhof, U. H. & Smith, J. (2000). The media and their audience: intertextuality as paradigm. In U. H. Meinhof & J. Smith (Eds.), *Intertextuality and the media: from genre to everyday life* (pp. 1-17). Manchester, Manchester University Press.

Merrill, J. C. (2006). *Media, mission and morality*. Spokane, WA: Marquette Books.

Messner, M. & Distaso, M. W. (2008). The source cycle: How traditional media and weblogs use each other as sources. *Journalism studies*, 9(2): 447-463.

Mindich, D. T. Z. (1998). *Just the facts: How "objectivity" came to define American journalism*. New York: New York University Press.

Müller, M. G. (2008). Visual competence: A new paradigm for studying visuals in the social sciences? *Visual Studies*, 23(2): 101-112.

Murdock, G. (1998). Mass communication and the construction of meaning. In R. Dickinson, R. Harindranath & O. Linné (Eds.), *Approaches to audiences: A reader* (pp. 203-218). London: Arnold.

Neuberger, C. & Nuernbergk, C. (2011). Competiton, complementarity or integration? The relationship between professional and participatory media. In Franklin, B. (Ed.), *The future of journalism* (pp.235-248). London & New York: Routledge.

Orr, M. (2003). *Intertextuality: debates and contexts*. Cambridge: Polity.

Papper, B. (2006). The interview of Bob Papper. In S. Quinn (Ed.), *Conversations on convergence: Insiders' views on news production in the 21st century* (pp. 111-114). New York: Peter Lang.

Paterson, C., & Domingo, D. (Eds.). (2008). *Making online news: The ethnography of new media production.* New York: Peter Lang.

Paul, N. (2006). The interview of Nora Paul. In S. Quinn (Ed.), *Conversations on convergence: Insiders' views on news production in the 21st century* (pp. 115-123). New York: Peter Lang.

Pavlik, J. V.(2000). The impact of technology on journalism. *Journalism studies*, 1 (2): 229-237.

Pavlik, J. V. (2001). *Journalism and new media.* Columbia: University Press.

Pavlik, J. V. (2008). *Media in the digital age.* New York: Columbia University Press.

Pite, S. (2003). *The digital designer.* Clifton Park, NY : Thomson/Delmar Learning.

Quinn, S. (2001). *Digital sub-editing and design.* Oxford: Focal Press.

Quinn, S. (2005). *Convergent journalism: The fundamentals of multimedia reporting.* New York: Peter Lang.

Quinn, S. (Ed.). (2006). *Conversations on convergence.* New York: Peter Lang.

Rosales, R. G. (2006). *The elements of online journalism.* New York: iUniverse.

Schnotz, W. (2005). An integrated model of text and picture comprehension. In R. E . Mayer (Ed.), *The Cambridge handbook of multimedia learning* (pp. 49-69). New York: Cambridge University Press.

Schudson, M. (1995). *The power of news.* Cambridge: Harvard University Press.

Schudson, M. (1992). The sociology of news production revisited. In J. Curran & M. Gurevitch (Eds.), *Mass media and society* (pp. 141-159). London, New York: Edward Arnold.

Sims, R. (2000). An interactive conundrum: Constructs of interactivity and learning theory. *Australian journal of educational technology*, 16(1): 45-57.

參考書目

Singer, J. B. (2011). Journalism and digital technologies. In Lowrey, W. & Gade, P. J. (Eds.), *Changing the news: The forces shaping journalism in uncertain times* (pp. 213-229). New York and London: Routledge.

Sklar, J. (2009). *Principles of web design*. Boston: Course Technology.

Sloane, A. (1996). *Multimedia communication*. London, New York : McGraw-Hill.

Stovall, J. G. (2004). *Web journalism*. Boston: Pearson.

Tannenbaum, R. S. (1998). *Theoretical foundations of multimedia*. New York : Computer Science Press.

Thompson, K. (1998). *Moral panics*. London: Routledge.

Thompson, R., & Bowen, C. J. (2009). *Grammar of the edit*. London: Focal Press.

Tuchman, G. (1972). Objectivity as strategic ritual: An examination of newsmen's notions of objectivity. *American Journal of Sociology*, 77: 660-679.

Tuchman, G. (1973). Making news by doing work: Routinizing the unexpected. *American Journal of Sociology*, 79: 110-131.

Verdi, M., & Hodson, R. (2006). *Secrets of videoblogging*. Berkeley, CA: Peachpit Press.

Vaughan, T. (2008). *Multimedia: Making it work*. New York: Mc Graw Hill.

Vice, S. (1997). Introducing Bakhtin. Manchester: Manchester University Press.

Wanger, R. (2006). *Web design before & after makeovers*. Hoboken, N.J. : Wiley.

Ward, M. (2002). *Journalism online*. Oxford: Focal Press.

Ward, P. (2003). *Picture composition for film and television*. Oxford: Focal Press.

Wilber, R. & Miller, R. (2003). *Modern media writing*. Belmont, CA : Thomson/ Wadsworth.

Wilkinson, J. S., Grant, A. E., & Fisher, D. J. (2009). *Principles of convergent journalism*. New York: Oxford University Press.

Wolfe, T. (1973). *The new journalism*. New York: Harper & Row.

Wroblewski, L. (2002). *Site-seeing: A visual approach to web usability*. New York, NY : Hungry Minds.

Wulfemeyer, K. T. (2006). *Online newswriting*. Iowa: Blackwell.

Wurff, R. (2008). The impact of the internet on media content. In L. Küng, R. G. Picard & R. Towse (Eds.), *The internet and the mass media* (pp. 65-85). Los Angeles: Sage.

中文部分

Adorno, T. W. ／王柯平譯（1998）。《美學理論》。成都：四川人民。

Armes, R. ／唐維敏譯（1994）。《錄影學》。臺北：遠流。

Bal, M. ／吳瓊譯（2005）。〈視覺本質主義與視覺文化的對象〉，吳瓊（主編），《視覺文化的奇觀》，頁125-168。北京：中國人民大學。

Bauman, Z. ／蕭韶譯（2002）。〈與凱茨‧泰斯特的對話〉，D. Smith（著）。《後現代性的預言家》，頁260-281。南京：江蘇人民。

Blocker, H. G. ／滕守堯譯（1998）。《現代藝術哲學》。成都：四川人民。

Brooks, B. S., Kennedy, G., Moen, D. R. & Ranly, D. ／李利國、黃淑敏譯（1995）。《當代新聞採訪與寫作》。臺北：周知文化。

Bürger, P. ／高建平譯（2005）。《先鋒派理論》。北京：商務。

Clark, K. & Holquist, M. ／語冰譯（2000）。《米哈伊爾‧巴赫金》。北京：中國人民大學。

Clements, B., & Rosenfeld, D. ／塗紹基譯（1983）。《攝影構圖》。臺北：眾文。

Cottington, D. ／朱楊明譯（2008）。《走近現代藝術》。北京：外語教學與研究。

Currie, M. ／寧一中譯（2003）。《後現代敘事理論》。北京：北京大學。

Dahner, D. ／普保羅譯（2003）。《設計與編排：圖文編排之基本原理與設計應用》。臺北：視傳文化。

Docker, J. ／吳松江、張天飛譯（2001）。《後現代主義與大眾文化》。瀋陽：遼寧教育。

Eagleton, T. ／伍曉明譯（2007）。《二十世紀西方文學理論（第二版）》。北京：北京大學。

Eagleton, T. ／李尚遠譯（2005）。《理論之後》。臺北：商周。

Eagleton, T. ／伍曉明譯（2007）。《二十世紀西方文學理論（第二版）》。北京：北京大學。

Edmundson, M. ／王柏華譯（2000）。《文學對抗哲學》。北京：中央編譯。

Faimon, P. & Weigand, J. ／洪慧芳譯（2009）。《設計原點》。臺北：馬可孛羅。

Flusser, V. ／李文吉譯（1994）。《攝影的哲學思考》。臺北：遠流。

Grear, M. ／呂靜修譯（1997）。《編排設計的構成與形式》。臺北：六合。

Glassner, A. ／闕帝丰譯（2006）。《編故事：互動故事玩家創意聖經》。臺北：閱讀地球文化。

Harrower, T. ／于鳳娟譯（2002）。《報刊編輯手冊》。臺北：五南。

Hiebert, K. ／王桂沰譯（2002）。《平面設計的泉源》。臺北：六合。

Howells, R. ／葛紅兵等譯（2007）。《視覺文化》。桂林：廣西師範大學。

Jimenez, M. ／闕寶艷譯（1990）。《阿多諾：藝術、意識形態與美學理論》。臺北：遠流。

Katz, S. D. ／井迎兆譯（2009）。《電影分鏡概論：從意念到影像》。臺北：五南。

Kress, G., & Leeuwen, T. V ／桑尼譯（1999）。《解讀影像：視覺傳達設計的基本原理》。臺北：亞太圖書。

Landa, R. ／王桂沰譯（1996）。《平面設計的成功之金鑰》。臺北：六合。

Lester, P. M. ／霍文利等譯（2003）。《視覺傳播：形象載動信息》。北京：北京廣播學院。

McWade, J. ／吳國慶譯（2010）。《解構版面設計準則》。臺北：上奇資訊。

Miller, J. H. ／申丹譯（2002）。《解讀敘事》。北京：北京大學出版社。

Mitchell, W. J. T. ／陳永國、胡文征譯（2006）。《圖像理論》。北京：北京大學。

Mongin, O. ／劉自強譯（1999）。《從文本到行動：保爾‧利科傳》。北京：北京大學。

Murphy, R. / 朱進東譯（2007）。《先鋒藝術散論：現代主義、表現主義和後現代性問題》。南京：南京大學。

Phelan, J. / 陳永國譯（2002）。《作為修辭的敘事：技巧、讀者、倫理、意識形態》。北京：北京大學。

Potter, D. / 美國在臺協會文化新聞組譯（2008）。《獨立新聞工作手冊》。臺北：美國在臺協會（AIT）。

Rieder, D. / 彭蘭譯（2003）。〈糟糕的網頁設計〉，D. Gautlett（主編），《網絡研究：數字化時代媒介研究的重新定向》，頁169-181。北京：新華社。

Roshco, B. / 姜雪影譯（1994）。《製作新聞》。臺北：遠流。

Russell, J. / 常寧生等譯（2003）。《現代藝術的意義（下）》。北京：中國人民大學。

Scholed, R. / 劉豫譯（1994）。《文學結構主義》。臺北：桂冠。

Schudson, M. / 何穎怡譯（1993）。《探索新聞》。臺北：遠流。

SE編輯部 / 許郁文譯（2012）。《160個平面設計疑問解答！》。臺北：碁峯資訊。

Storey, J. / 張君玫譯（2001）。《文化消費與日常生活》。臺北：巨流。

Taylor, L., & Willis, A. / 吳靖、黃佩譯（2005）。《媒介研究：文本、機構與受眾》。北京：北京大學。

van Dijk, T. A. / 曾慶香譯（2003）。《作為話語的新聞》。北京：華夏。

Wellmer, A. / 欽文譯（2003）。《論現代和後現代的辯證法：遵循阿多諾的理性批判》。北京：商務印書館。

White, J. V. / 沈怡譯（1991）。《創意編輯》。臺北：美璟文化。

White, H. / 陳永國、張萬娟譯（2003）。《後現代歷史敘事學》。北京：中國社會科學。

White, H. / 董立河譯（2005）。《形式的內容：敘事話語與歷史再現》。北京：文津。

Winters, E. / 李本正譯（2009）。〈美學與視覺文化〉，C. Eck & E. Winters（主編），《視覺的探討》，頁56-70。南京：江蘇美術。

參考書目

Wolk, R. / 彭蘭等譯（2003）。《網絡新聞導論》。北京：中國人民大學。

上海圖書館（編）（1987）。《汪康年師友書札》。上海：古籍。

孔金、孔金娜 / 張杰、萬海松譯（2000）。《巴赫金傳》。上海：東方出版中心。

方珊（1989）。〈俄國形式主義一瞥〉，方珊（主編），《俄國形式主義文論選》，前言頁1-32。北京：三聯書店。

王瑾（2005）。《互文性》。桂林：廣西師範大學。

巴赫金 / 白春仁譯（2009）。〈長篇小說的話語〉，《巴赫金全集：第三卷》，頁36-210。石家庄：河北教育。

巴赫金 / 白春仁、顧亞鈴譯（2009）。〈陀思妥耶夫斯基詩學問題〉，錢中文（主編），《巴赫金全集：第五卷》，頁1-357。石家庄：河北教育。

巴赫金 / 李輝凡、張捷譯（2009）。〈文藝學中的形式方法〉，錢中文（主編），《巴赫金全集：第二卷》，頁105-336。石家庄：河北教育。

巴赫金 / 凌建侯譯（2009）。〈《言語體裁問題》相關筆記存稿：對話一〉，錢中文（主編），《巴赫金全集：第四卷》，頁185-198。石家庄：河北教育。

巴赫金 / 張杰譯（2009）。〈馬克思主義與語言哲學〉，錢中文（主編），《巴赫金全集：第二卷》，頁341-517。石家庄：河北教育。

巴赫金 / 華昶譯（2009）。〈馬克思主義與語言學〉，錢中文（主編），《巴赫金全集：第二卷》，頁337-517。石家庄：河北教育。

巴赫金 / 賈澤林譯（2009）。〈論行爲哲學〉，錢中文（主編），《巴赫金全集：第一卷》，頁3-75。石家庄：河北教育。

巴赫金 / 曉河譯（2009a）。〈1961年筆記〉，錢中文（主編），《巴赫金全集：第四卷》，頁322-365。石家庄：河北教育。

巴赫金 / 曉河譯（2009b）。〈人文科學方法論〉，錢中文（主編），《巴赫金全集：第四卷》，頁425-443。石家庄：河北教育。

巴赫金 / 曉河譯（2009c）。〈夾在一號筆記本中的內容提綱〉，錢中文（主編），《巴赫金全集：第四卷》，頁320-321。石家庄：河北教育。

巴赫金 / 錢中文譯（2009）。〈關於陀思妥耶夫斯基長篇小說的複調性〉，

錢中文（主編），《巴赫金全集：第四卷》，頁416-426。石家庄：河北教育。

巴赫金／潘月琴譯（2009）。〈陀思妥耶夫斯基—1961年〉，錢中文（主編），《巴赫金全集：第四卷》，頁366-380。石家庄：河北教育。

王瑾（2005）。《互文性》。桂林：廣西師範大學。

王韜（1998）。《弢園文錄外編》。鄭州：中州古籍。

申丹（2003）。〈總序〉，M. Currie（主編），《後現代敘事理論》，總序頁1-4。北京：北京大學。

北岡誠思／魏炫譯（2001）。《巴赫金：對話與狂歡》。石家庄：河北教育。

包國光（2010）。〈生存論視域下的器具和技術〉。《科學技術哲學研究》，6：10-38。

丘錦榮（2008）。《DV拍攝完全探索》。臺北：旗標。

汪正龍（2006）。《西方形式美學問題研究》。哈爾濱：黑龍江人民。

李明哲（2010）。〈「新聞感」與網路新聞寫作之探討：從「倒三角形」的延續與創新出發〉。《傳播與社會學刊》，14，161-186。

李明哲（2012）。〈從「超媒體新聞」文本理論談多媒體技能教學理論定位及實踐〉。《傳播與社會學刊》，出版中。

李明哲（2012.10.14）。《聯合報》項國寧社長：〈新聞匯流對記者的改變〉。上網日期：2012年10月15日，取自http://lmcmultimedia.blogspot.tw/2012/10/blog-post_13.html。

李金鈴（2008）。《教師多媒體教學的呈現方式對低年級學童學習成效的影響——以動植物學習為例》。國立新竹教育大學人資處課程與教學碩士論文。

李廣倉（2006）。《結構主義文學批評方法研究》。長沙：湖南大學出版社。

周慶祥（2009）。《深度報導》。臺北：五南。

勃里克（2005）。〈所謂的『形式主義方法』〉，扎娜‧明茨、伊‧切爾諾夫（原編），王薇生（編譯），《俄國形式主義文論選》，頁3-5。鄭

州：鄭州大學。

洪玉華（2011）。《國中生對歷史科多媒體教材學習感受及看法之個案研究——以世界史《希臘、羅馬古文明》單元為例》。國立臺灣師範大學教育學系課程與教學領導所碩士論文。

施如齡、呂芸樺（2006）。〈文本式網路超文本的閱讀理解歷程〉，「2006年電腦與網路科技在教育上的應用研討會」論文。新竹：新竹教育大學。

施駿宏（2009）。《多媒體呈現方式與空間能力對國二學生「地震」與「海嘯」學習結果之影響》。國立中正大學教育學研究所碩士論文。

孫利軍（2005）。《作為真理性內容的藝術作品：阿多諾審美及文化理論研究》。長沙：湖南大學。

凌建侯（2007）。《巴赫金哲學思想與文本分析方法》。北京：北京大學。

徐培汀、裘正義（1998）。《中國新聞傳播學說史》。重慶：重慶。

海德格／王慶節、陳嘉映譯（2002）。《存在與時間》。臺北：桂冠。

徐寶璜（1994）。《新聞學》。北京：中國人民大學。

陶東風（2005）。《文學理論基本問題》。北京：北京大學。

陳永國（2003）。〈互文性〉。《外國文學》，1：75-81。

陳平原（2010）。《小說史：理論與實踐》。北京：北京大學。

陳昌風（2007）。《中國新聞傳播史：媒介社會學的視角》。北京：北京大學。

陳思齊（2000）。《超文本環境下敘事文本類型與結構對閱讀之影響》。交通大學傳播研究所碩士論文。

陳清河（2003）。《電視攝錄影實務》。臺北：合記。

程世壽（1991）。《深度報導與新聞思維》。北京：新華。

新民社（輯）（1986）。《清議報全編》。臺北：文海。

彭芸（2008）。《21世紀新聞學與新聞學研究》。臺北：雙葉。

彭懿（2006）。《遇見圖畫書百年經典》。臺北：上誼文化。

黃玫（2005）。《韻律與意義：20世紀俄羅斯詩學理論研究》。北京：人民。

張杰（1998）。〈編選者序〉，張杰（主編），《巴赫金集》，頁1-13。上

海：上海遠東。

張智君（2001）。〈超文本閱讀中的迷路問題及其心理學研究〉。《心理動態學》，9(2)：102-106。

詹姆遜／王逢振譯（2004a）。〈元評論〉。王逢振（主編），《詹姆遜文集：批評理論和敘事闡釋》，頁1-19。北京：中國人民大學。

詹姆遜／王逢振譯（2004b）。〈羅蘭巴特和結構主義〉。王逢振（主編），《詹姆遜文集：批評理論和敘事闡釋》，頁272-309。北京：中國人民大學。

詹姆遜／王逢振譯（2004c）。〈拉康的想像界與符號界〉。王逢振（主編），《詹姆遜文集：批評理論和敘事闡釋》，頁65-118。北京：中國人民大學。

黃時鑑（整理），愛漢者（郭實獵，Charles Gützlaff）(主編)（1997）。《東西洋考每月統記傳》（Eastern Western Monthly Magazine，1833-?）。北京：中華書局，（據哈佛大學燕京圖書館藏景印本）。

曾妍（2007.08.21）。〈淺談網絡媒體時代的網絡新聞寫作〉。上網日期：2012年10月17日，取自http://media.people.com.cn/BIG5/40628/6142865.html。

曾育慧（2011）。《超媒體模態對閱讀行為及理解的影響》。國立政治大學新聞研究所碩士論文。

董小英（1994）。《再登巴比倫塔：巴赫金與對話理論》。北京：三聯書店。

董希文（2006）。《文學文本理論研究》。北京：社會科學文獻出版社。

楊素芬（1996）。《文本類型對閱讀的影響：以新聞體與小說體為例》。國立政治大學新聞研究所碩士論文。

維基百科（2012.09.29）。〈HTML〉。上網日期：2012年10月5日，取自http://zh.wikipedia.org/wiki/HTML。

道勒齊爾／馬海良譯（2002）。〈虛構敘事與歷史敘事：迎接後現代主義的挑戰〉，D. Herman（主編），《新敘事學》，頁177-202。北京：北京大學。

趙志軍（2001）。《文學文本理論》。北京：中國社會科學。

劉永富（2002）。《黑格爾哲學解讀》。北京：中國社會科學。

劉平君（2011）。〈客觀真實、多元真實與超真實：後現代社會的新聞認知〉。《傳播與社會學刊》，18，79-114。

劉海貴（2002）。《中國現當代新聞業務史》。上海：復旦大學出版社。

德盧西奧——邁耶／李瑋、周水濤譯（1993）。《視覺藝術設計》。臺北：地景企業。

鄭觀應（2002）。《盛世危言》。北京：華夏。

錢中文（1999）。《文學理論：走向交往對話的時代》。北京：北京大學。

聯合線上。〈歡慶60周年 聯合報APP大改版〉。上網日期：2012年11月20日，取自：http://udn.com/ipad/。

盧能彬（2012）。〈臺灣部落格空間之網路變遷分析〉。《資訊社會研究》，23，36-65。

鍾蔚文（1992）。《從媒介真實到主觀真實》。臺北：正中。

魏源（1976）。《魏源集》。北京：中華書局。

讓—諾埃爾·讓納內／段慧敏譯（2005）。《西方媒介史》。桂林：廣西師範大學。

國家圖書館出版品預行編目資料

多媒體互動新聞寫作：理論與實務／李明哲
著. －－二版. －－臺北市：五南，2013.05
　面；　公分
ISBN 978-957-11-7112-8 (平裝)

1.新聞寫作　2.網路新聞
895　　　　　　　　　　　　102007980

1ZE6

多媒體互動新聞寫作理論與實務

作　　者 ― 李明哲（85.8）

發 行 人 ― 楊榮川

總 編 輯 ― 王翠華

主　　編 ― 陳念祖

封面設計 ― 國晶設計

出 版 者 ― 五南圖書出版股份有限公司

地　　址：106台北市大安區和平東路二段339號4樓

電　　話：(02)2705-5066　　傳　　真：(02)2706-6100

網　　址：http://www.wunan.com.tw

電子郵件：wunan@wunan.com.tw

劃撥帳號：01068953

戶　　名：五南圖書出版股份有限公司

台中市駐區辦公室/台中市中區中山路6號

電　　話：(04)2223-0891　　傳　　真：(04)2223-3549

高雄市駐區辦公室/高雄市新興區中山一路290號

電　　話：(07)2358-702　　傳　　真：(07)2350-236

法律顧問　林勝安律師事務所　林勝安律師

出版日期　2013年1月初版一刷
　　　　　2013年5月二版一刷

定　　價　新臺幣350元